Wolfgang Köpp

Stille am langen Bruch

Wolfgang Köpp

Jagderzählungen

Stille
am langen
Bruch

blv

Die Deutsche Bibliothek – CIP-Einheitsaufnahme

Köpp, Wolfgang:
Stille am langen Bruch : Jagderzählungen /
Wolfgang Köpp. [Ill. von Manfred Schatz]. –
München ; Wien ; Zürich : BLV, 1999
    ISBN 3-405-15665-3

Illustrationen von Prof. Manfred Schatz

BLV Verlagsgesellschaft mbH
München Wien Zürich
80797 München

© 1999 BLV Verlagsgesellschaft mbH, München

Umschlagentwurf: Studio Schübel, München
Umschlagbild: Prof. Manfred Schatz

Lektorat: Gerhard Seilmeier, Dr. Eva Dempewolf
Herstellung: Rosemarie Schmid

Gesamtherstellung: Pustet, Regensburg

Printed in Germany · ISBN 3-405-15665-3

Inhalt

Ein notwendiges Wort voraus

Es gibt mehrere Wurzeln, aus denen heraus die nachfolgenden Geschichten gewachsen sind. Zuerst waren da wohl die Versuche, Erlebtes und Erfahrenes für mich festzuhalten, es einfach nur aufzuschreiben und mit den Gedanken zu verbinden, die doch meistens unser Handeln und Erleben leiten oder begleiten.

Dann waren auch die Freunde: Jäger, Bauern, Naturbegeisterte, Fischer, fast alles Menschen vom Lande, mit denen zusammen mein Leben seinen Weg suchte und fand. Doch auch Menschen aus den kleinen und großen Zusammenballungen der Städte, die sich ihre Freude und Hinneigung zur ursprünglichen Herkunft bewahrt hatten, gehörten dazu.

Nicht zuletzt war eine der stärksten Wurzeln die Erinnerung an eine unvergessene, weil verlorene Heimat, deren Andenken ich mich verpflichtet fühle, weil ihr strenger Liebreiz weit zurück aus einer unbeschwerten Kindheit zwischen Wäldern, Heide und Seen aufleuchtend, mein Denken und Handeln in der Natur und mit den Tieren immer begleitet hat und heute mehr den je bestimmt.

Schreib das auf, meinten alle, die darum wußten. Ich leugne nicht, daß es auch reizte, mich daran zu versuchen. So entstanden Geschichten, nicht selten auf der Jagdkanzel in jenen abendlichen Mußestunden geboren, in denen man, ausruhend vom Tage, Zeit hat, ehe die Dämmerung und die jagdliche Pflicht kommen.

»Jagen« , sei »die Lust der Götter«, heißt es in der schönen alten Jagdkantate bei Johann Sebastian Bach. Ach, lieber Leser – und ihr, meine lieben Freunde, wie weit sind wir schon von den Göttern entfernt.

Plan und Muß, Streß und Neid, Unverständnis auf der einen und bloßes Erfolgsdenken auf der anderen Seite streiten sich heute mehr oder minder laut, wo es um die Jagd und die Jäger geht.

Militantes »Gegen-Alles-Sein« mit haßerfüllter Ideologie spreizt sich, oft aus Unwissenheit und fehlender Bindung an Land und Leute geboren, während ein immer erschreckenderes Zweck- und Profitdenken, dessen einziger Gott der »Tanz ums goldene Kalb« ist, die Wildbahnen leert und unsere Natur einzukaufen und endlich zu zerstören droht.

Hege und Jagd aus Passion und einer tiefen, echten Bindung an die Landschaft und deren Geschöpfe in ihrer untrennbaren Gesamtheit droht der Macht des Geldes einerseits und der Gewaltbereitschaft aus den von Ideologie verbogenen Seelen andererseits immer mehr zu erliegen.

Die besten und zuverlässigsten Jäger, Heger und selbstlosen Naturfreunde fand ich noch immer unter meinen Freunden vom Lande, jenen Menschen, die täglich mit der Natur auf vertrautestem Umgang leben. Sie wissen um die vielfältigsten Zusammenhänge und sind, zumeist ungekünstelt, unverbildet und noch nicht angekränkelt vom Glauben an die Allmacht des Geldes, nicht zuerst hinter »den großen Knochen« her. Sie können sich noch freuen über die Fähe, die mit dem Fang voller Mäuse in der Frühe zum Bau schnürt, über den Bussard, der mit hellem Katzenschrei jagt und über das Gesperre Hühner, das an der Hecke den Winter überlebte.

Und sie erleben diese kleinen und größeren Freuden zusammen mit ihren Jagdhunden, den zuverlässigen Gefährten bei Pirsch und Ansitz, Sommers und Winters, ohne die sie sich ein Jäger- und Hegeleben nicht vorstellen können. Denn wer nur schießen will, der soll besser in einen Schützenverein gehen. Daß ich, oft gemeinsam mit meiner Frau, jagen durfte und mit ihr noch heute zu Ansitz und Drückjagd »raus« kann, den Wachtelhund zur Seite, hat mein Leben bereichert. So entstanden und verdichteten sich diese Geschichten in Nachdenklichkeit zu einer Art »Kanzelpredigten« (man verzeihe mir den hier und da erhobenen Zeigefinger), auch in der Sorge, daß unseren Enkeln später noch der Waldkauz ruft und im Frühdunst die Bache mit den Frischlingen kommt, daß noch Reh- und Rotwild ihre Fährten ziehen, Enten und Gänse von den Seen und Teichen hin zur Äsung wechseln und Rebhühner wie Hasen wieder das Leben gewinnen, oder zu Oculi die Waldschnepfe gaukelnd kommt. Dann werden auch die Kiebitze und Rohrdommeln, die Himmelsziegen und Wachteln, Rohrweihen und Kraniche uns weiter mit ihren Rufen begleiten. Jagd kann und muß gelebter Naturschutz sein. Es darf nicht immer zuerst Erfolg auf der Jagd unser Handeln bestimmen, aber wer mit dem Herzen pflegt, der darf auch jäten und ernten können.

Wolfgang Köpp

»Und wenn es nicht ums Jagen wär', als früh im Wald zu streifen,
zu lauschen wie der Kuckuck ruft und wie die Finken pfeifen,
zu atmen frischen Tannenduft und taugekühlte Morgenluft ...«

Franz R. von Kobell

Der Aalbach

Durch die weiten Wiesen plätscherte der Bach, nachdem er sich aus dem flachen, kaum bewegten Malliner See befreit hatte, vorbei an den hohen Pappeln des Hackstedt'schen Brinks, nahm hier einen kleinen Graben und dort einen Vorfluter in seine Arme und schien noch zu träumen in der Erinnerung an die vielen seltenen Vogelarten, denen er auf dem See und an dessen Rand begegnet war. Spieß- und Pfeifenten, Krick- und Knäkenten, Moor-, Schell-, Trauer- und Samtenten hatte er gesehen. Grau-, Saat- und Bleßgänse, aber auch die seltenen Schnee- und Ringelgänse waren ihm begegnet. Bisweilen trug er die stolzen Singschwäne für kurze Zeit.

Die Rohrweihe gaukelte in niedrigem Flug über See und Schilfrand, in dessen Weidendickichten noch die Beutelmeise ihre kunstvollen Nester baute. Hin und wieder tauchte auch der Fischotter auf, und ab und zu steckten neugierige aber vorsichtige Sauen ihren Wurf aus dem Kalmus- und Totenkolbengewirr, wenn sie nach schmackhaften Wurzeln brachen.

War das eine bunte und lebhafte Welt an diesem See, doch der Bach mußte ja weiter. So floß er bald durch die Wiesen am alten Gutsdorf, berührte fast die niedrigen Burgwälle, die an seinem Ufer von alter Besiedlung im fisch- und wildreichen Niedermoortal kündeten. Er war der Lebensspender, wenn er im Frühjahr die Wiesen wässerte, mit seinen Mückenscharen die junge Brut der zahlreichen Singvögel versorgte und das Gras für die Rinderherden wachsen ließ. Vielleicht war er einst sogar für die Anwohner mit ihren eichenen Einbäumen schiffbar gewesen, so behäbig breit und ungezwungen lag er in seinem Wiesenbett. Seine Wasser kamen von weither, von den Havelquellen, die irgendwo im weiten Waldgebiet um die Müritz ihren Ursprung haben. So floß er selbstbewußt und ruhig dahin, genoß den Frieden der stillen Landschaft, ehe er sich am Malliner Wehr durch die ungewollte Enge zwängen mußte.

Aalbach hieß er von alters her, denn Aale gab es in ihm zuhauf. Das hatten schon die Alten gewußt und mit Schnüren und Rohren diesen begehrten »Schlangen« nachgestellt. Manches Festmahl bereicherten die frisch und heiß geräucherten sonderbaren Fische, und es galt als besondere Köstlichkeit, wenn sie, sauer eingelegt und kühl, an heißen Tagen zu Röstkartoffeln auf den Mittagstisch kamen.

In jüngerer Zeit hatten der dringende Bedarf der großstädtischen Hotels und der zunehmende Devisenhunger des Staates dank der Pfiffigkeit eines LPG-Vorsitzenden, der nicht aus dieser Gegend stammte, den Aalfang zu einem bedeutenden Nebenerwerb im kleinen Dorf werden lassen, einem Dörfchen, das sich nach der Bodenreform doch eigentlich mit der Versorgung der Städter beschäftigen sollte, also mit Ackerbau und Viehzucht und nicht mit privatem, nicht geplanten Fischfang. So sagte es jedenfalls bald die Obrigkeit in der fernen Kreisstadt, und sie hielt wenig – ach, was sage ich – gar nichts von solcher Art Eigenleben. »Initiative, wenn sie nicht von uns kommt«, interpretierte es ein nervöser und immer unter Zeitnot reisender Kollege vom Kreisamt, der gelegentlich das kleine Nest aufsuchte, um nach Recht und Ordnung zu sehen, »Initiative ist Disziplinlosigkeit mit eventuell positivem Ausgang, und darauf kann man die strahlende Zukunft nicht aufbauen.« Und er, wie auch die anderen »Kollegen« vom Kreis, bemerkten stirnrunzelnd und mit Nachdenklichkeit die vor fast jeder Tür hängenden Aalfanggerätschaften, als da sind: Aalreusen, Aalschnüre, Grundangeln und so fort. Die Rohre, die an den Zäunen lagen, Tonrohre, Regenfallrohre und eiserne Ofenrohre sowie andere dergleichen zweckmäßige, aber für den gedachten Zweck verbotene Röhren gewissen Durchmessers kannte er nicht, also übersah er sie – leichtfertigerweise. Aber wie das so ist, »allzuviel zerreißt den Sack«. Es blieb dem wachsamen Auge des beauftragten Gesetzeshüters auf Dauer das Übel solchen Wirtschaftens hinter dem Rücken der Staatsmacht nicht verborgen.

Und eines frühen Morgens, die fleißigen Aalfänger waren gerade mit reichlicher Beute zurückgekehrt und überschlugen schon den voraussichtlichen Gewinn, da war es aus mit der Herrlichkeit und der Pfiffigkeit und dem bis dahin erfolgreichen Versuch, die dürftigen Erlöse aus den Sollmengen der Landwirtschaft wenigstens etwas auszugleichen, hinter dem Rücken der Obrigkeit zwar, aber zu allgemeinem Nutzen. Die uniformierte Staatsmacht aus Kreis und Bezirk hatte das Dorf umstellt, konfiszierte mit drohend vorgehaltenen Gewehren die erkennbaren Geräte nachlassender Arbeiter- und Bauernmoral und führte den Anstifter und ein paar vermutete oder benannte Mittäter gefangen in die Kreisstadt.

Nun kamen die Sünder, belegt mit Geldstrafen aber vor allem bedonnert mit kräftigen, niederschmetternden und aufrüttelnden Worten besagter Obrigkeit nach ein paar Tagen wieder zurück ins heimatliche Dorf am Aalbach, denn hier waren sie für die Volkswirtschaft nützlicher als hinter Gittern, doch sie machten von jetzt an unter den wachsamen Augen der Kreisoberen mehr und vor allem sichtbare Anstrengungen, Ackerbau und Viehzucht besser zu betreiben.

Abgesehen davon, daß in ihm die Aale wieder zahlreicher wimmelten, merkte der Bach wenig von diesen wichtigen Ereignissen. Er floß weiter träge, aber lockend durch die Wiesen am hochgelegenen Dörfchen vorbei. Fischreiher und Enten, die sonst, empört über die spätabendliche oder frühmorgenliche Störung, lauthals aufstanden, um ein paar hundert Meter weiter wieder spektakelnd einzufallen, wurden nun fast nur noch von den Melkern in der Frühe gestört, wenn diese im Morgennebel nach den Kühen suchten und dabei, schnell, unbeobachtet, nach den unter dem Uferrand versteckten Rohren sahen. Nur einmal noch, als bei Baggerarbeiten am Bachlauf Reste uralter Besiedlung und ein großer Lanzenhort entdeckt wurden und eifrig Suchende und unermüdlich Grabende monatelang diesen seltsamen Schatz bargen, da hatten auch die Baggerfahrer ihre ganz persönliche Freude und nahrhafte Befriedigung, holten sie doch Greifer um Greifer mit jeder Schaufel Schlamm auch etliche handfeste, armdicke Aale und Dutzende der beliebten Bundaale ans Ufer.

Damals herrschte große Unruhe am Bachlauf und in den Wiesen und Enten, Reiher wie auch die Rallen mieden in jener Zeit den Bach und hielten sich lieber in den zahlreichen Gräben seitab auf. Als dann das neue Wehr aus Beton und Stahl die alte vertraute aber morsche Holzbrücke ersetzte, wurde dahinter auch dem Bach ein neues tieferes und schnurgerades Bett gegraben. In der Hauptstadt war ein neues Wort geboren worden: »Melioration«! Es schallte bis in den hintersten Landeswinkel und gebar großartige Pläne. Dafür war auch sogleich Geld da. Begleitet von zahlreichen Handarbeitern, kamen große Maschinenungeheuer und legten den eigenwillig fließenden Bach tiefer. Kluge Männer aus der Stadt, Ingenieure und Techniker, verließen ihre Reißbretter und befahlen ihn in ein ordentliches, nun zumeist gerades Bett. »Wir werden mit unserer modernen Technik der Natur schon zeigen, wie es zukünftig besser geht. Ohne Gott und Sonnenschein bringen wir die Ernte ein. Große, gewaltige Ernten, von denen man noch reden wird in späteren Zeiten.«

So eilte der Bach jetzt rascher durch die schmale Schlucht, nur fort von dem quetschenden Wehr, nur schnell raus aus der Enge, und er beeilte sich so sehr, daß die Unterwasserpflanzen plötzlich lebhaft hin und her schwangen und sich die angehefteten Larven der gefürchteten Kriebelmücken pudelwohl fühlten und nach ihrem Schlupf in dichten Wolken über dem Wasser standen, ehe sie ein kräftiger Wind über das Weideland trieb, hin zu den Weideplätzen der Rinder. Da starb dann plötzlich manch an einer Kette getüdertes Rind, weil es nicht Reißaus nehmen und sich retten konnte, an den zahllosen Stichen der ungewohnten Plagegeister. Und die Menschen in den Wiesen, besonders die Melker, aber auch die Angler, rieben sich fluchend tagelang die schmerzhaften Einstiche und bekämpften solch ungewohntes Übel noch öfter als sonst mit dem schmerzstillenden und trostspendenden Alkohol. Und sie schimpften auf diese neue Erfindung, diese »Meloratschon«, was ja, wie man ihnen in den Versammlungen immer wieder zu erklären versuchte, eigentlich Verbesserung heißen sollte, sich aber in ihren Augen als Last der Landschaft und ihrer natürlichen Bewohner darstellte. Denn was sie nun erlebten, hieß Entwässerung.

Aber Karpfen und Aale platschten und schlängelten weiter durch Kalmus, Schilf und Binsen und bewegten die dicken braunen Totenkolben am Bachrand. Die Enten klingelten morgens wie abends mit ihren schnellen Schoofen den Bachlauf entlang, immer auf der Hut vor den Jägern, die im Herbst zwischen den Weiden auf die von der Eichelmast fetten Erpel lauerten. Hier und da wand sich der nun schmale Bach um

11

eine Ecke, breitete sich etwas aus und wurde dabei wieder ruhiger, so als wollte er, erschöpft vom schnellen Lauf, ein bißchen Pause machen. Dann suchte er den Schatten des Waldes, um sich von der über den Wiesen flimmernden Hitze abzukühlen, verhoffte wohl auch etwas länger, weil rechts wie links von ihm unter den Erlen die stillgelegten Reste des alten Grabens geheimnisvoll ihre schwarzen Wasser versteckten, so daß nur die Bisamratten und der Iltis und hin und wieder auch der Fischotter die ruhige Einsamkeit der stillen Wasserfläche furchten. Es war, als wollte der neue Bach den Vorfahren grüßen, ehe er, getrieben von erzwungener Geschäftigkeit, aus dem kühlenden Schatten trat und der großen Schilfwiese zueilte, die ihn verlangend und mit zahlreichen kleinen Armen umgarnend, in ihrer unergründlichen Tiefe aufnahm. Rot- und Rehwild suchten hier ihren ungefährdeten Einstand, die Sauen kühlten ihre Schwarte und holten sich eine Schlammpackung gegen das lästige Ungeziefer oder lagen wintertags auch gern unter den dichten Weiden im dick mit Schilf gepolsterten Kessel im Schutze der tückischen schlammigen grundlosen Gräben. Fuchs und Hase kannten die sicheren Wechsel durch die geheimnisvolle Bruchwiese, sommertags horstete die Rohrweihe im Schilf und zog mit hochgestellten Schwingen gaukelnd über die Dickichte, die von Enten, Rallen, Tauchern, Reihern und vielerlei anderem Leben wimmelten und wisperten.

So fand sich der Aalbach nur ungern am Ende der Großen Herrenwiese wieder zusammen, schleppte allerlei mit, ehe er in das Steinwerk der abwärts gelegenen Wassermühle gezwängt wurde. Wieder Zwang – und er gurgelte und strudelte und drehte sich empört an dem Bollwerk vorbei.

Früher hatte er hier das große Wasserrad bewegt und sich mit seiner ganzen Kraft gegen die breiten Bretter gestemmt. Oh, er hatte es diesem großen Rad, das sich ihm in den Weg stellte, schon zeigen können. Jetzt forderte ihn niemand mehr, und so plätscherte er bald, ohne seine Kraft zu spüren, an den verfallenden Mauern vorbei. Wozu der ganze frühere Aufwand, scheint er unter den Erlen im ungebändigten Bett zu murmeln, denn hier, im Erlenbruch hatte niemand »verbessert«, und nachdenklich zieht er, hin und wieder kurz verweilend, zur großen Stadt, neuen Abenteuern und Gefahren entgegen.

Vorfrühling in den Wiesen

Palmsonntag war gekommen. Noch immer wehte ein eisiger Wind aus Osten. Der verharschte Schnee erstickte die Saaten. Eine geschlossene Eisdecke hielt die Seen und Sölle, die Teiche und Torfkaulen gefangen. An diesem Sonntagmorgen wurde ich durch ein eigenartiges Geräusch aus dem Halbschlaf geweckt.

Es knarrte und schnarrte und quietschte. Wastel, der junge Wachtelrüde, konnte es nicht gewesen sein. Der schnarchte unüberhörbar auf der alten, von vielen Wachtelhundgenerationen geliebten Sauschwarte vor der Schlafzimmertür. Da war es wieder –, und plötzlich war aller Unmut über die unzeitige Störung vergessen: In der Linde vor den Schlafzimmerfenstern schnarrte und knarrte, flötete und pfiff ein Star. Er balzte, klappte mit den Flügeln und sang seine ganze Liebes- und Frühlingssehnsucht in den erwachenden Morgen, obwohl noch Dunstschleier vor der aufgehenden Sonne den Tag verborgen hielten. Was mochte im Herzen des unermüdlichen Sängers vor sich gehen? Welche Macht hatte ihn jetzt schon an seinen Brutplatz gezogen? Unwirtlich waren Dorf und Landschaft, kein Frühlingsanzeichen zu erkennen, die Weidenkätzchen am Kiebitzmoor hatten zumeist noch die braunen schützenden Hüllen an. Er aber sang und lockte, und es hörte sich an, als sei eine ganze Vogelkapelle im Garten.

Ich hatte die Füße längst aus dem Bett, und auch dem »Herrn Hund« war die Unruhe in den Schlaf gefahren. Einer solchen Aufforderung konnte man nicht widerstehen. Eigentlich hatte ich an diesem Morgen einmal ein bißchen länger druseln wollen. Was sollte ich auch draußen? Der Rehwildplan war lange erfüllt, und die Sauen durften wieder mal nicht bejagt werden, weil Impfköder gegen die noch immer grassierende Schweinepest ausgelegt waren.

Aber: »Rut ut de Posen« (»Raus aus den Federn«), wie man hier in Mecklenburg sagt, so drängte der Vogelruf. Mein Rüde trippelte aufgeregt im Flur hin und her, er ahnte etwas – oder wollte er bloß vor die Tür? Doch als er die Tür vom Waffenschrank quietschen hörte (na, Hausherr und Jäger, die braucht wieder mal Öl), da war er nicht mehr zu halten und lief mir vor Aufregung dauernd vor die Beine. Das Gewehr nahm ich mehr aus Gewohnheit mit – und um dem Hund eine Freude zu machen. Obwohl: Man konnte ja nie wissen. Der Star lockte uns, zu den Wiesen am Torfbruch zu gehen und nach dem Frühling zu suchen.

Die Stille des Sonntagmorgens wurde kaum von den Dorfhunden gestört, die sonst, besonders in der Frühe, immer lauthals auf sich aufmerksam machten. An der Wegkante raschelten die Eichen mit ihrem trockenen Laub, Buchenknospen ließen sich eher vermuten, als daß man sie sah. Schneereste im Fallaub und auf den dürren Rainfarnstengeln machten mich frösteln. In den Wiesen am Bruch lagen noch große Schneefelder, schon schmutzig-weiß, aber immer noch einem Leichentuch ähnlich; lediglich die schwarz durchbrechenden Maulwurfshügel ließen Leben unter der kalten Decke ahnen. Ich wollte zur Kanzel am Ellernkopf, dorthin, wo sich die sumpfige, nur von Roterlen bestandene Waldspitze bis in die Moorwiesen vorschob. Der Hund schien wieder mal Gedanken lesen zu können und lief vor mir in Richtung des Ansitzes, ohne ein einziges Mal nach mir zu verhoffen.

Die hohe Kanzel steht am Graben. Das ist meine Traumstelle. Weit geht der Blick über die ausgedehnten Wiesen und den angrenzenden Bruchwald bis zu den Höhen jenseits der beiden Seen, die dieses kaum zu durchdringende Erlen- und Weidendickicht eher verbindet als trennt. Dort liegen die Einstände der Sauen, unangreifbar. Der Schwarzstorch horstet in der wilden Einsamkeit, Beutelmeisen bauen ihre kunstvollen Nester, Eisvögel huschen mit hellem spitzem Schrei zu ihren Sitzwarten an den Gräben, und der Fuchs zieht seine uralten Pässe durch das Moor. Nur die Einheimischen gehen noch manchmal auf vertrauten Pfaden heimlich an die versteckten Torflöcher, um zu angeln; ein Fremder tut besser daran, dieser verborgenen und verwucherten, wildromantischen Senke fernzubleiben, um die selbst die Fischereiaufseher einen Bogen machen, die doch sonst so gern den Schwarzanglern auf die Schliche kommen. Rechts hinter den Wiesen schimmert der kleinere von zahlreichen Sagen begleitete See durch das lichte Holz, zur Linken liegt das von allerlei bunten Bungalows verschandelte Rest-Dorf, eingebettet in die Hügelkette der Stauchmoräne, und bewacht vom »Wendenkönig«, dem uralten bronzezeitlichen Hügelgrab, das auf der höchsten Erhebung stumm Zeugnis ablegt von frühester Besiedlung dieser fisch- und wildreichen Landschaft.

Ich saß noch gar nicht richtig auf der Kanzel, hatte es mir noch nicht bequem gemacht, da sah ich sie schon: Kraniche! Ihr wundersamen, ehrfurchtgebietenden Frühlingsboten, unnahbar, wachsam, ihr Wanderer zwischen Nord und Süd, Rufer des Lebens, Wiesentänzer. Da seid ihr ja wieder – endlich! Nach dem roten Milan, der hierher zu uns als erster sichtbarer Frühlingskünder zurückkehrt, sind sie die nächsten. Und wenn ihr Ruf zwischen Morgen und Abend weit über die Felder bis ins Dorf am großen See schallt, wenn sie in großen Kreisen hoch segelnd nach der Heimkehr ihr Revier umschreiben, dann verschwindet alle Froststarre und Einsamkeit aus den Herzen und ein lange ersehntes Glücksgefühl steigt hoffnungsschwer auf.

Drüben, bei der dicken Mooreiche am langen Graben standen zwei, aufmerksam zu uns sichernd, zwei andere hatten uns wohl noch nicht bemerkt und stolzierten mit langsamen, bedächtigen Schritten weiter entfernt durch die Wiese. Doch als sich jetzt die Sonne langsam aus dem Dunst löste und drüben an der alten Heerstraße über den Hügeln hochkam, da grüßten die beiden Paare das Licht mit anhaltenden, freudig klingenden Rufen. Und zwischen den Paaren wechselten die Rufe hin

und her, so als wollten sie sich gegenseitig ermuntern, sich bestätigen: Seht doch, wir sind wieder angekommen, sind wieder beisammen. Wie um das Bild zu vollenden, schwebten vom Bruch Paargänse an den Grabenrand ein, dort, wo der Schnee schon länger getaut war, und sie begannen nach den ersten grünenden Knospen und Halmen zu suchen.

Es schienen »Verlobte« oder »Jungvermählte« zu sein, sie hatten wohl noch kein Gelege. Doch einzelne größere Gänse in der sich ständig mehrenden Schar, Ganter vermutlich, zeigten bald, daß das Brutgeschäft trotz der kühlen Temperaturen schon in vollem Gange war. Leise rufend zogen von Zeit zu Zeit Paare fort, andere kamen, mit Rufen laut begrüßt. Es war ein zunehmendes ständiges Kommen und Ziehen. Die scheinbar tote, kalte und noch so unfreundliche Wiesenweite begann zu leben. Als ich sie mit dem Glas näher holen wollte, da entdeckte ich plötzlich den ersten Kiebitz – und dort noch einen – und da wieder. Vogel des Jahres, gaukelnder Freund aus Kindertagen, du mit der kessen Federhaube, hier bei uns beschützt und bewundert und in Frankreich wie in Italien grausam gefangen oder geschossen, damit verwöhnte Gaumen sich einen besonderen Kitzel gönnen können. Gibt es dich doch noch! Wie oft hatte er mich bei der nächtlichen Pirsch auf Sauen mit seinen klagenden Rufen begleitet und so manches Mal dadurch die Schwarzkittel gewarnt. Früher, in der Kinderzeit, gab es in der hinterpommerschen Heimat so viele Kiebitze, daß sie im Frühling wie Wolken über die Wiesen zogen, und wir Kinder sammelten Eier, um uns beim Krämer oder dem Gutsinspektor ein Taschengeld zu gewinnen. Aber wir nahmen aus jedem Gelege, das wir fanden, nur ein Ei. Das hatte sie nicht gezehntet. Seit aber ein verordneter Meliorationsunsinn und die Gier nach immer mehr Erträgen die weiten Wiesen mit ihren lebenspendenden Blänken trockenlegten und immer intensivere Ackerkultur keine Handbreit

Boden unbeackert ließ, da verschwand der kleine schimmernde Vogel immer mehr. Inzwischen hatte er Mühe, sein Gelege vor den wachsamen, überall lauernden Krähen, Elstern und Kolkraben durchzubringen, und dem einzelnen kühnen Kämpfer nützten seine mutigen Attacken gegen die schwarzen Nestplünderer wenig. Die meldeten sich jetzt auch. Mit taumelnden Balzflügen gaukelten sie übermütig über dem Wald. Ihre Rufe hallten wie Glocken durch den Morgen. Flugkünstler sind die großen schwarzen Gesellen. Aufmerksam revieren sie, nichts entgeht ihnen, des Göttervaters Wotan Boten. Leider gibt es zu viele. Sie hatten sich an den Müllkippen ein entartetes Wohlleben angewöhnt, waren verwahrloste Gesellen der Wohlstands- und Überschußgesellschaft geworden und überfielen nun die Landschaft, deren kleine Bewohner ihnen schutzlos ausgeliefert waren. Was nutzten dem Hasen die flinken Läufe, was dem Rebhuhn oder dem Fasan die noch so geschickte Tarnung des Geleges? Sie fanden fast alles. Und mit ihnen suchten und fanden Elstern und Krähen in ihrer maßlosen Vielzahl und machten die Umwelt ärmer. Schnell hatte sich auch ein Gerücht um die großen Raben gebildet: Kälber und Lämmer hatten sie angeblich getötet. Gewiß sah man sie bei den auf den Koppeln verendeten Lämmern und Kälbern, die meist von einer verwahrlosten Viehwirtschaft neueren Datums zeugten, so, wie sie bei jedem Aas auftauchten, und sie holten sich ihren bequemen Anteil. Zwar konnte kaum noch ein Junghase überleben, seit sie wieder in großen Flügen über Wald und Feld spähten. Auch der Jäger sah ärgerlich auf den Schaden, wenn er erlegtes Wild bis zum Abtransport nicht sorgsam verblendet hatte. Aber lebende Lämmer und Kälber? Da ging doch wohl die Habsucht auf billige Entschädigung mit jenen durch, die eine teilweise tierquälerische Viehhaltung betrieben.

In die Wiese kam immer mehr Leben. Kiebitze gaukelten, Starenschwärme flogen auf und ließen sich ein paar hundert Meter weiter nieder, die Gänse ästen oder hielten aufmerksam Wache, und die Kraniche stelzten würdevoll und sehr ernsthaft durch das vorjährige Gras. Hinter mir in den Roterlen rief unaufhörlich eine Kohlmeise. Ihr »Spinn dicke, spinn dicke« und »flietig, flietig« (»fleißig, fleißig«), wie die Landleute in Mecklenburg ihren Kindern und Enkeln den Ruf übersetzen, wollte den Winter vertreiben helfen.

Und dann bemerkte ich endlich auch die roten Troddeln der Erlen über der Kanzel. Sie prahlten schon, ließen sich nicht mehr zurückhalten in der Winterstarre, wollten stäuben, neues Leben zeugen. Ein Starenruf hatte mich aus winterlicher Müdigkeit aufgeweckt und auf die Suche nach dem Frühling in die Wiesen am Bruch geschickt, und ich hatte es nicht bereut.

Nun werden die Kinder wohl bald wieder singen: »Alle Vögel sind schon da ...«, wie sie es von den älteren gelernt haben. Die Karwoche wird auch noch manche heimlichen Heimkehrer erleben, von denen die meisten Menschen gar nicht bemerkt haben, daß sie weg waren, fortgezogen vor dem für sie tödlichen Winter in sonnigere, aber nicht ungefährliche

Gegenden. Der Volksmund hat es ja behalten: »Amsel, Drossel, Fink und …«, ja, aber nur der »und« war weg gewesen. Die anderen, unsere Vorfrühlings-, Vorstadt- und Haus-, Hof- und Gartensänger blieben ja zum Teil.

Weil nun aber im Winter die wenigsten Menschen Lust zum fröhlichen Singen haben und Amsel, Drossel, Fink auch nicht, und weil der Fink, der Buchfink, dieser wunderschöne, aber von flüchtig blickenden Leuten oft mit Spatzen verwechselte eher unauffällige Sänger mit dem schmucken Käppchen und den eleganten Seitenstreifen sich wintertags in den Grünfinken- und Sperlingsscharen aufhält und den Herren Film-, Funk- und Fernsehregisseuren immer wieder als Backgroundmusiker dient, also singen wir mit Kindern und Enkeln frühjahrs weiter schön, aber falsch: »Alle Vögel sind schon …«, und freuen uns.

Wenn auch überall noch Schneereste lagen und Eis die Gräben und Seen zudeckte, drüben in dem geheimnisvollen Bruch war der Frühling angebrochen und hatte seine ersten Boten ausgeschickt. Nur die Schnepfen waren noch nicht zu hören, waren ja auch viel zu rar geworden, waren nur noch freudiges Erleben an wärmeren Frühlingsabenden. Aber auch sie werden nicht mehr lange auf sich warten lassen. Und wenn ihr Wegbegleiter auf der langen Wanderung, die Schafstelze, unten an der alten Meierei eilfertig nach ersten Insekten trippelt, dann wird es sich bewahrheiten: »Palmarum Tralarum«, oder wie wir Kinder im Konfirmandenunterricht sagten: »Palmarum Talar um«.

Von der Putenzucht zur Jagd

Kennen Sie Puten? Ich meine nicht diese bedauernswerten Produkte moderner Tiersklaverei, die kaum noch laufen, geschweige denn fliegen können und in manchen Gaststätten die langweilig schmeckenden Schnitzel hergeben. Ich meine vielmehr jene schmackhaften Riesenvögel mit angeblich siebenerlei Fleisch, die der Hausfrau schon Schwierigkeiten bereiten, wenn sie feiertags in die Bratröhre sollen und an allen Enden zu groß sind, und die, einmal gebraten, Tag um Tag zwischen Weihnachten und Neujahr immer wieder auf den Tisch kommen, ohne daß der Braten ein Ende zu nehmen scheint. Sie sind, besonders in den ersten Wochen ihres kurzen Lebens, eine in der Massentierhaltung lebensunlustige, nachtragende und verwöhnte Sorte piepsender Federbälle. Warm wollen es diese kleinen Schieper haben, so daß die Tierpflegerinnen am liebsten halbnackt in den Ställen herumlaufen würden, wären da nicht überall diese winzigen kribbligen Parasiten, Federlinge genannt. Die Einstreu aus Hobelspänen oder Sägemehl wünschen sie nur von besonderen Holzarten, sonst streiken sie und verfallen protestierend in Atemnot, und das Futter muß ausgesucht und vom Feinsten sein. Puten sind wahre Leckermäuler. Bekommen sie alle diese Liebesgaben nicht, dann wollen sie, wie die alte Forstarbeiterin zu sagen pflegte – die im Wald nicht mehr recht zupacken konnte und deshalb zur Putenaufzucht auf dem staatlichen Forsthof abgeordnet war: »... ums Verrecken nicht am Leben bleiben.« Ich frage mich nur, wie meine hinterpommersche Großmutter die Küken groß gezogen hatte. Doch das besorgte, anders als in den heutigen Ställen, die Zuchtpute wohl mit erstaunlicher Kenntnis notwendiger Lebensumstände selber.

Schon als Junge hatte ich in meinem Heimatdorf jenseits der Oder mit diesen schwarzen oder weißen Sonderlingen frühzeitig schlechte Erfahrungen gemacht. War am Spätnachmittag der Augenblick verpaßt, wo sie zurück in den Stall mußten, dann durfte ich in der großen alten Eiche vor unserem Garten rumklettern, um die in den Baum geflogenen Riesenvögel wieder runterzujagen. Meistens blieben sie trotzdem oben, hatten sich die entlegensten Zweige ausgesucht und kollerten mir eins. Ganz schlimm war es morgens auf dem Schulweg. Da saß auf einem Misthaufen am Wege ein riesiger Puter und wartete, um uns mit Schnabelhieben, Flügelschlägen und Kratzfüßen die Bosheiten heimzuzahlen, die wir ihm sonst aus sicherer Entfernung zuriefen, so daß er immer vor Wut blaurot anlief. Daß ihm dabei ein dicker Ganter mit lautem Geschrei und derben Schnabelattacken beistand, machte diesen Weg für mich noch gefährlicher. Fand ich nicht rechtzeitig Zuflucht und Schutz auf dem von Ochsen gezogenen Milchkarren bei meinem Freund Päuler und seiner bis zum Puter langenden Aalhautpeitsche, dann kam ich »unter den Puter«.

Doch genug der Vorrede. Zur Strafe, wie mir schien, mußte ich in den ersten Jahren meiner Praxis auf mehreren Förstereien Putenaufzucht-farmen betreuen. Auf Förstereien, höre ich fragen, wieso denn dort? Ja, so war das in den Anfängen der sozialistischen Landwirtschaft in Vorpommern. Die Landwirte in den frisch zusammengeworfenen Landwirtschaftlichen Produktionsgenossenschaften, kurz LPG, hatten damit nicht viel im Sinn. Sie wußten schon, was dabei zu erwarten war, und hatten es an höchster Stelle zumeist verstanden, den zuständigen Repräsentanten die Zweckmäßigkeit der Haltung auf Waldboden überzeugend darzulegen. Folglich wurden notgedrungen die Staatlichen Forstwirtschaftsbetriebe beauflagt. Die Förster waren nicht erbaut von diesem ungewöhnlichen Zweig ihrer »Erfüllung der ökonomischen Hauptaufgabe«, wie es »allumfassend und richtungweisend« im schönsten Parteideutsch hieß. So kam es, daß man als Tierarzt mit den holzerzeugenden Waldfürsten fast ständig im Streit lag. Sei es, daß ich dem Herrn Revierförster manchmal zu sehr auf den Schuhen stand, wenn seine »Nebenproduktion« nicht ordentlich lief (immerhin war mein Gehalt von solchen Produktionsergebnissen abhängig), sei es, daß er mich als grundlegende Quelle seines Ärgers ansah – die ihm verordnete Putenzucht hielt er jedenfalls für unter seiner Würde.

Darauf führte ich es wenigstens zurück, daß ich drei Tage vor Weihnachten von ihm keinen Weihnachtsbaum bekam. Ich hätte mich früher melden sollen, raunzte er, jetzt sei der Verkauf abgerechnet, basta, es gäbe keinen mehr. Oh Tannenbaum! Kann man sich das in einer Försterei vorstellen, dort, wo die so heißbegehrten traditionsschweren Bäumchen in großen Kulturen heranwachsen und auf allen Leitungsschneisen grünen? Und ich hatte kein Wochenende gescheut, um sein Geflügel zu betreuen. Was blieb mir übrig, ich mußte zur Konkurrenz fahren. Mit dem anderen Förster, jenseits der Kreisgrenze, sei nicht gut Kirschen essen, warnten die Bauern. Das sei »soon richtiger Preuße«, der lasse lieber das Fallholz im Walde verrotten, statt es billig als Brennholz freizugeben. »Dann hat wenigstens der Wald seinen Nutzen«, lautete seine unfreundliche Meinung, und: »Ihr Bauern klaut mir sowieso bei jeder Gelegenheit das Holz unter den Fingern weg.« Im übrigen sei er sehr kurz angebunden. Na, das konnte ja lustig werden. Zwei pommersche Dickköpfe, wenn die zusammenknallen, das dröhnt.

So begab ich mich mit gemischten Gefühlen auf den Weg ins Norderholz. Das schlichte, um die Jahrhundertwende aus roten Backsteinen gebaute Forsthaus am Rande des hohen Buchenwaldes schien freundlich und wirkte mit seiner vertrauenerweckenden Ruhe direkt einladend. Wie so viele ähnliche Förstereien in Pommern lag es abseits des Dorfes, einsam, ganz dem Wald und seinem Schutz hingegeben. Auf mein klingeln öffnete eine nette, um nicht zu sagen niedliche blonde Förstersfrau und teilte mir bedauernd mit, ihr Mann sei noch unterwegs, müßte aber bald kommen. Ob ich nicht bei einer Tasse Kaffee warten wollte? Na – und ob ich wollte. Sicher war die junge Frau für etwas Abwechslung in der Einsamkeit des Forsthauses dankbar. Kaffeeduft zog durch das adventlich geschmückte Haus, es schnupperte verlockend nach frischgebackenem Kuchen. Die Einladung klang so freundlich und ganz selbstverständlich. Wie sollte ich da widerstehen? Eine schwer bestimmbare, fast anheimelnde Stimmung breitete sich hier aus, und ich fühlte mich beinahe zurückversetzt in die alte Heimat, wenn kurz vor Weihnachten geschäftige Vorbereitungen das Haus erfüllten und vielversprechende Düfte aus der Küche uns Kinder fester an die Wohnung banden. Um so gespannter wartete ich auf den grünberockten »Preußen«.

Der kam bald. Aber noch vor ihm stürmten seine beiden Hunde, ein Deutsch-Langhaar und ein Rauhhaarteckel in die Stube. Wenn die Hunde vor dem Herrn, ihrem »Leithund«, freudig herankommen, dann, so sagt man, herrscht gewöhnlich »Gut Wetter«. Schleichen sie hingegen »dallöhrig«, wie müde Schafe hinterher, dann »grummelt's« meist, und »Gewitter« ist in der Luft. Sie haben mit dem Menschen so ihre Erfahrungen. Der Blick aus den grauen Augen des mittelgroßen stämmigen Grünrocks war kurz prüfend, er schien schon abwehren zu wollen, als ich meine Geschichte vortrug. Als er aber sah, daß die große Hündin sich ohne Scheu abliebeln ließ und der kleine schnauzbärtige Rabauke mit einem kurzen Satz auf meinen Schoß sprang, da waren die Fronten geklärt. Schnell hatte ich meinen Schein. »Wissen Sie, wo im Süderholz bei den Hünengräbern am alten Thingplatz die Schonung ist?« Ich nickte. »Gut. Aber daß Sie mir keinen freistehenden Baum rausnehmen.«

Für seinen unfreundlichen Kollegen hatte er ein mitleidiges Lächeln und: »Na, also, ich will hier zwar auch keine Putenzucht. Dann schon eher Fasanen oder Rebhühner, wenn's sein muß. Aber deswegen keinen Weihnachtsbaum mehr verkaufen? Na, jeder muß wissen, was er tut.«

Es wurde noch ein interessanter später Nachmittag. Beim Abschied fragte mich dann der Forstmann, der gleichzeitig auch Jagdleiter war, ob ich nicht Lust hätte, am Zweiten Weihnachtsfeiertag als Tierarzt beim Hasenlebendfang mitzuwirken. Hasenlebendfang? Davon hatte ich schon gehört. Das wollte ich sehen. Überall im Lande wurde in den Jagdgesellschaften im Winter diese Methode angeordnet, um damit Devisen in die magere Staatskasse zu klimpern. Die Jäger schimpften hinter vorgehaltener Hand, weil damit, wie sie meinten: »noch die letzten Hasen für Dollars verkloppt würden.« Aber am Zweiten Feiertag? Meine Familie würde wohl nicht sehr erbaut sein. Doch nach den Festessen könnte mir Bewegung an frischer Luft eigentlich gut tun.

Als ich meiner Frau vorsichtig, aber immerhin mit dem Weihnachtsbaum bei Fuß, meine Absicht zu erklären versuchte, blickte sie nachdenklich auf den Baum und gab mir dann leicht schmollend ihren Segen.

Am Zweiten Feiertag herrschte früh auf dem Forsthof ein für mich schwer durchschaubares Gewimmel. Es hatte über Nacht geschneit. Im frostklaren Morgen lag die stille Landschaft verzaubert in ihrem feiertäglichen Kleid. Gibt es etwas Schöneres, als durch den jungfräulichen, von kaum einer Spur oder Fährte durchquerten Schnee zu wandern?

Doch heute war ernsthafte, angespannte Arbeit angesagt. Und so hasteten die einen, tarnfarben gekleidet, während andere im vorschriftsmäßigen Jagd- oder Forstgrün, teils sogar im stilvollen, traditionellen Loden mit großen Netzrollen und dreigeteilten Holzkisten hantierten. Fragen und Antworten schwirrten über den Hof, in dessen Mitte der Förster wie ein Feldherr einen Angriff zu befehligen schien, sichtlich bewundert von seinen beiden Jungen, die sich hinter den Fenstern der guten Stube gemeinsam mit den beiden Hunden die Nasen an den Scheiben plattdrückten. Jutesäcke und Pfähle wurden auf Hänger verladen, vor denen die Traktoren unter Dampf wie unruhige Pferde bullerten. Eine kurze Einweisung beendete das scheinbare Durcheinander. Jeder nahm Platz auf dem zugewiesenen Hänger. Dann ging es los, hinaus in die weiße Feldeinsamkeit. Weit draußen wurden in Windeseile die Netze mit ihren Seitenflügeln aufgestellt, vom Hänger des Jagdleiters rief nun das Horn zum Antreiben, und bald hörten wir aus der Ferne, zunächst noch dumpf und wie durch den wattigen Schnee gebremst, das »Has, Has« und »Ho, Ho«, und die Klappern und Rasseln der Treiber klangen langsam näher. Erste Hasen standen fern wie Kegel im Schnee, rückten dann unruhig hin und her, bis die Krummen mit immer längeren Sätzen in Richtung Netz lostrieben. Als sie bei den Fängern vorbeikamen, die sich, teilweise in tarnendem Weiß, auf den Jutesäcken flach in den Schnee gedrückt hatten, sprangen diese auf und machten mit fuchtelnden Armen und Geschrei den Langohren noch schnellere Läufe. Schon rappelte Lampe im Netz, weiter links ein zweiter, ein dritter. Überall sah man die Fänger bei ihrer Arbeit. Es mußte rasch gehen, denn hatte sich ein Krummer aus den Netzmaschen befreit, nahm er Reißaus und witschte zwischen den Treibern durch, hinaus in die grenzenlose Freiheit der Weite.
Als das erste Treiben beendet war, brachten die Männer die zappelnden Säcke zum Wildwagen. Jetzt hatte ich alle Hände voll zu tun. Häsinnen und Rammler mußten unterschieden, auf äußere Krankheitszeichen untersucht werden, denn unsere Hasen, dieses »liederliche Volk«, hatten hin und wieder Krankheiten, die durch allzu leichtfertigen Umgang bei der Partnerwahl übertragen wurden. Ein Helfer steckte die Sortierten so in die Kisten, daß jeweils ein Rammler für sich zwischen zwei Häsinnen gesperrt war. Schon war das zweite Treiben von der anderen Seite begonnen worden. Man hatte nur die Flügel umgestellt.
Die Sonne war hochgekommen, erleuchtete das flache und doch so reizvolle vorpommersche Land und zauberte Funken und gleißende Diamanten aus dem Schnee. Ich spürte die Kälte nicht. Aufregend war das, spannend zugleich, besonders, als plötzlich Rehwild im Treiben flüchtete und teilweise mühsam aus den Netzen befreit werden mußte. Doch es sollte noch interessanter und dramatischer kommen. Nach dem Mittag – die Feuerwehr hatte ihre Goulasch-Kanone angeheizt und mit kräftiger Erbsensuppe geladen, und mancher holte sich einen zweiten nahrhaften und heißen Schuß –, da gelangte das Treiben in eine Flur, wo in der leicht gewellten Feldmark dichte Hecken mit kleineren Buschgruppen ab-

wechselten und mehrere schilf- und weidenumsäumte Sölle vertieft im Acker lagen. Sölle, »Augen der Landschaft«, letzte Reste einer Zeit, in der die riesigen Gletscherströme aus dem Norden das Land geformt und hier und da auf ihrer Wanderung Eisblöcke in den Boden gedrückt hatten, ehe sie sich zurückzogen. Wieviel Leben herrscht noch in ihnen und um sie, sommers wie winters! Lebensinseln und Fluchtburgen sind sie in einer von Menschenhand zweckgeformten und gegeißelten Kultursteppe. Springsteine für gefährdete Arten. Durch sie bleiben die kleinen Reste bedrohter Arten in Verbindung. Vielfach mißhandelt, zerstört, mit Unrat vollgekippt oder einfach zugeschoben und eingeebnet, waren nicht wenige unter dem Drang nach noch mehr Nutzfläche verschwunden. Sie waren der Großflächenwirtschaft im Wege. Dabei barg sich das Rehwild in ihnen, seltene Taucher brüteten hier, der Sprosser sang nachts aus den säumenden Weidenbüschen, Ringelnattern jagten, Eidechsen sonnten sich an ihrem Rand und wintertags waren sie den letzten Rebhühnern und Fasanen eine Fluchtburg vor den Greifen.

Neben mir wurde der Förster unruhig, hatte das Fernglas schon einige Zeit an den Augen und wiegte bedenklich sein Haupt. Was sollte das heißen? Was meinte er?

Doch ehe ich noch fragen konnte, ging es auch schon los. Die Treiber waren an eins der Wasserlöcher herangekommen, als ein schwarzes Gewimmel aus dem Schilf hervorbrach und sich mit gestrecktem Galopp eine starke Rotte Sauen durch den aufstiebenden Schnee davonmachte, hin zum Netz, das kaum sichtbar vor einer Hecke aufgebaut war. Zum ersten Male sah ich am hellen Tag eine so starke Rotte. Welche unbändige Kraft, wieviel bedingungsloses Ungestüm lag in der geschlossenen Flucht. Trotzdem war da keine Kopflosigkeit. Die starke Leitbache führte auch jetzt. Nur ein großer Keiler, der Förster sagte: ein Hauptschwein, hatte sich sofort abgesetzt, war seitwärts durch die Treiberkette gebrochen und suchte sein Heil in wildem Dahinstürmen. Dann das Prasseln, als die Rotte in Netz und Hecke raste, es war bis zu uns zu hören. Doch die johlenden, schreckenden Rufe der Treiber und der Fänger übertönten alles, und jetzt wurde die bis dahin geschlossene Rotte kopflos. Als

wir nach kurzer Zeit den Schaden besahen, da war von dem geschlossenen Netz und den Haltepfählen nicht mehr viel zu sehen. Teile hingen in der Hecke, mit anderen war die Rotte – Leitbache samt Überläufern und ein paar starken Frischlingen – in die weiße Weite geflüchtet. Zwei Frischlinge, handliche Burschen, die sich im Netz in der Hecke verfangen hatten, waren von einem der beiden vorsorglich an den Flügeln postierten Schützen erlegt worden.

Schluß war mit dem Hasenlebendfang an diesem Tag. Die Netze wurden geborgen, 120 Häsinnen und Rammler in ihren Kisten zum Forsthof transportiert, und als ich die Papiere ausgefertigt hatte, fuhr ich mit kalten Füßen aber heißem Herzen nach Hause. Davon mußte ich meinen beiden Jungen erzählen.

Ich habe bald den nächsten Lebendfang wieder hautnah miterlebt, später sogar den Fang von Rehwild, der wegen der hohen Erregbarkeit dieser Wildart ungleich schwieriger und verantwortungsvoller ist, aber immer klangen mir dabei die Stimmen derjenigen Jäger im Ohr, die solch einer Weisung von oben sehr bedenklich und leise murrend entgegenstanden. Sie wagten aber nicht, laut aufzubegehren, fürchteten sie doch um ihre Jagderlaubnis, und schließlich wurden sie auch mit den erzielten Prämien für die gemeinsame Jagdkasse, selbstverständlich in »Mark der Deutschen Notenbank«, beschwichtigt.

»Wir verdünnen hier unsere noch immer guten Hasenbestände gleich doppelt«, murrte ein alter Weidmann, »und hinter Elbe und Rhein ballern sie dann die freigelassenen Krummen gleich wieder dot.«

Mir hatte es das gemeinschaftliche Erleben und die natürliche Denkweise dieser Menschen angetan, die zumeist wie ich in der Landwirtschaft oder doch in den Dörfern ihrer Arbeit nachgingen. Einige kamen aus der kleinen Stadt Loitz, die verträumt und malerisch, aber auch noch immer ein bißchen verschlafen im Peenebogen liegt. Die meisten kannte ich. Forstarbeiter, Traktoristen, Melker, Schlosser, LPG-Vorsitzende, Lehrer, einige wenige Frauen, Tierärzte, auch einige Angestellte und der eine oder andere Funktionär bildeten gemeinsam ein Jagdkollektiv, das der Förster mit ruhiger Hand, aber bestimmt führte.

Es war beim nächsten Hasenlebendfang; wir hatten eine weniger aufregende Strecke gemacht und dennoch wieder volle Fangkisten und saßen noch lange im alten Dorfkrug beim Schüsseltreiben und Klönen. Ich hörte erstaunt die bildhafte Erzählweise der sonst eher wortkargen Pommern und freute mich an ihren Späßen und dem Jägerlatein, da fragte mich der Förster, so ganz nebenher wie es schien, ob ich nicht Lust hätte, bei ihnen mitzumachen; kurz: Ob ich nicht auch Jäger werden wolle.

Als ich überrascht und verdutzt in die Gesichter meiner Nachbarn blickte, es war merkwürdig still geworden, da schwante mir, daß sie alles längst »bekatert« hatten. »Laßt mir Bedenkzeit«, versuchte ich zu beruhigen, doch meine Gedanken waren schon bereit, den nun von allen Seiten einstürmenden Vorschlägen zu folgen. Ach, ich war ja schon mitten drin. Zum Zaudern und langen Bedenken war es viel zu spät. Mich hatte nicht nur die Neugier gepackt. Meine Liebe zur Natur und allem, was darin webt und lebt, war mitgeeilt. Für die aus der damaligen Bundesrepublik langsam auch zu uns herüberschwappende pseudogrüne Demagogie, verklemmte Tierschutztümelei und den wachsenden Radikalökologismus hatten wir schon damals wenig Verständnis. Wer auf dem Lande mit der Tier- und Pflanzenwelt um sich herum aufgewachsen und so inmitten der Natur großgeworden war, der hatte sich ein unverfälschtes und unverbildetes Verhältnis dazu bewahrt.

Allerdings war der Trophäenkult auch noch nicht so hochgespielt. Man erntete, was gewachsen war, freute sich über einen Erfolg, besonders wenn er durch harte Arbeit oder Ausdauer erkauft war, und gab nicht dem Geld sondern dem Können den Vorrang, auch und besonders, wo es um die Jagd ging.

»Du brauchst auch kein Jahr zu warten, hast uns ja schon gut geholfen. Alle Hasen wurden uns abgenommen.«

»Mach man schon die Prüfung im Frühsommer, vorher gehst du öfter mit mir raus.«

»Aber büffeln mußt du natürlich, denn die Prüfung ist kein Zuckerlecken.«

So schwirrten die herzlich und gut gemeinten aufrichtigen Worte durch den von Tabaksqualm diesigen Raum. »Aber wenn du bestanden hast, dann kostet das 'ne Kleinigkeit«, meldete sich ein Melker. »Ihr Kuhbusenmasseure habt doch immer Durst«, konterte ein anderer.

Herrjeh – keiner meiner Vorfahren war Jäger oder Förster gewesen. Brave Landleute in Hinterpommern die einen, Küster, Lehrer, Pastoren in der Kurmark die anderen, aber Jäger?

Erst sehr viel später, ich ging schon einige Jahre jagen, erzählte mir meine Mutter vom »afrikanischen Lederstrumpf«, jenem Vorfahren aus Luckenwalde, der nach Afrika gegangen und ein bekannter Großwildjäger gewesen ist. Als ich dann seine Jagdberichte in der *Deutschen Jägerzeitung* gelesen und von dem unglaublichen Kaliber 8 in einer Doppelbüchse erfuhr, die er seinem Besucher Oberländer vorführte (welcher Rüdemann erinnert sich nicht an die streitbaren Schriften dieses großen unter den deutschen Vorstehhundeleuten), das Kaliber hatte ein Geschoß mit 22 g Pulverladung und 125 g Geschoßgewicht, da war ich doch froh, daß ich mir mit der 12er Bleischleuder nur eine blaue Schulter beim Wurftaubenschießen holte und nicht wie Oberländer in Afrika bei meinem Vorfahren vor Schreck auf den Rücken fiel. (Wer's nicht glaubt, der kann ja mal in Oberländers *Herbstblättern* nachsuchen). Doch wenn ich an die Kindheit zwischen den stillen Seen und den dunklen Wäldern im Grenzmarkdorf zurückdachte, an die Abenteuer in Pilzen und Blaubeeren, an das ungebundene herrlich freie Ströpen in Wald und Flur und an die beiden Deutsch-Wachtel unseres Försters, die wir liebten und verwöhnten, an Hermann Löns, der hier aufgewachsen war und dessen Geschichten und Gedichte wir Schüler der »Hermann-Löns-Oberschule für Jungen« förmlich verschlungen hatten, war dann nicht eine gute Grundlage im Herzen und in der Erinnerung?

Ich sagte bald ja, machte mich in jeder Mußestunde über die Bücher her, wollte manchmal fast verzweifeln, wenn ich über »Totengräber«, »Malbaum«, »Reihe« und ähnliches stolperte, baute Kanzeln, Leitern und Fütterungen mit, legte Pirschsteige an, stand an freien Tagen früh vor Sonnenaufgang mit dem Förster an der Waldkante und erlebte nun die Natur wieder mit anderen Augen. »Das Sein bestimmt die Bewußtheit« – zum ersten Mal hatte ich den demagogisch mißbrauchten Satz für mich begriffen.

Wenn früh die Bache mit den Frischlingen aus dem Feld in die Dickung wechselte, der Bock an der Waldkante nach ausgiebiger Frühäsung noch rumbummelte, ehe er den Tageseinstand aufsuchte, abends die Gänse mit ihren Keilen zur See zogen und dafür die Entenschoofe ins Land zu den Teichen klingelten oder der Dachs mühsam schnaufend unseren Heimweg kreuzte, fand ich nicht nur die Entspannung von harter Arbeit, sondern erlebte diese Welt mit anderen Augen. Ja, ich spürte die fast verschütteten Reste des Unmittelbaren, Ursprünglichen unseres Daseins.

Es war ein hartes Brot bei dem »Preußen«, aber es hat mir gut getan. Alles, was ich später jagdlich konnte und erfolgreich erlebte, auch die rechte und unverbildete Art zu sehen, habe ich diesem unverwechselbaren pommerschen Revierförster und begnadeten Jäger zu danken. Doch auch die anderen, die nicht den »Kopfgesteuerten«, den Studierten in mir sahen, auch sie gaben mir Hilfe, Sicherheit und Vertrauen. An sie muß ich manchmal denken, wenn ich in einer stillen Stunde mit meinen Gedanken auf der Kanzel allein bin. Und wenn ich später mitunter verzweifeln wollte über die Art und Weise, in der die Jagd immer mehr zum Tummelplatz der Gernegroßen, Maulhelden und politischen Zuhälter zu verkommen schien oder durch das Portemonnaie korrumpiert wurde, dann fand ich Trost bei den schlichten Jägern vom Lande – ganz gleich, ob sie aus Vorpommern, oder Niedersachsen, aus Bayern oder Mecklenburg kamen – die wenig Aufhebens machten, aber fleißig und zuverlässig und ehrlich waren. Ursprünglich zur Jagd gebracht aber hatten mich diese Puten und ein ihretwegen verweigerter Weihnachtsbaum.

Mit Sprotten fängt man keinen Fuchs

Ziemlich schief sitze ich auf dem breiten Brett in der alten verwachsenen Randbuche, gut vier Meter über dem Waldboden. Der Sitz ist alt und hat sich allmählich dem knorrigen Wuchs des Baumes angepaßt. Ich muß erst einmal tief durchatmen. Einfach so, nach getaner Arbeit, abschalten und gleich mit den Gedanken voll bei der Jagd sein, gelingt mir noch immer nicht. Der Tag war lang gewesen, voller Ärger, aber auch mit interessanten Fällen, und hatte schon vor Hellwerden begonnen. Nicht mal zum Essen hatte ich Zeit gefunden. Wie sagte der alte Pferdepfleger im Stall der Genossenschaft dazu: »Wer für sich keine Zeit findet, hat auch nicht genügend Zeit für andere.« Ich werde es mir merken müssen.

Da kamen die frisch im Dorfkonsum eingetroffenen Sprotten gerade recht. »Bückware« wurden sie genannt, weil so rare Delikatessen unter dem Ladentisch vor allzu neugierigen Augen versteckt waren. Man mußte schon »Vitamin B« haben, um mit der Gunst der Verkäuferinnen an solche Mangelware heranzukommen. »Eine Hand wäscht die andere«, hieß die praktische Gebrauchsanwendung dazu. Die Verkäuferin in dem kleinen Laden fütterte zu Hause ihre privaten Schweine im Stall – »individuelle Viehwirtschaft« hieß das und brachte einiges Geld zur Aufbesserung des kargen Gehalts –, und diese Form staatlich geförderter zusätzlicher Tierhaltung erforderte wegen häufiger Überfütterung mit nicht immer geeigneten Mitteln wie überfälligem Milchpulver, überlagerten Haferflocken, altem Brot und was es sonst noch an Handelsabfällen gab, regelmäßig die Kunst des Tierarztes. Der kam zwar auf Anruf sowieso, aber doppelt genäht hält bekanntlich besser. So war ich an die begehrten Sprotten gekommen.

Ein paar Brötchen beim Bäcker um die Ecke in Loitz, dazu eine Büchse Pampelmusensaft, und das jagdliche Mittag- und Abendbrot war fertig. Beim Bäcker wäre ich beinahe wieder hängengeblieben. Jedesmal hatten wir beide ein unerschöpfliches Thema, kannten wir uns doch seit jenem Februartag 1945, als ich mit Mutter und den Geschwistern auf dem Treck in diesem gastlichen Haus zum letzten Mal übernachtete, ehe wir dann in Kreuzmannshagen unser Ziel erreichten und in einem Stall mit einer anderen kinderreichen Familie zusammengepfercht wurden, während die Bauersfrau im großen Wohnhaus allein mit einem kriegsgefangenen Italiener lebte.

Jetzt ist alles neben mir auf dem Sitzbrett ausgebreitet, die Doppelflinte mit dem Zielfernrohr liegt daneben. Von mir aus kann es losgehen. Doch bevor ich Augen für die Maifarben um mich habe und Ohren für den jubelnden Abendgesang der Vögel, will erst einmal der Heißhunger gestillt sein, und ich lehne mich zurück an den Stamm des alten Baumes und mache mich mit Genuß über die Sprotten her. Die Köpfe fliegen im hohen Bogen an den Waldrand, wo unmittelbar der große Haferschlag beginnt, der sich weithin, bis zu den Ausbauten des Dorfes erstreckt. Maikäfer steigen unaufhörlich aus dem Hafer hoch ins junge Grün der Buchen. An einem Soll in einiger Entfernung steht ein kleiner Sprung Rehwild und äst gemächlich in den Salweiden. Hin und wieder geht mein Blick zu diesen Rehen, einer Ricke mit zwei kräftigen Kitzen und einem Schmalreh, doch noch beschäftigt das Essen mich mehr. Der Pampelmusensaft paßt zwar nicht zu den Sprotten, doch Bier während der Jagd ist untersagt, und ich muß ja nachher auch noch ein Endchen fahren. Dennoch ertappe ich mich bei den Gedanken: Jetzt noch so ein schönes kühles Bierchen und dann eine Zigarre, das könnte den Arbeitstag beschließen und den Ansitz beinahe festtäglich abrunden.

Wie sagt man hierzulande, und es scheint mir die bodenständige und selbstsichere Nachdenklichkeit eines ruhigen, freundlichen Menschenschlages zu sein:»Allens is nich Arbeet, wat is ook verpusten« (»Es ist nicht alles Arbeit, man muß auch mal verschnaufen«). So ist mir jetzt. Endlich mal die Beine lang machen und den unruhigen Tag ausklingen lassen.

Frühmorgens war es schon mit Aufregung losgegangen. Ausgerechnet in die schwächste, ärmste LPG meines Bereiches war eine Delegation aus »dem großen Bruderland« angereist. Dicken schwarzen Limousinen entstiegen ernsthaft und gewichtig blickende Herren in Nadelstreifenanzügen und wurden als Professoren aus Moskau vorgestellt, die in unserem von Landwirtschaft dominierten Bezirk helfen sollten, die vielen Schwächlinge sozialistischer Landwirtschaft mit ihrem Rat und ihrer großen Erfahrung, mit Maisanbau und Offenställen zu kräftigen.»Von der Sowjetunion lernen, heißt siegen lernen«, lautete die gängige Parole, die bei jeder Gelegenheit zu hören war. Allerdings waren die großen Transparente noch nicht bis in die Offenställe, – hier sagte man zweideutig:»Oapenställ«, mit Betonung auf »A« wie Affenställe – gelangt. Dafür wimmelte es überall von den verschiedensten Neuerer-Methoden, die man dankbar freundschafts-brüderlich übernommen hatte, oft ohne recht zu wissen, wie sie am sinnvollsten anzuwenden waren.

So spürten die Kühe die neue Zeit hauptsächlich am Futter und an diesen neuen Ställen. Ach, wären sie doch, diese Freunde mit ihrem scharwenzelnden Troß, statt mit den chromblitzenden Karossen mit ebenso vielen LKWs voll Getreide gekommen, dachte ich laut zur Begrüßung. Aber das hatten sie ja selbst nicht zur Genüge, sondern führten es, wie man hörte, aus Kanada ein.

Nachdenklich betrachteten die Auserwählten nach einem Rundgang durch die Ställe den verbliebenen Futtervorrat auf dem riesigen Speicherboden. Es war ein Jammer. Da zerfloß in einer Ecke ein Rest von etwa dreihundert Kilo, der bis zur neuen Ernte für Schweine und Hühner reichen sollte. Er zerfloß buchstäblich, denn der kümmerliche Haufen lebte. Und wenn man, wie gerade jetzt die Herren der Delegation, im wissenschaftlichen Disput am Fenster stehend, mit den Fingern die kribblige Masse auf der Handfläche sortierte, dann merkten selbst die Experten, daß dieses »Futtergetreide« längst nur noch aus Futtermilben bestand. Der Stellvertreter des Bezirkstierarztes und allerlei Funktionäre wedelten um die erlauchten Gäste. Nur der junge Vorsitzende des so geehrten Betriebes stand blaß und trotzig abseits, er ahnte schon, was ihm in den nächsten Wochen blühen würde, und für mich hatte man ein niederschmetterndes Urteil zum Abschied: »Nuu, Härr Kollegge, Sie Pessimiest.« Ich hatte mir mal wieder den vorlauten Mund verbrannt.

Sie kamen übrigens, trotz ihrer lautstarken Beteuerungen, später nie wieder, und die LPG am Rande des Kreises ließ man weiter in Ruhe schlafen. Nur selten verirrte sich ein »Fernaufklärer« oder »Beschleuniger«, wie die Instrukteure vom Kreis bei den Bauern hießen, dort hin. Und wenn, dann wurden nach heftigem Stirnrunzeln dicke Programme geschrieben und ehrgeizige Maßnahmepläne entwickelt. Doch wie sich bald zeigte, waren sie ein Dokument des spontanen Eifers ihrer Erzeuger und wurden sorgfältig abgelegt. Die Spitzen des Bezirkes oder von noch weiter oben verirrten sich nie hierher, gab es in dieser Gegend doch weder Rot- noch Damwild, dem man einen Arbeitsbesuch hätte widmen können. So freuten wir uns, wenn wir ungestört von solch lieben Gästen zur Jagd gehen konnten.

Andere Jäger ländlicher Jagdgesellschaften waren in dieser Zeit schlimmer dran. Dort waren aus Futtermangel und Verzweiflung die gesamten Hausschweinbestände vor dem Winter in die Wälder getrieben und eingezäunt worden. Rotte sich wer kann! Und was im Frühjahr auf diese Weise, sich selbst überlassen, überlebt hatte, konnte noch als Gewinn verbucht werden. In anderen Fällen hatte man die Massentierhaltung auf Waldboden zur Tugend gemacht. Da streikten dann später nicht nur die Waldarbeiter, die dort Bäume fällen sollten. Auch die Jäger konnten getrost auf die Jagd in diesen verwitterten Teilen verzichten.

Doch genug Gedanken gewälzt. Ich will ja etwas erleben, jagen. Und so sehe ich, daß das Rehwild drüben am Hechtsoll plötzlich aufwirft und zur Waldkante hin sichert. Aber das gilt nicht mir. Wahrscheinlich fahren die Waldarbeiter auf dem Kirchsteig von der Arbeit nach Hause. Dichtbei führt ja dieser schmale Fußsteig durch die Buchen. Doch nichts ist zu sehen oder zu hören. Ich setze genießerisch meine angenehme Beschäftigung fort.

Sprotten – welch ein seltener Hochgenuß! Die meisten werden, glaubt man die Gerüchte von der Küste, nach dem Anlanden sofort als Viehfutter siliert, weil nicht ausreichend Räucherkapazität vorhanden ist. Wie gewonnen, so zerronnen. Es ist eine teure Schweineproduktion, vergleichbar der maß- und schamlosen Verfütterung von überzähligen Brot- und Kuchenbergen an die Borstenviecher. Aber damit das nicht jeder sehen kann, fahren die Transporter der Landwirtschaft nachts zu den Großbäckereien. Es ist schon widersinnig und spottet jeder Ökonomie, wenn der Brotpreis so niedrig gehalten wird, daß die Hühner und

Schweine der individuellen Hauswirtschaften mit Brot billiger gefüttert werden können als mit Getreide. Und in den riesigen Staatsjagdgebieten werden Getreide, Mais und Kartoffeln tonnenweise abgekippt, damit die jagdbeflissene Staatsmacht erfolgreich starke und zahlreiche Trophäen zusammenballern kann.

Da wollte ich eigentlich heute auf den ersten Bock in diesem Jagdjahr weidwerken, doch nun sitze ich hier und grüble über Ökonomie und Politik. Warum beherzige ich nicht den schönen alten Wahlspruch, der in die Eichenbalken unseres Dorfkruges gehauen ist: »Suup Di duun un frät Di dick un holl Din Muul vun Polletik« (»Trink Dich voll und freß Dich dick und halt das Maul von Politik«).

Meine Sprotten sind aufgegessen, ich spüle einen letzten Schluck Saft nach – da zieht unter mir am Rande der Buchen ein roter Schatten fort. Reineke!

Ehe ich die Hand an der Flinte habe, natürlich sind die Patronen noch in der Tasche, empfiehlt er sich seitwärts, schnürt, hier und da nach einem Maikäfer schnappend, gemächlich an der Waldkante weiter und ist schon aus den Augen. Da hat der rote Schlaumeier die ganze Zeit meine Sprottenköpfe vertilgt, das Rehwild hatte ihn schon früher bemerkt, aber ich war zu angestrengt bei der von Politökonomie begleiteten Abendmahlzeit. Nun will ich mich aber endlich doch ein bißchen ernsthafter um die Jagd kümmern.

Hin und wieder zieht näher oder weiter ein Reh im Hafer. Die Sonne rüstet sich für den täglichen Abschied, erste Dunstschleier schweben über den Senken, die Vogelstimmen verstärken sich durch Drosseln, Kuckuck, Schwirle und das »Miauen« des Katzenadlers, des Bussards. Der Haferschlag liegt wie ein weites, windstilles grünes Meer. Eine Wachtel schlägt nicht weitab, Rebhühner rufen sich zusammen. Plötzlich steht auf achtzig Schritt ein Bock im Feld, sichert zur Waldkante hin und zieht langsam, hin und wieder aufwerfend und den schwachen, kaum spürbaren Wind prüfend, mit schwerem, gesenktem Haupt näher. Grau ist das Gesicht bis über die Lichter. Die kurzen, zurückgesetzten Stangen stehen auf dicken Rosen. Das Gehörn prahlt bis zu mir. Längst ist die Flinte umgeladen und entsichert, mir schlägt das Herz im Halse, aber noch ist es zu weit für die 12er Bleischleuder. Er läßt sich Zeit, zupft mal hier, wirft dann auf und sichert lange, rupft dort etwas Grün, schüttelt unruhig das Haupt wegen der Mücken, kommt aber doch langsam näher. Ich fiebere. Endlich steht er auf gut vierzig Schritt breit.

Nach dem Schuß ist für Augenblicke jeder Vogelruf verstummt. Der Bock ist verschwunden, wie weggewischt. Jetzt rasch nachgeladen, dann angespanntestes Abwarten. Manch hastig gekrelltes Stück kam schnell wieder auf die Läufe und war dann für immer verloren.

Nach dem Abbaumen, das Kreuz schmerzt vom schrägen Sitz und die Füße sind fast eingeschlafen, gehe ich zielsicher in die vermeintliche Richtung. Doch der Bock ist nicht zu finden. Hier unten sieht alles anders aus als von oben. Zwar habe ich mir den Hintergrund gemerkt, doch nun irre ich herum. Schlage einen Kreis, noch einen, gehe zum Ansitz zurück, versuche erneut den Anschuß zu finden, umsonst. Wie ich dann nach gut zwanzig Minuten nach Hause will, um den Hund zu holen, liegt vor mir der Bock. Den Schuß hatte er wohl nicht mehr gehört. Jetzt suche ich mir doch gemächlich zwei Brüche, nun nur keine Hast, erweise dem Bock mit seinem letzten Bissen die Ehre und zeige mein Jagdglück am Hut. Dann kommt die immer leidige rote Arbeit. Später sitze ich noch eine Weile still im Hafer, spüre kaum die Mücken, die jetzt, in der Dämmerung, in blutrünstigen Scharen über das Wild und mich herfallen. Der alte zurückgesetzte Gabler freut mich, auch wenn ich daran denken muß, daß ich ihn nur bekommen habe, weil der Fuchs rechtzeitig mit den Sprottenköpfen verschwunden war. Ob ich davon den Jagdfreunden berichten kann?

Anstand und Anblick oder:
Gefährliche Kurven

Es ist früh am Morgen. Noch verharrt die Sonne hinter den Wäldern.
Über den Wiesen und Koppeln und in den Senken liegt milchiger
Dunst. Nebelschwaden ziehen streifenweise hin und her, von der leich-
ten Morgenbrise getrieben. Müde vom Nachtdienst im volkseigenen
Kuhstall steuere ich dösend den uralten Moskwitsch über die holprige
Straße nach Hause. Hoffentlich war kein Anruf mehr. Jetzt zieht doch
mein Bett, und ich muß mich zwingen, die Augen offen zu halten. Plötzlich schreckt mich Blaulicht am Straßenrand in Ballermanns Kurve. Bloß
keine Verkehrskontrolle, denke ich, denn meine Reifen sind blank, aber
es gibt keine neuen, der Rückspiegel ist blind, doch zu kaufen ist keiner,
der rechte Kugelkopf in der Lenkung des Wagens ist provisorisch mit
Draht zusammengebunden, und ich habe – aus Sicherheitsgründen – wie
die ausnahmsweise freundliche Volkspolizistin in der Zulassungsstelle
betonte – eine schriftliche Verkehrsbeschränkung auf maximal sechzig
km/h in meiner Zulassung: »wegen der Mängel an Ihrem Fahrzeug, aber
fahren müssen Sie ja irgendwie, und wir haben auch keine Ersatzteile
für Sie.«
Also bloß keine Kontrolle, denn wer weiß, wie die heute früh »an der
Mütze sind«. Doch nein, das Blaulicht gilt nicht mir. Sanitäter eilen mit
einer Tragbahre. Der ABV (Abschnittsbevollmächtigter) aus der nahen
Kleinstadt steht am Straßenrand und will mich weiterwinken. Ich halte
an, steige aus – vielleicht kann ich helfen, na – und wissen möchte ich
auch, was hier so früh schon passiert ist. »Fahren Sie weiter, Bürger! Halten Sie nicht den Verkehr auf«, redet er mich ziemlich barsch an. Seine
übernächtigten Augen blinzeln unter dem Sturzhelm. Mir scheint, als sei
ein deutlicher Pfeffi-Geruch in seinem Atem. Hat er wieder zu lange im
Stadtkrug am grünlichen Pfefferminzlikör gesessen, den die Melker und
Traktoristen Wiesenpieper oder Grüne Hölle nennen?
Von wegen »Bürger, halten Sie nicht den Verkehr auf«. Außer seiner
»Schwalbe«, dem »Sanka« und einem Trecker mit Milchtankhänger, auf
dem die Melker zur Koppel wollen, sehe ich auf der einsamen Land-
straße keinerlei Verkehr. Wer fährt hier schon um diese Stunde? Warum
tut er heute so dienstlich? Vorige Woche erst hatte ich ihm nachts aus
dem Straßengraben aufgeholfen, als er hilflos auf der Seite lag, und ich
hatte ihn, den Freund und Helfer, auf die Schwalbe gesetzt.
Jetzt bin ich plötzlich ein »Bürger Verkehrshindernis«.
»Was ist denn passiert?« frage ich trotzdem.
»Der Bürger Karl Groß ist verunglückt.«
Was, mein Jagdfreund verunglückt? Ich mußte zu ihm.
»Fahren Sie sofort weiter. Sie behindern den Verkehr.«
Er wurde richtig polizeiliche Amtsperson und versuchte, sich geradezu-

machen. Auch die Melker schnauzte er an. Doch da kam er an die Richtigen, und ich hörte noch, wie der lange Jochen, der im Stall der Wortführer war, zu den anderen gewandt fragte: »Wißt ihr eigentlich, warum immer zwei ABVs zusammen auf Streife gehen? Nee? Na weil sie dann zusammen die achte Klasse haben.«

Und ab donnerte der Trecker mit den scheppernden Kannen und den schadenfroh lachenden Melkern. In dem Moment kam ein Sanitäter mit Rucksack und Flintenfutteral aus dem Graben geklettert, der hier die lange und nicht ungefährliche Kurve begrenzte. Alles war mit schwarzem Schlick überzogen.

Er übergab es mit spitzen Fingern dem Polizisten. Ich fuhr los. Mein Gott, mein Freund Korl verunglückt, und ich konnte nicht mal nach ihm sehen. Ich hatte keine Augen für den heraufdämmernden Morgen, sah nicht, wie aus dem Dunst die Silhouette der »Glucke« auftauchte, jener wuchtigen alten Kirche St. Marien, die sich dem Ankömmling, aus welcher Richtung er sich auch nähert, stets in ihrer ganzen Größe und trutzigen Gewalt zeigt und über der kleinen verschlafenen Stadt wie eine Wächterin thront.

Es wurde ein langer Tag, und erst gegen Abend konnte ich den Krankenbesuch machen. Karl Groß, genannt Korl, oder Körling, wie seine Frau ihn manchmal in einer Anwandlung von Zärtlichkeit liebevoll titulierte (war er aber mal wieder zu lange im Krug mit uns beim Klönen gewesen, dann hieß es kurz und gefahrdrohend »Groß«), Korl war ein Jagdfreund. Und was für einer! Zuverlässig, immer zu Späßen aufgelegt, war der Melkermeister einer derjenigen, die am längsten und entschiedensten bei der Jagd waren. Nicht sehr groß, dafür aber stuckig, verschmitzt, mit einem trockenen, wohl angeborenen Witz begabt, wie man ihn noch ganz selten unter echten Mecklenburgern in den Dörfern und kleinen Städten hierzulande findet, war er ein Könner in seinem Fach und hielt es ohne seine Kühe nicht lange aus. Erklärte er sich nach langem Hin und Her endlich bereit, ein paar Tage Urlaub zu machen, so konnte man sicher sein, daß er schon am ersten Urlaubstag frühmorgens der Vertretung auf die Finger sah. Er war ein beliebter Unterhalter im Krug, und das nicht nur wegen seiner Jagdgeschichten. Fremde und Neulinge mußten sich in seiner Gegenwart höllisch in acht nehmen, wollten sie nicht ausgelacht werden, und man hielt sich besser »die Taschen zu«, wenn er, zumeist in singendem Platt, erzählte. Er guckte sich erst seine Leute an, und bei passender Gelegenheit kam dann eine treffsichere Bemerkung, oder ein neuer Spitzname war geboren.

Als der neue, noch reichlich junge und etwas naßforsche LPG-Vorsitzende eines Morgens leise den Stall betrat, in dem Korl an einer Kuh saß und zum Takt der Melkmaschine vor sich hin träumte – natürlich hatte er an der Reaktion der Kühe sofort gemerkt, daß etwas los war –, hob Korl, da den jungen Mann ein spärlicher Kinnbart zierte, den schönen Choral laut, aber falsch zu singen an: »Jesus, meine Kuh frißt nicht ...«

Raus war der andere, die Stalltür krachte, und für einige Wochen hatte

Karl Groß keinen heimlichen Besuch der Obrigkeit mehr zu erwarten. Später kamen die beiden, begleitet von Sprüchen und Witzeleien, sich dann doch näher. Doch der Spitzname blieb dem Vorsitzenden der Genossenschaft.

Ähnlich erging es einem neuen jungen Tierarzt, der vertretungsweise im Stall zu tun hatte. Der sah mit einiger Verwunderung, die fast an Empörung grenzte, am Misthaufen vor dem Stall eine frische Nachgeburt liegen, die ein Melker gerade aus dem Stall gebracht hatte. »Die müssen Sie aber umgehend eingraben«, belehrte er den Meister.

»Jawoll, Herr Dokter, der Spaten steht schon hinter Ihnen.«

Als der junge Mann sich umsah, erblickte er den großen graubraunen Hütehund, der das Objekt des Anstoßes zu verschlingen begann. So war unser Korl.

Nun lag er in dem nüchternen, weißgetünchten Zimmer, und nur die Nasenspitze ragte aus den Kissen. Doch kaum hatte uns die Schwester verlassen, da griente er verschmitzt und fragte: »Haste 'n Lütten mit?« (»Hast Du einen kleinen [Schluck] mit?«)

»Mann, Korl, ich denke, du bist schwer verletzt, wir machen uns alle Sorgen, und du denkst schon wieder an'n Schluck.« »Ja, Manning, mir is der Schreck so auf'n Magen geschlagen, den muß ich erst mal beruhigen.«

»Ach, Korl, und an unsern Schreck denkst du gar nicht?«

»Wieso, Ihr seid doch nich in den ollen moddrigen Graben geschäst.«

»Mann, Mann, Korl, du bist auch nicht mehr zu ändern. Wirst du denn wenigstens ordentlich versorgt?«

»Na – und ob. Haste die Schwester nich gesehn? Nettes Mädchen, sag ich dir, und der Dokter is auch sehr mitfühlend. Fragt der mich doch gleich bei der ersten Untersuchung: ›Na, was haben wir denn angestellt? Wie geht es uns denn?‹ ›Was denn, Herr Dokter‹, frage ich gleich, ›sind Sie auch gestürzt, auch in den ollen Moddergraben?‹«

Es ging ihm also schon wieder besser. »Nun erzähl mal«, bat ich, als ich merkte, daß er schon wieder anfing, Witze zu machen. »Ja, weißt du, also das war so: Ich wollte auf den Anstand, um endlich mal richtigen Anblick und Weidmannsheil zu haben, und dann hatte ich plötzlich einen dollen Anblick, aber keinen Anstand, und deswegen war auch nischt mit Weidmannsheil, und ich liege hier mit'n Dröhnschädel, wie du siehst. Also, laß Dir die Geschichte erzählen.

Ich hatte mal frei, wie du ja weißt, und wollte früh raus an die lange Hecke bei den drei Hügelgräbern. Da hatte ich mir einen Bock ausgemacht, einen Bock, sage ich dir, der war schon fast angebunden. Griesegrau im ganzen Gesicht, Stangen drauf, da konnte man kaum noch durchsehen. Der war alt genug, ach was sage ich, uralt. Warum ich den früher noch nicht gesehn habe, weiß ich auch nicht. Und eine Perlung, Manning, Mann, der mußte unter den Eichen seinen Einstand haben. Obenauf war nicht mehr so viel los mit Vereckung und so, na du weißt schon, was ich meine, aber die Stangen: spitz und weiß und bis doppelt lauscherhoch. Den wollte ich haben, was sage ich, den mußte ich haben

– na – und sag mal ehrlich, der mußte doch auch weg, nich? Da stehn Jüngere, die wolln auch mal ran. Ich nehm mir heute früh mein Moped, du kennst ja den alten Hackenwärmer (so hießen bei uns die ersten Mopeds, wo man zur Unterstützung noch mittreten mußte – und da Korl Nostalgiker und Bastler war, liebte er sein seltenes Fortbewegungsmittel und pflegte es hingebend) – und fahre im Dustern los. Eigentlich hatte ich verdüst, und so mußte ich mich beeilen. Wie ich nun in Ballermanns Kurve komme, rechterhand im Garten steht das olle große Haus mit den Fenstern zur Straße, da hatte ich einen Anblick, sage ich dir, einen Anblick, Mannemann.

Da stand doch die Ballermann'sche, du weißt doch, ein staatsches Weib, am weit geöffneten Fenster und reckte unverhüllt ihre unglaubliche Oberweite in den dämmrigen Morgenhimmel. War das ein Anblick!

Na ja, und weil ich keinen Anstand hatte und mich an soviel natürlicher Gottesgabe nich satt sehen konnte, liege ich nun hier, und der Bock läuft weiter rum. Eigentlich müßte das verboten werden.«

»Was denn, Korl? Das Hinsehen zu den Gottesgaben?«

»Nee, Quatsch, ich meine, daß man in sooner gefährlichen Kurve sowas zeigt. Habt Ihr meinen Rucksack und die Flinte? Ich war nämlich 'n büschen weggetreten und bin hier erst wieder klar geworden.«

»Nein, Korl, Deine Kanone und den Rucksack hat ›unser Freund und Helfer‹ Fritz Habacht, der war auch gleich zur Stelle und hat mich sofort weitergeekelt. Ich bin sicher, der hat in deinem Rucksack augenblicks nach dem Magentröster gesucht.«

»Da hatta Pech gehabt, die alte Saufziege. Ich hatte diesmal keinen mit.«

»Na, Korl, nun komm man bald wieder nach Hause zu Muttern. Das wird noch 'ne lustige Geschichte. Nun werden sie sich alle mal auf deine Kosten eins lachen und sagen: ›Korl, hest du di ok eins anscheeten‹ (›Karl, hast Du Dich auch mal angeschmiert?‹)«

Und so kam es.

Korl blieb aber keinem Jägerstammtisch fern und lachte mit. Doch wenn ich später mal frühmorgens durch Ballermanns Kurve fuhr und nach den Fenstern blickte, blieb mir der Anblick verwehrt, auch wenn ich zur Jagd auf den Anstand wollte. Korl hat dann später den Bock noch erlegt, und auf der Trophäenschau im Dorfkrug hatten wir viel Besuch, denn jeder wollte den »Anstandsbock« sehen.

Wer nun meint, das sei typisches mecklenburger Jägerlatein, dem sage ich: Wir können noch viel besser. Und ich rate ihm, frühmorgens mal durch die bewußte Kurve zu fahren. Vielleicht hat er auch Anblick. Aber Vorsicht: Die Kurven sind immer noch scharf, und der Graben ist immer noch tief und moddrig.

Pfingsten

»Pfingsten, das liebliche Fest war gekommen ...« Es findet mich auf einer Eichenleiter an der Waldkante, nahe beim Neu-Rhäser-Teich. Halt, werden die Ortsunkundigen protestieren, das schreibt er ja verkehrt, Rehse wird doch mit »e« und das »h« dahinter geschrieben. Ja, meine Lieben, das ist eben der vielgeschriebene Irrtum. Im vorigen Jahrhundert, da war das noch so, da schrieb man beide Orte noch gleich, bis auf die Vorsilbe »Alt« oder »Neu«. Aber dann empörten sich seine Gnaden, der Herr Großherzog von Mecklenburg-Strelitz, ein Nachfahre des durch »uns Fritzing«, unseren Mecklenburger Dichter Fritz Reuter bekannt gewordenen »Dörchläuchting« (»Durchlaucht«), empörten sich also darüber, daß man sein Dorf immer in einen Pott warf mit dem nahebei gelegenen Ort, der seinem Vetter, dem reichen Schweriner zukam, und so mußte ein Kanzlist dann eben tüchtig am Daumen saugen solange, bis die veränderte, abgrenzende Schreibweise herauskam. Mit der Abgrenzung hatte man es also nicht erst seit 1961 und der Mauer in Deutschland, Mecklenburger Fürsten fanden das auch schon zweckmäßig. Falsch war es ohnehin, auch von der sprachlichen Herkunft. Denn ganz gleich, ob sich Rehse, ursprünglich »reeze« geschrieben, nun von dem altslawischen »reka« – der Fluß, das Wasser, also etwa Dorf am See (Seedorf) – ableitete, oder von »rethre« oder »Rethra«, dem slawischen Heiligtum, das von den einen im Bereich der Lieps, von anderen auf der Fischerinsel im Tollensesee vermutet wird – ein »ä« konnte beim besten Willen nicht daraus entstehen. Aber lassen wir die »hohe Politik« sowie das Altertum und widmen uns lieber diesem milden, sonnigen, von einem beinahe unwirklichen Licht verklärten Pfingsttag.

Ich hatte mir beim Gespräch am Kaffeetisch mit meiner eheliebsten Jägerin die Eichenleiter ausgebeten (sonst lasse ich eigentlich sie wählen und nehme die Reste – wie sich das ja so gehört). Sie saß nebenan, auf der gute dreihundert Meter entfernten »Soll-Kanzel«. Wir wollten uns nach der Arbeit im Garten und an den Bienen mal die Beine vertreten und auf diese Weise etwas von der Festtagsstimmung einfangen. Dafür konnte es keinen besseren Tag geben. Kein Lufthauch bewegte das junge Eichengrün. Es war, als hielte die Natur den Atem an, um all die köstlichen Düfte aus Feld und Wald aufzunehmen und den zahllosen Stimmen der gefiederten Sänger zu lauschen, die diesem Tag ihr Loblied zu singen schienen. Vom nahen Wald her zog der schwere, leicht süßlichherbe Geruch der Balsam-Pappeln und vermischte sich mit dem Honigduft des ringsum in der Weite des Landes aufblühenden Raps. Über mir, auf der höchsten Spitze der mehrhundertjährigen Eiche, sang eine Schwarzdrossel. Wie sehnsüchtig hatten wir nach dem langen Winter auf ihren Gesang gewartet und waren glücklich und hoffnungsfroh, als an einem Märznachmittag die ersten noch zaghaften Versuche durchs Dorf klangen.

Jetzt jubilierte sie mit all ihrem Können, und wenn man nur richtig hinhörte, konnte man ihren Frühlingsgruß verstehen. Unter mir, am Fuße der Leiter, hatte sich »Kater-Luise« abgelegt. Nein, nein, ich nehme unseren dicken grauen Hauskater nicht mit auf die Jagd, obwohl er manchmal schon Anstalten macht, uns zu begleiten, und uns mitunter abends, auf dem Heimweg, entgegenkommt, so als wolle er uns abholen. Dort unten am Hochsitz lag vielmehr die alte brave braune Wachteline, Stammutter ganzer Scharen von wasserwilden, sauenscharfen und bringtreuen Deutschen Wachtelhunden. Natürlich hatte die Hündin einen richtigen, einen ordentlichen Namen im Ahnenpaß. Doch der war so zungenbrecherisch und eigenartigerweise auch so jagdhundeuntypisch, daß man sie unmöglich so rufen konnte. Aber wie das so ist mit Jagdhunden, die zur Familie gehören, verstand die kleine pfiffige Hündin schnell und hörte bald auf jeden Namen, wenn man nur etwas Freßbares in der Hand hielt, denn das war, neben der Jagdlust, ihre zweite große Leidenschaft. Und seien wir doch mal ehrlich: Es gibt nichts schlimmeres als die mäkligen Esser und Fresser. Bevor sie zupacken, müssen sie erst lange daran riechen, und dann kauen sie meist mit »langen Zähnen«, und ebenso sind sie bei der Arbeit. Mein Großvater, ein alter hinterpommerscher Landwirt, pflegte immer zu sagen: »Das ist 'ne gute Sorte, die beim Essen schwitzt und bei der Arbeit friert.«

Doch Spaß beiseite: Wer gut ißt, der kann auch gut arbeiten. Und so waren die Wachtel, allen voran Kater-Luise.

Jetzt lag sie dort unten, den Kopf mit den langen Behängen, den »Schüsselwischern«, auf den Vorderläufen und schien von früheren Jagdtagen zu träumen. Schon beim Anpirschen an den Hochsitz hatte sie so etwas Geringschätzig-Zweifelndes im Blick, als wollte sie sagen: Na, mein lieber Leithund, der Alte bist du auch nicht mehr. Deine Jagdhitze hat nachgelassen, ich rieche es doch, daß du bloß sitzen und äugen und vielleicht ein bißchen träumen willst. Ach, Lieschen, wie recht du hast. Aber wenn du ehrlich bist und zurückdenkst, dann mußt du zugeben, daß wir beide doch schöne und aufregende und auch anstrengende Jagdzeiten zur Genüge miteinander erlebt haben. Und darf ich dich daran erinnern, daß vor dir ja schon fünf andere brave, wenn auch nicht ganz so gewitzte Wachtel wie du an meiner Seite waren! Sie hebt den klugen Kopf, äugt zu mir hoch, als hätte sie verstanden – ach was – sie hat sicher verstanden, denn sie schüttelt die Behänge, ich aber glaube natürlich, es sei wegen der ersten Mücken. Noch begleitet sie mich auf allen Jagdgängen, und wenn sie sonst auch den lieben langen Tag verschläft, je nach Witterung eingerollt oder lang auf dem Rücken, alle Viere von sich –, sowie ich die Jagdsachen anziehe und die Tür vom Waffenschrank klappert, ist sie da, hellwach und jagdwild. Mit ihrem im Welpenalter gebrochenen Vorderlauf, der trotz langer Operation in der Tierärztlichen Hochschule nur eingeschränkt belastbar blieb, ist sie die Art Jagdhund, die einen Jäger machen können. Man braucht ihr nur zu folgen und richtig hinzuhören. Anfangs, ja, da war ich immer schlauer und mußte reichlich Lehrgeld zahlen. Heute lasse ich mich von ihr führen. Sie weiß es besser! Deshalb verwartet sie nicht wie mancher brave, aber bedauernswerte Jagdgehilfe ihr Leben zu Hause im Zwinger, sondern kommt mit. Immer. Ihre mitleidigen und abschätzigen Blicke zu ertragen, habe ich gelernt.

Wir sind wieder am selben Platz wie am vorigen Wochenende, als mir ein geringer, vielleicht abgedrängter Überläufer schon im Hellen kam und für einen zeitigen und raschen Jagderfolg sorgte.

Ist es nun die Hoffnung darauf, wieder solchen Dusel zu haben, oder eher Beständigkeit? Will ich das Jagdglück zwingen, obwohl eine alte Regel doch sagt, wenn man an einer Stelle Erfolg hatte, soll man zum nächsten Ansitz wechseln? Oder ist es Scheu vor dem Wagnis, so nach dem Motto: lieber den Spatz in der Hand, als die Taube auf dem Dach? Man soll ja auch nicht soviel im Revier herumzigeunern, heute hier, morgen da. Wild, oder zumindest Anblick, Erleben, ist überall. Nur Geduld muß man haben.

Ich kannte einen, der kam zehn Minuten bevor das Rehwild abends aus dem schützenden Wald auf die Äsung zog, mit seinem – mal Wartburg, mal Trabbi, mal Moskwitsch, mal anderen – Dienstwagen angebrummt, knallte die Türen, kletterte auf den nahestehenden Hochsitz, stocherte mit dem Feldstecher hastig in die Runde –, nichts. Runter vom Sitz, rein ins Auto, vierhundert Meter weiter –, dasselbe. In seinem Windschatten sprang bald das Rehwild schon auf fünfhundert Meter ab oder ließ sich erst im Stickendustern erahnen. Er hat sich, zum Glück für das Wild und seine Nachbarn, bald dünnegemacht und läuft jetzt, sofern man ihn überhaupt noch zu Gesicht bekommt, mit einem gewaltigen tarnenden Vollbart herum.

Um die Pfingstzeit ist auch viel Heimlichkeit beim Rehwild.

Die Böcke haben einen Kalender, der ihnen sagt, wann's gefährlich wird. Die Ricken gehen dick und vorsichtig oder haben schon gesetzt. Heimlichkeit der Kinderstuben wohin man blickt, Fürsorglichkeit, Vorsicht. Und doch hat man, wenn man umsichtig und still ist und nicht alles geräuschvoll vertrampelt, Anblicke wie selten sonst. Nur das geheimnisvolle Schleichen mag das Wild überhaupt nicht. Damit pirscht man jeden Busch leer und verprellt alles, was sich sonst drückt und birgt.

Die Sonne, jetzt gegen Abend noch immer warm – mir ist, als spüre ich eine liebende Hand auf dem Nacken – läßt die Felder in allen Grüntönen leuchten. Wie wohltuend, wie erholsam sind die Farben in der Natur. Die Augen finden immer wieder Ruhepunkte, und man kann sich entspannen und endlich abschalten. Dreihundert Meter vor mir, an der Koppelecke, prahlt blühender Raps mit seinem intensiven Gelb.

»In Büschen und Hecken übten ein fröhliches Lied die neuermunterten Vögel ...«

Jetzt ärgere ich mich, daß ich dem ersten Gedanken zu Hause nicht folgte und den *Reineke Fuchs*, das wunderbare Tierepos, nicht mitgenommen habe. Zwar gibt es heute viel zu sehen, doch sind beim Ansitz auch immer Zeiten dabei, wo ein bißchen Lesen ablenkt von allzu langer Warterei. Ja, es gibt Tage, wo man froh ist, einen alten Rammler zu Gesicht zu bekommen, oder wo eine einzige Tannenmeise der einsame, ablenkende Gast ist. Allerdings sind mir beim Lesen auf der Kanzel auch schon Sachen passiert, von denen ich ungern berichte, mit denen mich meine Frau aber gelegentlich ganz gern aufzieht. Unschönerweise.

Heute aber lebt alles. Hier wetteifern die Lerchen im Feld mit Buchfink und Kuckuck, Baumpieper und Tauben rufen, und wenn ich richtig hingehört habe, klang eben aus dem Bruch am nahen Teich eine erste Strophe des Sprossers herüber. Oder war es die Nachtigall? Noch vor ein paar Jahren war sie hier nicht heimisch, doch seit sie die Wallanlagen und Parks der Stadt Neubrandenburg zu erobern scheint, kann man sie auch bei uns hin und wieder verhören. Es wäre zu schön. Vor mir in der Eiche turnt ein Baumläufer in der Eichenrinde, sucht emsig die Risse und Spalten nach Insekten ab, läßt sich dann nach unten fallen und beginnt an anderer Stelle von vorn. Eine kleine Dorngrasmücke, so recht dem ursprünglichen, heute verballhornten Namen ihrer Familie – Grauschmiege – angepaßt, schlüpft von Zeit zu Zeit schimpfend durch die Zweige in der Schlehenhecke unter mir, um der Hündin empört die Meinung zu sagen. Die blinzelt ihr zu, hat ja auch für mich hier oben kaum mehr als einen gelangweilten Blick – so etwa: Na, bist du auch noch da? Was machst du schon die ganze Zeit da oben?

Was soll ich ihr sagen? Daß ich mich über diesen stillschönen Tag freue! Daß ich mich wohlfühle wie selten und den noch fehlenden Anblick von Wild gar nicht so sehr misse! Daß meine kunterbunten Gedanken immer wieder in das Maigrün wandern? Daß mich die grünenden Birken gerade jetzt an zu Hause, an die alte verlorene Heimat in Hinterpommern erinnern, wo wir das junge Grün der Birken zum Pfingstfest vor die Haustüren stellten und die Türschwelle und der Flur mit Kalmus ausgelegt waren! Oder soll ich sie beunruhigen, weil ich drüben an der Waldkante bei der großen Kanzel eben die beiden jungen Böcke spielerisch ihre Kraft erproben sehe? Ist das ein Bild! Rot leuchten die Decken der beiden aus dem sattgrünen Feld, fast sind sie schon vom Halmenwald verdeckt, denn bis zum Ährenschieben beim Getreide ist es nicht mehr lange hin. Soll ich dem vierläufigen Freund sagen, daß die Jagdhitze vergangener Jahre genügsam der Freude am Sehen gewichen ist? Das glaubt die erfahrene kluge Hündin mir doch nicht, hat sie doch vorgestern, als wir zu ebener Erde an den Wustrower Torfkaulen ansaßen und der Einstangenbock heraustrat, meine Aufregung geteilt – und danach noch lange mit mir am erlegten Wild Wache und stumme Zwiesprache gehalten.

Es ist stiller geworden. Vom Nachbardorf bimmelt dünn eine Glocke herüber, will nicht enden, läßt die Stille nur deutlicher werden, ruft unaufhörlich ins Gedächtnis, daß nicht nur Erwachen und Leben ringsum ist, sondern auch Wechsel und Vergehen, Sterben inmitten der Lebensfülle. Langsam rüstet auch die Sonne zum täglichen Abschied. Die

Abendkühle kommt hier oben mit dem erwachenden Wind rascher als am Boden.

Nun wird's auch für das Wild Zeit, sich aus der bergenden Deckung zu lösen und an die Abendmahlzeit zu gehen. Überall im Getreide, auf der Koppel, an der Rapskante ist plötzlich Rehwild auf den Läufen. Ich hoffe jetzt, daß heute nichts mehr so nahe kommt, daß die Versuchung zum zerstörenden Knall wird. Pfingsten ist für mich, bei aller Freude, auch oder zuerst Besinnung. Und jetzt überfällt mich ganz plötzlich die Vorfreude auf den gemeinsamen Heimweg mit meiner Frau Jägerin. Wer weiß, was sie gesehen und erlebt hat?

»Pfingsten, das liebliche Fest war gekommen ...«

Die Eichenleiter in der langen Hecke

Zeitig sind wir heute draußen im Pirschbezirk. Mein Weib hatte sich im Garten zu schaffen gemacht, denn Kirschen und Himbeeren sollten geborgen werden, und in diesem Jahr gab es reichlich Früchte. Ich sah derweil nach der Arbeit noch ein paar Bienenvölker durch. Dann ging's raus. Meine liebere Hälfte wollte unbedingt an die Rapskante. Vielleicht hatte sie meine Ballerei von neulich neugierig gemacht, und der geschilderte starke Keiler reizte sie? Ich stiefelte von den Ausbauten zur langen Hecke, den jungen Wachtel-Rüden Hatz bei Fuß. Alle naselang prüfte der eine Fährte, ein Grasbüschel, bewindete eifrig und interessiert einen Maulwurfshaufen – und so mußte auch ich immer wieder verhoffen.

Junge Hunde wollen und sollen lernen. Wer noch keinen Jagdhund abgeführt hat, der weiß nicht, wieviel Zeit, Geduld und manchmal auch Entsagung dahinter stehen. Auf manches Stück Wild muß man anfangs verzichten, weil der kleine Kerl noch nicht so still abgelegt am Fuße der Leiter verharrt. Oder auch mal mit einem erschrockenen oder empörten »Wauh« den anwechselnden Bock in die Flucht jagt. Je mehr er aber in der Jugend zu sehen und zu fährten bekommt, umso besser wird er später seine nicht immer einfachen Aufgaben erfüllen. Übung macht den Meister, oder, um mit den Alten zu reden:»Ein guter Jäger macht einen guten Hund, und ein guter Hund macht einen guten Jäger.« So einfach ist das! So einfach? Aber Freude macht das, wenn er seine erste Schleppe hinzaubert oder auf der künstlichen Fährte zum Ziel kommt. Das ist beileibe nicht so selbstverständlich, und wer auf den Prüfungen gesehen hat, wie die jungen und alten Rüdemänner und -frauen ihren erfolgreichen Liebling halsen und abliebeln, der versteht etwas von der immer engeren Bindung, die sich im Laufe der Zeit einstellt. Man muß in die vertrauensvollen Augen des jungen Hundes geblickt und sie verstanden haben, um zu fühlen, daß da ein Gespann heranwächst, das später gemeinsam durch dick und dünn gehen wird.

Unser Ziel war eine alte, nicht sehr hohe, aber ausladende knorrige Eiche, die wie ein Wahrbaum, ein Wächter in der langen Hecke steht. Schlehdorn, Holunder, Pfaffenhütchen, Hundsrosen, Weißdorn und manch anderes Gehölz wechseln links wie rechts von ihr in bunter Folge. Diese Hecke trennt die Feldmarken und bildet zugleich die Grenze der beiden früheren Großherzogtümer. Von hier aus sieht man die spitzen Kirchtürme der drei nahegelegenen Dörfer.

Auf dem großen Rübenschlag an den Ausbauten nahe dem holprigen Damm herrscht jetzt, gegen 19 Uhr, noch immer emsiges Treiben. Die Bauern der Genossenschaft sind nach Feierabend in den Rüben, die Rundhacke drängt. Ja von wegen Feierabend. Es ist ihre zweite Schicht

in diesen Tagen, denn nach der täglichen Arbeit im Stall oder auf dem Acker bearbeiten sie noch ihre Pflichtrüben. Wenn die nicht übernommen und gepflegt werden, gibt's kein Deputatkorn, kein Futter für ihr eigenes, »individuelles« Vieh, die Hühner und Enten, die zwei, drei Schlachtschweine, den Bullen – alles Tiere, deren Verkaufserlös das geringe Einkommen aufbessern hilft.

Und diese Tiere kommen dann abends, gleichsam als dritte Schicht, zu ihrem Recht. Danach schlafen die Menschen meist schon beim Abendbrot ein, spätestens dann vorm Fernseher, übermüdet, ausgelaugt – und früh geht mit den Hähnen der gleiche Trott im Stall oder auf dem Feld weiter. So geschieht's tagaus – tagein, jahrein – jahraus, selten gibt es richtigen Urlaub, kaum mal ein wirkliches freies Wochenende. »Rin in de Rüben, raus aus de Rüben«, ein ewig gleicher Lebensinhalt.

Die meisten kennen's auch kaum anders. So war es auf dem Gut, so schufteten sie auf ihrer Bodenreformstelle, und jetzt ist es ähnlich. Es sind auch nicht mehr viele Junge auf dem Acker zu finden. Die bekannten Gesichter sind's, die alten müden Rücken krümmen sich über der Hacke. Was jung ist, hat angesichts der früh gealterten Eltern genug von dieser Plackerei in der Landwirtschaft. Raus will die Jugend, sie hat begierig die Welt im Fernsehen erlebt und möchte von diesem bunten Kuchen ein Scheibchen, oder auch mehr, nicht das grobe Brot der Eltern kosten, sondern die gleißenden Lockungen in Farbe und Tönen erfahren und den Duft der großen fremden Welt schnuppern. Fort, nur fort von dem, was eigentlich Heimat und Geborgenheit sein könnte, aber so langweilig und beschwerend erscheint. Die Älteren mit ihrer selbstverständlichen, pflichtvollen Ergebenheit sind kein Leitbild mehr, und in der

Schule haben diese Jugendlichen noch zusätzlich von der glitzernden Zukunft gehört, nach der man nur zu greifen brauche: »Die ganze Welt steht euch offen«.

Der Vater, mitleidig belächelt, schiebt noch mit der Mistkarre hinter den Kühen her. Schon lange heißt dieses Gerät in der hiesigen Landwirtschaft bitter-spöttisch: Dreiseitenkipper. Die Mutter schleppt im Kälberstall Eimer um Eimer mit der Tränkmilch. Sie aber, der nasehohe, hoffnungsfrohe Nachwuchs, sie werden im Drehstuhl sitzen und blitzende Knöpfe drücken und mit einer Fingerbewegung, so einfach: Schnipp, die Riesenaggregate zum Laufen zwingen. Hatte ihnen nicht erst neulich der junge Lehrer mit dem sonnenstrahligen Abzeichen am blauen Hemd voller Begeisterung vorgeschwärmt, daß bald keine Kühe mehr notwendig seien, um Milch zu produzieren: Ein großer Automat werde ihre Arbeit übernehmen: rauf aufs grüne Feld, reingefressen das saftige Gras, holterdipolter – und am Ende kommt die eingetütete Milch hinten raus, gleich auf den Hänger, ach was, per Band gleich in den Laden. Und da schleichen die Alten mühsam über das Feld, um milchtreibendes Futter zu pflegen – einfach lächerlich.

Es ist heute auf dem Acker auszuhalten. Neulich, als ich hier meinen Pflichtanteil Rüben als Jäger hackte, denn natürlich reichen die Kräfte der Genossenschaft nicht aus, um die vielen Hektar Rüben zu pflegen, weshalb alle Verfügbaren aus Stadt und Land mobilisiert werden, neulich, da gewitterte es, und die Sonne stach, und am Ende waren wir alle naß bis auf die Knochen.

Heute geht die Luft sacht über die Felder und läßt die Sonne erträglich sein. Nach dem Regen der letzten Tage singen die Vögel überall, im Feld, an den Söllen und in der Hecke um die Wette, aber die Lerchen übertönen alles. »An ihren Liedern klettert die Lerche selig in die Luft ...« Und Goldammern, Buchfinken, Wiesenpieper, Wachteln, Kuckuck und viele andere leisten ihr im Jubel Gesellschaft. Jetzt ist sogar der unverkennbare Ruf der Rebhühner zu hören. Seid ihr also doch durch den Winter gekommen, trotz der streunenden Katzen, der Füchse, Krähen und Elstern und des Giftes der Landwirtschaft. Da wird von der Notwendigkeit gefaselt, Nebelkrähen und Elstern zu schützen obwohl sie rapide zugenommen haben, aber dem kleinen unscheinbaren Feldhuhn hilft kaum einer, außer den Jägern, die schon lange die Jagd eingestellt haben und dafür im Winter lieber Schüttungen für die Bedrohten anlegen. Ich freue mich über jede Kette, der ich im Revier begegne, denn es ist ein Stück Hoffnung auf das Überleben.

Eine Dorngrasmücke scheint unzufrieden mit meinen Gedanken. Sie zetert, schimpft, wie nur eine Dorngrasmücke schimpfen kann, unaufhörlich, mal über Hatz, der unten an der Leiter abgelegt ist, mal besucht sie mich hier oben in meinem Versteck und tut empört. Ich habe soviel Zeit ihr zuzuhören. Noch ist nichts im Klee rechts von mir auf den Läufen. Nur ein einzelner Kranich zieht die Ähren der hohen Grashalme durch seinen Stecher und stolziert bedächtig und aufmerksam am

Bruchrand entlang. Sein rechts Sprunggelenk ist auffällig verdickt, knotig, fast faustgroß aufgetrieben. Es scheint ihn aber nicht zu behindern.
Für das Rehwild, besonders für die Böcke ist es noch zu zeitig, die Stimmen auf dem Rübenacker haben sie vorsichtig gemacht, kein roter Fleck ist in all dem Grün – also abwarten.
Hatz hat den Kampf mit den Mücken aufgegeben und sich zusammengerollt. So brav. Was ein richtiger Jagd-, Wasser- und Waldhund werden will, der merkt die Plagegeister gar nicht. Ringsum liegt nun wohltuende Stille über den Feldern. Endlich ist Feierabend. Der Kranich, den es wohl doch mehr nach größeren Happen gelüstet, ist ins Bruch gezogen und hat dabei Rehwild aufgestört. Hastig zieht eine Ricke heraus, von ihrem Kitz gefolgt. Das läßt sich nicht lange zurückhalten. Sowie die Mutter kurz verhofft, ist es neben und unter ihr und stößt fordernd mit dem kleinen Äser nach der Milch. Jetzt hat wohl auch die Ricke den langhalsigen, grauschwarzen, aber friedlichen Störenfried erkannt und bleibt breitbeinig, aber ständig sichernd stehen. Ein starker alter Sechserbock hebt kurz das Haupt aus dem Klee, äugt zur Ricke hin – keine Gefahr, er döst weiter. Hasen rammeln zu dritt, zu viert durch die Rüben, manchmal fliegt die Wolle der Nebenbuhler. Doch noch hat die Dame sich nicht entschieden und hoppelt foppend, aufreizend mit der Blume wippend und Haken schlagend, falls ihr einer der Bewerber um ihre Gunst zu nahe auf den Balg rückt, den Rammlern davon. »Ja, wer etwas davon kennt, weiß, daß vorn die Häsin rennt ...«
Die Sonne verschwimmt langsam im milchigen Dunst nach Westen. Stärker, länger treten die Schatten heraus. Dunkel heben sich die Bäume vorm Dorf gegen das tiefstehende Licht ab. Der Abend kommt mit dem wunderbar weichen und betörend süßen Duft der blühenden Linden. Ach, könnte man solchen Augenblick festhalten. Wie wenige so stille, so ruhevolle Abende gibt es noch. Nun besser keine Jagd, so wichtig sie ist, so sehr auch ordentliche Hege not tut, jetzt nur hinhören, hinsehen, erleben und später, im Dunkeln, dann still nach Hause. Doch ein plötzlicher Windstoß verdrängt die Gedanken – die Abendbrise rauscht in der Eiche. Und wie auf Bestellung ist nun auch Rehwild, wohin man den Blick wendet. Nur im Weizen, über dem wie eine dicke Decke aus schmutziggrauer Watte der Windhalm liegt, ist nichts zu erkennen. Aber hier steht ein geringer Bock in den Rüben, doch zu weit. Dort im Klee äst ein Schmalreh, und weiter hinten zieht noch ein Bock, auch viel zu weit um ihn anzusprechen. Daß er ziemlich hoch auf hat und ordentlich rauh zwischen den Lauschern ist, kann ich geradeso erkennen, aber es sind gute zweihundert Schritt bis zu ihm. Weiter rechts sehe ich eine Ricke mit zwei Kitzen, und jetzt trippelt beinahe kokett ein Schmalreh aus dem Weizen in die Rüben, verhofft – und als der Freier, noch ein bißchen früh für die Jahreszeit, doch endlich folgt, macht es geduckt noch ein paar Schritte. Nur nicht zu rasch fort, nicht zu weit, er könnte ja sonst die Lust verlieren. Aber der – ein junger, hoffnungsvoller Sechser – scheint bereits gefesselt, folgt ihr wie an einer Schnur, hin und wieder graziös

das Haupt zur Seite neigend, denkt sich wohl auch: Na, die ist aber ganz schön zickig. Will sie nun, oder will sie nicht. Oder, wie man hier bei uns in Mecklenburg in Erinnerung an die Franzosenzeit fragt: »Wullewuh, oder wullewuh nich?« Ja, ja – die Blattzeit rückt zusehends näher!

Jetzt kommen auch die Mücken mit der Dämmerung, und ein mühevolles, schwerfälliges unwilliges Schnaufen und Prusten nähert sich. Hatz setzt sich auf, sein Blick fragt zu mir hoch – ja, den kennst Du noch nicht, denke ich. Grimbart, der dicke Dachs, watschelt eilig durch die Rüben. Den Namen brachte meine Frau von einem Abendansitz mit nach Hause, als sie die Dächsin mit einem Jungen auf Lernsuche sah – »der dicke und der dünne Dachs«. Jetzt sieht der junge Hund zum ersten Mal eine runde, grauschwarze Walze mit weißen Kopfstreifen, und es hält ihn nicht mehr. Geräusch und Geruch bringen ihn auf: ein fragendes, sich bemerkbarmachenwollendes, unsicheres »Wauh!« – und weg poltert der Dachs. Überall schreckt das Rehwild und will sich wegen der unerklärlichen Störung nicht beruhigen. Ich kann abbaumen und lasse meinem kleinen Jagdgefährten genügend Zeit, sich an der neuen Witterung zu orientieren.

Wer weiß, was meine bessere Jagdhälfte erlebt hat, es wird wohl noch ein unterhaltsamer Abend.

Feierabend

Er sitzt gedankenverloren auf seinem Platz am Fenster, von dem schon seit Stunden kein Tageslicht mehr kommt. Abgespannt ist er und doch ruhig, ein bißchen müde und dennoch froh. In dem in die Ferne gerichteten Blick strahlt etwas wie Glücklichsein. Auf dem kleinen alten Holztisch vor ihm steht der Steingutteller mit den Jagdmotiven, eingerahmt von frischen Erlenzweigen, darauf das Haupt eines Bockes, die rote Schnittstelle vom Grün verdeckt. Eine honigfarbene Bienenwachskerze leuchtet daneben. Ihr ruhiger Schein spiegelt sich in den verschleiernden Lichtern des Bockes, hebt die Konturen des grauen Hauptes mit den lang herunterziehenden Dachrosen unter den weißspitzigen Stangen noch strenger hervor und läßt trotz der Weichheit des Lichtes das Antlitz des Todes deutlicher werden.

Das plötzliche Flackern der Kerze holt den Mann für einen Augenblick aus seinen Gedanken zurück. Seine Frau ist hereingekommen, setzt sich still zu ihm und legt eine Hand wie beruhigend auf seine zur Ruhe versammelten Hände. Er nickt und ist ihr dankbar für die stumme Geste. Sie kennt ihn und weiß, daß er jetzt nichts weniger braucht als Worte. Sein Blick verliert sich wieder im Fernen, und das vor seinen Augen verschimmernde Licht der Kerze wandelt sich ihm zum Abendhimmel vor dem Feldgehölz, wo zwischen den Fauleschen und Ellern der Hochsitz steht, nur ein paar hundert Meter vom Dorf entfernt, gerade recht, um auch am späten Feierabend rasch noch einmal nach dem Wild zu sehen und dabei zu entspannen.

Eigentlich hatte er heute keine rechte Lust, noch rauszugehen. Wieder war der übliche Ärger wegen der Milch gewesen: Drei Mann waren schon am frühen Morgen nicht zur Arbeit im Stall erschienen, Ersatz mußte ran, aber schnell, von der »Pflanze« wie sie die LPG-Pflanzenproduktion hier nannten, war das Grünfutter wieder mal zu Mus gehäckselt – als ob unsere Kühe einen Schweinemagen hätten, so schimpfte der Melkermeister. Dann war aus einem Stall saure Milch angeliefert worden, 1500 Liter für die Schweine – na bitte , und als Krönung war auch noch ein sogenannter Beschleuniger vom Rat des Kreises aufgetaucht und nicht eher wieder gegangen, bis sein »Fragespiegel abgearbeitet« war, wie der sich ausdrückte. Hat sich was mit »abgearbeitet«. Die gleichen Zahlen hatte er doch schon vorgestern telefonisch durchgegeben, aber das war für eine andere Abteilung gewesen. Herrgottnochmal, warum wußte dort oft die Linke nicht, was die Rechte tat? Und so war es den ganzen Tag gegangen: Ärger, Hast, Umorganisieren, Hauruck-Aktion.

Halt, du darfst nicht ungerecht sein, fällt ihm ein. Denn die Kälberpflegerin war gekommen, drängend, wann die nächsten Kälber in ihren Stall kämen, schließlich wäre das ihr Geld – und ihr Stall konnte sich sehen lassen: weißgetüncht bis in den letzten Winkel, geschrubbt und desinfiziert. Eine Last war genommen, denn nun konnte die Überzahl der Neugeborenen aus den Kuhställen umgesetzt werden. Und als er zu guter Letzt mit dem Tierarzt die Fruchtbarkeitsergebnisse der Kühe ausgewertet hatte, da war er mit seiner Welt wieder versöhnt. Wenn am Ende des Tages auch nur so kleine Freuden stehen, sinnt er, dann ist doch manch größerer Ärger rasch vergessen.

Da hatte er dann zu Hause kurz entschlossen seinen Rucksack genommen, die Flinte aus dem Schrank geholt, seinem braunen Wachtelrüden gepfiffen und war eilig aus dem Dorf gestiefelt. Fast hatte es ausgesehen, als liefe er davon, während er bei sich dachte, nur raus, ehe ich es mir anders überlege, weil ihm jetzt doch einfiel, daß da zu Hause eigentlich auch noch Gartenarbeit und Schreibarbeit und ... ach was, der Abend war zu schön.

Dann saß er oben auf der Kanzel, fünf Meter über dem Erdboden, im Rücken die Baumkronen, vor sich das weite Feld. Die Schwarzdrossel, eben noch laut über die Störung schimpfend, hatte sich rasch beruhigt, und in die Stille des Abends hinein erklang nun deutlich ein Wachtelruf. Sieh an, dachte er und freute sich, sind sie doch noch hier, und zum »Pickwerick« des scheuen Vogels fiel ihm ein Kindervers ein: »Flickdie-Büchs, flickdiebüchs«.

Die Frau sieht ihn versonnen lächeln. Urplötzlich fühlt sie ihr Herz jagen – vor Freude, oder ist es mehr? Denn wenn er so ist wie gerade jetzt, ruhig, still versonnen, dann hat er den Tag überstanden. Dann, weiß sie, träumt er oder erlebt noch einmal die Feierabendfreude und ist ihr näher als sonst. Und sie steht auf, um die Gläser nachzufüllen.

Er aber merkt es kaum, sieht wohl nicht einmal den roten Schein in den Kelchen, denn was in seinen Augen da hinten rot leuchtet, mitten im blühenden Roggen, das muß der Langgesuchte sein, der Mörderbock, der mit den furchtbaren Spießen. Der duldet nichts in seiner Nähe, schon gar keinen anderen Bock, aber auch Ricke und Schmalreh jagt der Alte, schafft Unruhe und sollte doch allmählich Hochzeitsgefühle kriegen und ein gesittetes Benehmen – zumindest den »Damen« gegenüber.

Wie der nun näher zieht durch den Roggen, den Träger vom schweren Haupt runtergezogen, nickend, wieder verhoffend, denn Alter macht weise und vorsichtig und läßt der Zeit das rechte Maß, da greift auf dem Hochsitz seine Hand nach der Waffe. Aber wo vorher Ruhe war und gespannte Aufmerksamkeit, da ist plötzlich Unruhe und Unsicherheit und ein kribbelndes Gefühl in den Händen und Armen, das sich auf den Körper ausbreitet, und nun ist es ganz aus. Er muß das Gewehr absetzen, denn er fühlt sein Herz jagen wie beim ersten Mal. Herrjeh, sagt er sich und versucht sich zu beruhigen, du hast eine ganze Wand voller Gehörne – gewiß, dieser ist der Langgesuchte und der erste in diesem Jahr ist es auch, aber daß dich das noch so aufregt?

Doch wen der Anblick des Wildes nicht mehr erregt, zumal wenn man versucht ist zu schießen, fällt ihm jetzt mit aufdringlicher Deutlichkeit ein, der sollte die Jagd an den sprichwörtlichen Nagel hängen und besser auf dem Schießstand mit den Treffern – immer ins Schwarze – prahlen. Dort und nur dort gehört ein Schießer hin. Denn wer vor dem Schuß ins Leben nicht zögert und zaudert, dem fehlt wohl die Achtung und die notwendige Ehrfurcht vor den Geschöpfen. Das ist seine unumstößliche Meinung, die er jedem sagt, ob's dem paßt oder nicht. Ähnlich denkt er auch über die Jagdhundehaltung. Wer keinen Jagdhund halten will, sagt er laut und deutlich, besonders wenn solche Schützen in der Nähe sind, die immer von den Hunden der anderen profitieren, der sollte auch nicht zur Jagd gehen, der sollte besser in einen Schützenverein. Da braucht man keinen vierläufigen Helfer, da gibt es keine Nachsuche, da fallen keine getroffenen Enten auf die Blänke oder ins Schilf, da drückt sich keine geflügelte Gans im hohen Kraut, da streunt keine verwilderte Katze im Niederwildrevier, da muß man nicht mit dem Hund die Sauen aus der Dickung drücken. Auf dem Schießstand, ja, da kann man auf den Überläufer oder die Keilerscheibe ballern, da gibt es andere Helfer. Jagen ohne firmen Hund ist für ihn bestenfalls Glücksache oder Überheblichkeit, schlimmstenfalls Aasjägerei.

Wieder versucht er den Bock über Kimme und Korn zu visieren, zwingt sich zur Ruhe – jetzt steht der Rote schön breit – Sicherung vor. Das hat der gehört, wirft auf, sichert, steht wie ein Denkmal – da beginnt wieder das Herz zu klopfen, ihm ist, als ginge die Erschütterung bis in den Flintenlauf, da, eine Drehung, wieder steht der Bock breit, Ruhe – sagt er sich, bleib ruhig, zwingt er sich, der Finger krümmt sich – der scharfe Knall zerreißt die Stille dieses Abends. Dann nichts mehr. Kein Drosselruf, kein Wachtelschlag – und wo vorher der Bock stand, ist nur noch Roggen, nichts als Roggen, jetzt dunkelgrau und verschwimmend in der Dämmerung. Eine kurze Weile hält er die Waffe noch im Anschlag, dann geht auch das nicht mehr, plötzlich ist es über ihn gekommen wie Schüttelfrost. Das Herz rast, die Hände fliegen, er versucht tief durchzuatmen, doch nur langsam kehrt die Ruhe in ihn zurück.

Dann baumt er ab, nimmt den Hund an den Riemen und geht, vom Rüden geführt, gegen den leisen Wind zum Anschuß. Sein Hund, von ihm eigenhändig abgerichtet, wie er voll Stolz betont, kennt die grüne Praxis von klein an und zieht nun so selbstverständlich auf dem kürzesten Wege zum Stück wie immer. Da liegt er, gut getroffen – der hat den Knall nicht mehr gehört, beruhigt er sich – sein Bock, den er gesehen und gesucht hat zu mancher frühen und späten Stunde. Er geht die Schritte zum Busch zurück, bricht zwei Brüche von der Erle, geht wieder zum Bock, gibt dem den letzten Bissen und steckt sich den anderen an seinen Hut, damit das Grün ein wenig von seiner Freude und seinem Erfolg künde. Dann setzt er sich zu seinem Rüden und hat plötzlich Zeit, viel Zeit. Das gehört sich so, hört er die Alten sagen.

Er denkt: auch noch in unserer Zeit?

Oder vielleicht gerade in unserer viel zu schnellebigen, von sich ständig abwechselnden neuen Zielen zerrissenen Zeit? Ist das Festhalten an überkommenen Wertbegriffen ein Teil unserer Selbsterhaltung oder Selbstachtung? Können wir so auch unserer Verantwortung für die Natur und deren Geschöpfe besser gerecht werden? Uns so diese Verantwortung bewußter machen? Oder tue ich das, weil gesagt wird, daß wir das Brauchtum mehr beachten müssen? Doch nein, aus purem Gehorsam ist er noch nie gefolgt, auch wenn es mitunter weh tat. Ist es ein eingeschliffener, überkommener Ritus, oder eine Art Meditation? Darüber wird er nochmals nachdenken müssen, obwohl er glaubt, für sich die Antwort schon lange gefunden zu haben.

So bleibt er noch still sitzen, hört jetzt auch wieder das Wispern und Rischeln im Ährenwald und zögert den Augenblick hinaus, wo er an die rote Arbeit muß. Dieses Aufschärfen und Aufbrechen hat zu viel vom Schlachten. Doch gerade weil er es ungern tut und weil es doch ordentlich und sauber getan werden muß, macht er es rasch und gewissenhaft. Denn das glaubt er dem Wild und sich schuldig zu sein. Außerdem ist ja auch noch die Hausfrau, die sich über die Bereicherung des Speisezettels freut.

Manche kennt er, die vergraben das Jägerrecht mit dem übrigen Aufbruch, andere füttern es an die Hunde oder hängen es in die Bäume für die Greifvögel. Da kann er sich des Gefühls nicht erwehren, daß ihnen ein Teil jagdlichen Wesens fehlt oder verloren gegangen ist, denn ihm scheint, daß ein ursprünglicher und wesentlicher gesunder Antrieb des Jägers die Beute ist. Nicht Elefantenstoßzähne und Löwenschädel freilich, sondern das Wildbret, das einst zum Unterhalt der Sippe diente. Und wenn auch die Ideale der grünen Zunft mehr und mehr der Hege und dem Erhalt der Natur gelten müssen, so hat er noch immer die meiste Passion bei denen gefunden, die ein handliches Stück in der Pfanne nicht verschmähen. Jagd, das weiß er zu gut, ist nur selten so wie heute abend, ist meist eine harte Sache, die einen ganzen Kerl fordert. Deshalb sind ihm jene Weidgenossen lieber, die eine Rehkeule mit Sahnensoße und Ebereschenkompott zu schätzen wissen. Wer gut essen kann, der kann auch meistens gut arbeiten, denkt er und vergleicht es mit den Jagdhunden. Die Mäkler mit den langen Zähnen, die jeden Bissen erst vorsichtig lange bewinden, machen kaum eine rechte Arbeit und haben selten die richtige Wildschärfe. Wie ihm beim Nachsinnen das Wasser im Munde zusammenläuft, merkt er, daß er seit Mittag nichts mehr in den Magen bekommen hat. So macht er sich auf den Heimweg, den Bock im Rucksack verstaut, mit langsamen, bedächtigen Schritten zurück zum Dorf. Mittlerweile ist es ganz dunkel geworden. Das ist ihm recht so. Er kennt den Weg ohnehin im Schlaf und liebt es nicht sonderlich, jetzt noch, mit dem Bock auf dem Rücken, angehalten und nach dem Wo und Wie ausgefragt zu werden.Dazu ist morgen noch Zeit, mit den Weidgenossen oder bei einem freundlichen Schwatz im Stall.

Aus der Dorfschänke dringt der Lärm lauter als sonst. Ach ja, fällt ihm ein, heute war Lohntag, da geht es wieder hoch her und der Kneiper wird sich freuen:»Wenn das Geld im Kasten klingt ...«

An der langen Wand in der Schankstube hängen die Urkunden und Medaillen für gute Umsatzplanerfüllung, die hat er schon öfter mit Erstaunen und Verwunderung betrachtet. Planerfüllung für Alkoholverbrauch. Na, hoffentlich sind morgen früh alle Mann wieder bei der Arbeit.

Er geht selten dort hin, mag es nicht, wenn König Alkohol die Gespräche regiert und Streit vom Arbeitstag hier mit umnebelter Stirn weitergeführt wird. Nicht umsonst mahnt am Balken im Schankraum ein Spruch im schönsten mecklenburger Platt:»Suup Di duun un frät Di dick un holl Din Muul vun Pulletik.« Dabei ist er kein Kostverächter. Den anderen Spruch mag er auch, der an einem der dicken schwarzen Balken lockt:»Alles ran, alles ran, wat an Loepel licken kann« (»Alles ran, alles ran, was am Löffel lecken kann«). Ein kühles Bier weiß er auch zu schätzen oder ein Glas Rotwein – besonders heute abend und aus solchem Anlaß – und die Freude darauf und auf seine Frau – die wird Augen machen – läßt ihn rascher gehen.

Dann sind die notwendigen Handgriffe getan, das Wildbret hängt versorgt, sein Hund ist gefüttert, alles ist an seinem Platz, er nun endlich auch. Die Anerkennung in den Augen seiner Frau vermerkt er mit einigem Stolz. Geht sie doch hin und wieder mit ihm raus zur Jagd und versteht so allerhand davon. Dennoch kann er es nicht unterlassen, sie auf das Alter des Bockes hinzuweisen (siehst du, der war alt genug), auf die langen spitzen Mordstangen (der mußte weg), das Gewicht erwähnt er noch stolz (ja, ja, ein starker Bock), nun ist er zufrieden, freut sich über ihre uneingeschränkte Zustimmung, ist sie doch sein kritischer Geist, aber auch der ruhige, ausgeglichene Gegensatz zu seinem mitunter jachen Wesen. Seine Gedanken wollen schon wieder zum anderen Tag. Fast ist er dabei, den morgigen Arbeitsbeginn zu durchdenken, da fängt er sich und holt diesen Abend wieder zurück, gewiß etwas selbstsüchtig, aber entschieden. Denn diese Stunden sind selten und es ist schön so zu sitzen, auch wenn es mal über Gewohnheit spät wird.

Und während draußen, auf der Dorfstraße, zwei nicht mehr ganz taktfeste Stimmen vorbeistolpern, blickt er immer noch mal auf seine Trophäe. Laß sie, denkt er und stößt noch einmal mit seiner Frau an, auf den Bock und den stillschönen Abend.

»Johanni« ... und so weiter

Es ist der dritte Tag nach Johanni, der letzte Spargel wurde gestochen, und noch drei Tage sind es bis Siebenschläfer – wenn das nicht ein Tag wie selten im Kalender ist! Und so einer scheint es heute tatsächlich zu werden. Ich bin noch gar nicht ganz auf der Kanzel, da sehe ich einen Bock auf etwa fünfzig Schritte vor mir in der kniehohen Gerste jenseits der langen Hecke. Er scheint ebenso verdutzt und überrascht zu sein wie ich verdattert bin, springt dann aber doch mit kurzer Flucht ab, zieht langsam weiter in das Getreide und verhofft auf hundert Gänge. Aber was ist das? Jämmerlich abgekommen ist er, die Weichen sind eingefallen, der Leib aufgezogen – das paßt so gar nicht zu dem starken Gehörn. Alt ist er auch noch nicht, aber offensichtlich krank. Der muß erlegt werden, gar keine Frage, denn lange macht er es bestimmt nicht mehr.

Schade ist es nur, wenn ich an die schon dicken, dunkel gefärbten Stangen auf dem noch buntscheckigen Haupt denke. Er könnte, wäre er gesund, im nächsten Jahr stärker werden, vielleicht sogar seinen Höhepunkt erreichen. Aber so? Der trockene Knall der Kugel läßt ihn in der grünen Gerste verschwinden.

Kaum draußen – und schon den Bock »im Rucksack«, denke ich. Da nimmt man sich vor, nach einem Arbeitstag in aller Gemütlichkeit aber doch gründlich und mit Leidenschaft zu weidwerken – und dann so etwas. Das ist ja fast so, wie wenn man ein erstes, schüchtern verabredetes Stelldichein hat und die Angebetete sagt plötzlich unverblümt: »Kommst du mit ins Bett!« Wobei das ja neuerdings öfter vorkommen soll als so ein rascher und unverhoffter Jagderfolg.

Nun sitze ich hier und langweile mich. Die Spannung ist erst einmal weg. Ja, denkste, wie meine Hausfrau zu sagen pflegt. Denn plötzlich ist in den Augenwinkeln etwas Rotes – Bewegung. Links vor der Hecke, an der Rapskante, spielen zwei Jungfüchse, nehmen kaum Notiz von der Umgebung, balgen sich, purzeln übereinander, zeigen spielerisch drohend die spitzen Fänge, rollen umeinander. Schade drum! Wenn nur die verdammte Tollwut nicht wäre. Bis zum Winter auf den dann wertvollen Balg warten – wie mancher rät, weil es dann im doppelten Sinne besser lohnt? Dann erwischt man erfahrungsgemäß kaum einen von den beiden, und die Fuchsdichte im Revier bringt nicht nur höhere Tollwutgefahr, sondern zehntet auch noch das wenige Niederwild, das die intensive Landwirtschaft mit ihren Großgeräten, den zahllosen Fahrspuren, dem Gift und den ausgeräumten Feldrainen übrig gelassen hat. So also – hingehalten, die Kugel sitzt im Leben. Schnell aber leise nachgeladen, der Schuß reißt ein lautes Loch in die abendlich stille Landschaft und staubt hinter dem anderen Fuchs – auweiah – daneben. Nochmals nachgeladen – wieder zu hastig geschossen? Erneut drüber weg. Die Ballerei

scheint dem Füchslein nichts zu machen. Die letzte Kugel muß her, herrjeh – auch die weit drüberhin. Aus, vorbei. Und fürs Schrot ist es viel zu
weit.

Da sitze ich nun, reichlich bedeppert und wie unklug und überlege mein
Mißgeschick. War ich zu hastig? Es war doch keine große Entfernung für
die Kugel. Ist am Zielfernrohr etwas verstellt? Warum habe ich dann den
Bock und nachher den kleineren Fuchs getroffen? Ich ärgere mich!
Der zweite Fuchs sucht noch eine Weile den Gefährten, will wohl mit
ihm spielen, kann mit dem leblosen roten Knäuel noch nichts anfangen,
hat ja bis jetzt noch keine Erfahrung mit Gefahr und Tod, dann rollt er
sich zusammen und schläft. Da sitze ich nun hier oben, hatte mich auf
diesen Abendansitz gefreut und bin enttäuscht, verärgert, bin lustlos
wegen meines eigenen Versagens. Sitze hier oben nach dieser unsinnigen Knallerei und, überlege: Was werden meine Nachbarn denken, die
jetzt gewiß auch draußen im Revier sind, oder meine Frau im Garten, es
ist ja nicht weit bis zum Dorf und jeder Schuß zu hören. Hilflos und bla-
miert sehe ich dem eingerollt schlafenden Fuchs zu. Jetzt kommt ja doch
nichts mehr.

Nach diesem Lärm ist sicher alles vergrämt und zieht an anderer Stelle
aus der Hecke und dem Raps. Die fünf Kugeln, die ich immer bei mir
habe, die reichen sonst zwei Wochen, ach, was sage ich, einen Monat,
und mit den beiden Brennecke und den zwei Schroten kann ich hier
heute abend auch nichts mehr anfangen. Ich werde abbaumen und den
Bock versorgen – und dann nach Hause. Vielleicht noch ein bißchen im
Garten pusseln oder zur Beruhigung ein gutes Buch lesen oder in den
Dorfkrug gehen und den Ärger runterspülen. Aber dann fragen die anderen auch wieder nur Löcher in den Jäger, und die Traktoristen machen
mich mit ihren Erzählungen heiß, was sie frühmorgens so alles an Wild
gesehen haben. Auch wenn die Brüder mächtig übertreiben, juckig
macht es mich doch.

Wie ich den Bock aufbreche, sehe ich nun deutlich, wie abgekommen er
ist. Das geringe Gewicht läßt unzweideutig erkennen, daß er schon länger krank sein muß – und nun ist auch die Ursache zu erkennen: eine
total verwachsene und stark vergrößerte Niere hat mit ihrer Entzündung
das ganze Bauchfell mit in die Erkrankung einbezogen. Das hätte er
wohl kaum überstanden, bestimmt nicht im Winter.

Danach bin ich etwas beruhigter, zufriedener. Daß ich diesen Bock erwischt habe, ist eher Zufall, aber doch auch Glück und ein Trostpflaster
für die von den Fehlschüssen gepeinigte Seele. Es war ja ein wirklicher
Hegeschuß. Setz dich noch mal oben hin, ermuntere ich mich, es ist ein
so schöner Abend trotz deiner dämlichen Ballerei, und wie ich oben bin
und nach dem Fuchs sehe, da liegt der noch immer eingerollt und
schläft. Fast hört man ihn schnarchen. Die Sonne sinkt allmählich dem
Horizont in die Arme und Reineke schläft. Eine Lerche steigt dicht bei
ihm auf, er schläft, und ich halte mir – die wievielte ist es heute abend –
eine stumme, aber gehaltvolle Gardinenpredigt. Wenn das mein alter

Jagdleiter wüßte. Für den war ein gewissenhafter, sauberer Schuß die Grundvoraussetzung für die Jagd. Na, ich werde den Deibel tun, ihm das erzählen und mich nochmals blamieren. Das hier reicht mir schon und soll mir eine Lehre sein. Wenn ich nur wüßte, warum ich so saudumm geschossen habe? Plötzlich ist der kleine Rote hoch, die Gehöre sichern steil aufgestellt zum Raps, er scheint unsicher, dreht sich, zögert noch – und ist dann mit weiten Sätzen im Feld. Mit hochgestellter Standarte nimmt er Reißaus. Nanu, sollte da etwa ein – Und richtig, ein massiger schwarzer Klumpen schiebt sich aus dem hohen Raps. Das lange, starke Haupt sichernd hoch vorgereckt, auf dem Rücken, der deutlich nach hinten abfällt, stehen die langen Federn aufrecht, links wie rechts blitzt es weiß unter dem Gesicht, der Pürzel arbeitet heftig und schlägt bis ans Geäfter, so steht das schwere Hauptschwein im Feld. Ich greife unwillkürlich nach der Waffe – oh, jetzt könnte ich mich! Ich habe ja keine Kugel mehr für diese nie wiederkehrende Gelegenheit.
Ist das ein Schwein – ein Basse, ein Urvieh, was sage ich, das ist Urian! Solch ein Schwein habe ich in langen Jahren weder im Mondschein auf der Pirsch noch bei den Drückjagden gesehen. Wo kommt der her? Ach, was, ist ja auch egal. Manning, ist das ein Anblick, aber mehr nicht. Ich könnte mich schon wieder vor Ärger sonstwohin treten oder beißen, am besten gleich beides. Was soll's. Langsam zieht der Recke an der Rapskante lang, bummelt regelrecht, und es ist doch noch taghell. Der weiß, wie's mir hier oben geht. Das macht der absichtlich. Dann verschwindet er unten im Bruch, wo die Suhlen liegen. Oh je, oh je. Wenn ich davon erzähle. Die Weidmänner im Jagdgebiet, aber auch alle anderen lachen sich ja kaputt. Es vergehen zehn Minuten, wieder bricht es im Raps – nein, bitte nicht, da steht ein Überläufer breit im Gras. Ich werd' nicht mehr! Wie zum Hohn dreht er sich, spielt hier wohl Model für eine Wildschweinschau, läßt sich mal von vorn, dann von rechts, dann wieder von links bestaunen und trollt endlich, endlich sage ich mit Wut im Bauch, davon, dem anderen nach, hin zu den kühlenden und ungezieferbeseitigenden Suhlen. Und noch immer ist es taghell.
Ein Tag, wie selten im Kalender – und ich könnte mich …!
Ja, wenn man in der Jagdhitze die einfachsten Regeln vergißt und nicht daran denkt, daß die Kugelschüsse mit der Bockwaffe, in kurzen Abständen abgegeben, mit jedem weiteren Schuß klettern.
Diana »belohnt« noch immer jede unkluge Ballerei.
Weidmannsgeheul!

Kater-Luise

(Erinnerungen an einen Deutschen Wachtelhund)

Die Erinnerung an meine treue »Wachteline«, die Stammutter einer ganzen Reihe derber brauner Hündinnen und Rüden kommt fast bei jedem Reviergang und jeder Jagd aus den Hecken und Brüchern, den Blänken und Seen, den Feldgehölzen und Wäldern dieser Mecklenburger Landschaft auf mich zu. Immer wieder leuchtet etwas aus dem grünen Waldesdunkel der Erinnerungen auf, wie plötzlich ein von Wolken freigegebener Sonnenstrahl zwischen dunklen Kronen hindurch auf ein Fleckchen fruchtbaren Waldboden fällt und mit seiner Wärme neues Leben hervorlockt. Natürlich tauchen hier und da auch die anderen Hunde auf, Rüden und Hündinnen in bunter Folge, alles brave deutsche Wachtelhunde – aber jeder unverwechselbar anders im Wesen, in der Arbeit, im Temperament und so auch in der Erinnerung. Allen gemeinsam ist, daß sie gute, fleißige, anhängliche, kinderliebe und dabei doch jagdwilde Gesellen waren, denen kein Wild zu stark, kein Wasser zu weit, keine Dickung zu derb, kein Wetter zu arg war – von unglaublicher Passion erfüllt, hart im Nehmen selbst dann, wenn es an die eigene Jacke ging – und die meisten von einem schier unglaublichen Finderwillen getrieben und von seltener Bringtreue beseelt.
1971 führte ich den Braunen Rüden Mac aus Meesiger (oder führte er mich?), einen derben stuckigen Arbeiter und selbstbewußten Jagdgefährten, von dem ich wohl mehr lernte als er durch mich, und die eher kleine, braune, sehr feinnervige und hochveranlagte Hündin Carla vom Bickenbach. Zu der Zeit also – im Überschwang der Prüfungserfolge und des berechtigten Stolzes auf die Leistungen beider – hatte ich als angehender Wachtelrichter die folgenden Verse für ein Lied geschrieben, das seither oft auf den Veranstaltungen der Wachtelei gesungen worden ist – nach der Melodie: »Ich bin ein freier Wildbretschütz ...«.

Ich jage mit dem Wachtelhund

Ich jage mit dem Wachtelhund auf Hase, Fuchs und Sau,
auf Hirsch, auf Reh, auf Wasserwild, so weit der Himmel blau.
Frühmorgens, wenn der Tag anbricht, zieh'n wir zum Jagen aus –
und schwindet dann das Büchsenlicht, geht heimwärts es nach Haus.

Im Stöbern ist er meisterlich, auf Spur und Fährte laut.
Er fürchtet auch die Sauen nicht, ist stark und schön gebaut.
Die Ente in dem dichten Rohr, den Hasen in dem Tann,
sie stöbert unser Wachtel vor und bringt sie flott heran.

Deutsch-Wachtel, du mein Weidgesell, mein Freund und Jägers Stolz,
auf roter Fährte findest du den Bock in Feld und Holz.
Tönt dein Geläut durch Tal und Höh'n als heller Gruß herbei,
dann klingt darin ein Weidmannsheil der ganzen Wachtelei!

Ja, so war's damals. Die »Wachtelei«, das war der Verein für Deutsche
Wachtelhunde e.V., dem wir später auf Verlangen der Obrigkeit noch den
Wurmfortsatz »in der DDR« anfügen mußten. Es war eine verschworene
Gesellschaft von Praktikern der Jagd, echten Rüdemännern und -frauen.
Daß man uns »oben« sehr gern sah, kann ich nicht behaupten, waren wir
doch nicht in der alles behütenden und vereinigenden GST, wie damals
der Dachverband hieß, sondern eben ein eigener Verein. Solche Eigen-
brötelei war oben nicht beliebt. Und außerdem – »Deutsche Wachtelhunde«, das klang sehr anrüchig innerhalb der sonstigen Abgrenzungs-
anstrengungen.
Aber wir liebten unsere Hunde und wußten, was wir an ihnen hatten.
Und das Schlimmste war immer dann, wenn wir Abschied von einem
langjährigen Jagdgefährten nehmen mußten. Dann war man plötzlich –
und nicht nur auf der Jagd – ganz allein.
Und davon soll die folgende Geschichte handeln.

Kater-Luise

Zum ersten Mal seit langer Zeit – ja, wie lange ist es eigentlich her, seit
1965 – sitze ich allein ohne Hund, ohne den vertrauten, verläßlichen
Begleiter, an der Waldkante. Noch vor drei Wochen hatte mich, zwar
langsam, häufig verhoffend, die alte Wachtelhündin begleitet – nun ist
auch das vorbei. Elf Jahre Hundeleben, gemeinsame Freude bei der
Jagd, treue selbstlose Jagdhilfe, ständiges Dabeisein auf den Praxisfahr-
ten bei Tag und Nacht sind zu Ende. Ich mag an den letzten Augenblick
nicht mehr denken – doch es mußte sein. Die schwere unheilbare Krank-
heit war ihrer Lebenskraft und großen Passion überlegen. Wir haben sie
am Rande des Bruchs neben der langen Schlehdornhecke bei der alten
hohen Pappel begraben. Ein Steinwall schützt sie, und die weittragenden
Äste der riesigen Pappel schirmen den Platz und die dort neu errichtete
Kanzel. Bis zum Dorf ist es nicht weit, und so können die Kinder, die sie
abgöttisch liebten und denen sie ein immer freundlicher Spielkamerad
war, sie von Zeit zu Zeit besuchen.
Das muß ja sein, denn ich erinnere mich, wie meine Tochter, als unser
erster Hund Mac dahinging, lange Zeit mit mir kaum noch sprach, bis ich
auf den großen Stein an seinem Grab an der Waldkante zur Erinnerung
seinen Namen und einen Spruch schrieb und sie von da an fast täglich
die sechs Kilometer mit dem Fahrrad dorthin fuhr.
Heute, während ich hier auf der Kanzel unter der Pappel sitze und mich

erinnere, da frage ich mich, ob es einen solchen Jagdhund wie die Luise noch einmal für mich geben wird? Das hört sich pathetisch an, doch war sie nach dem Rüden Mac nicht nur der leistungsstärkste und vielseitigste, sondern auch der von allen zwölf Hunden, zu dem wir alle in der Familie die größte Bindung hatten – wir alle, das heißt auch und vor allem die Kinder. Und das kam so:

Wir wollten schon lange Deutsche Wachtelhunde züchten. Das hört sich so einfach an, wenn man den heutigen Zustand der allgemeinen Hundezucht erlebt, wo fast jeder machen kann, was ihm beliebt, und wo mitunter Welpen in regelrechten Hundefabriken unter aberwitzigen Bedingungen erzeugt, gehalten und an den Mann gebracht werden. Je mehr Welpen, um so besser, ganz gleich, was sie bei der Geburt wiegen und wie sehr die armen Hündinnen in diesen Massenzuchten zerstört werden.

Bei den meisten Jagdhunderassen war das hier bei uns anders, auch bei den Wachtelhunden. Da wurde längst nicht jeder Rüde und durchaus nicht jede Hündin gebilligt, und ehe man die Zwingerzulassung bekam, wurde erst geprüft und bewertet, und grundsätzlich durften nur sechs Welpen aufgezogen werden. Heute reden selbsternannte Tierschützer in die Zucht hinein, verlangen die Aufzucht aller geborenen Welpen ohne Rücksicht auf Zahl, Gesundheit und Chancen, und wenn dann so ein paar Schwächlinge, die kaum oder gar nicht das Gesäuge finden, weil kein Lebensmut und keine Kraft in diesen Würmchen ist, nach wenigen Tagen hilflos verenden, dann ist es gut. Man hat seinen Willen, ungetrübt von Ahnung und Wissen, durchgesetzt. Den Hundefabriken ist das nur recht. Sie produzieren auf Deibel komm raus, was gefallen ist, und verkaufen das dann noch für unglaubliche Preise und viel zu früh.

Wachtelhunde züchten, das ist wahrlich nicht so einfach. Mal hatte eine Hündin einen Erbfehler, eine andere war mit fehlerhaften Geschwistern belastet, und so wollte es über Jahre nichts werden. Rams von der Ohre, unser Herr Rüde, wegen seiner Schönheit und Friedfertigkeit der erklärte Liebling aller Kinder und dörflichen Hundedamen, hatte noch keine geeignete Nachbarin im Zwinger.

Doch eines Tages im Sommer war es dann endlich soweit. Meine Frau holte sich aus Berlin ein braunes Hundemädchen. Quirlig war das kleine Kerlchen, kaum zu bändigen, und die Kinder hatten nun etwas zu bemuttern; anders jedoch der große Rüde, der auf die Berlinerin eifersüchtig war und sie als Hündin noch nicht erkannte.

Doch ich wollte meine eigene Hündin führen. Also fuhr ich eines schönen Tages mit Frau und Tochter im Moskwitsch nach Uftrungen im Harz. Dort war auf einem Forsthof ein brauner Wurf gefallen und mir eine Hündin zugesagt worden. Die Förstersfrau – sehr bedacht – führte uns fünf der sechs Welpen vor, alles qicklebendige kleine Wachtel, die den großen Forsthof zu ihrem Spielplatz erkoren hatten und buchstäblich über Tisch und Bänke gingen. »Die eine hier, die nehmen Sie am besten, das ist die Pfiffigste, die Lebhafteste«, meine die fürsorgliche Frau.

Ach du gütige Jagdgöttin; ich hatte schon eine sehr pfiffige Tochter, meine Frau besaß inzwischen schon ihre ausgesprochen lebhafte kleine Assi, und ich sollte noch so einen Pfiffikus dazunehmen? Ich fragte nach der sechsten. » Ach wo, ich bitte Sie, das ist doch nichts für Sie, das ist so eine träge, dicke Schlafmütze, die liegt nur unterm Fliederbusch und döst den ganzen Tag.«

Die wollte ich mal sehen, schließlich konnte ich ja wählen, das hatte man mir am Telefon zugesagt. Nach einigem Hin und Her wurde die »Schlafmütze«, unsanft im Genick gepackt, hervorgeholt und mir gegeben. Das dicke Kerlchen machte dabei kein Auge auf, schlief auf dem Arm weiter, ein richtiger dicker brauner Tobben mit herrlich langen Behängen – richtigen Schüsselwischern. Es war Liebe auf den ersten Blick, als sie mich endlich verschlafen anblinzelte. Die nehme ich, die will ich und keine noch so Pfiffige! Fast schien die Hausfrau böse zu sein, daß ich ihrem Rat nicht gefolgt war, doch ich wußte, was ich wollte. Na, wie das so ist beim Jagdhundekauf, ein Wort gab das andere – und Kaffee und Kuchen gab's – »bleiben sie doch noch, mein Mann kommt am Nachmittag«, doch nein, es tat uns zwar leid, aber wir mußten ja zurück nach »Südschweden«, wie Mecklenburger sich selbst manchmal auf die Schippe nehmen. Bis zu uns nach Hause war es ja ein Ende hin durch die halbe Republik.

Mutter und Tochter saßen hinten und betreuten die verschlafene kleine Hündin, und ich hörte, während ich mich auf die Fahrt konzentrieren mußte, wie eine nach der anderen rief: »Jetzt hab ich einen«.

»Und ich auch«. Und so ging es während der ganzen Reise.

Sie sammelten Flöhe. Schon auf dem Forsthof hatte die Förstersfrau lakonisch bemerkt: »Na, ja, einen Floh hat sie wohl«, denn meiner Frau war das verdächtige Kratzen mit dem hinteren Lauf aufgefallen. Einen? Herrjeh, saß diese kleine Dicke voller Plagegeister! Als wir nach langer Fahrt zu Hause ankamen – es war später Nachmittag, und wir wollten für Herrn Rams noch eine Übungsschleppe mit einer Stockente legen – da gab's die erste faustdicke Überraschung. Die kleine, acht Wochen alte Hündin wurde aus dem Auto in den für sie fremden, großen Garten entlassen, stutzte kurz, nahm die Nase in den Wind, sprang an einer Schubkarre hoch, hatte den dort für die Schleppe abgelegten am Vortage geschossenen Wilderpel im Fang und – brachte! Sie brachte den für sie viel zu großen Erpel stolz an!

Natürlich wollte sie noch nicht ausgeben, aber was soll's. Sie brachte, sie trug, dieses kleine Kerlchen. Diese scheinbare Schlafmütze apportierte einen Stockentenerpel so, als wäre das nichts, als hätte sie das schon immer so gemacht, und ich war sicher, sie hatte noch nie eine Wildente gesehen, geschweige denn im Fang getragen.

Und da ritt mich, nachdem wir alle uns von dieser Überraschung erholt hatten – Diana verzeih mir! – der »Jagdhundedeibel«. Ich ließ von meiner Tochter draußen im Feld eine 120-Schritt-Schleppe legen, noch bevor Rams gearbeitet hatte. Und die zweite faustdicke Überraschung folgte.

Die Hündin, dieser Winzling, fand, gut drei Meter seitlich unter Wind mit flottem Tempo voransuchend, sofort zum Schleppenwild, nahm ohne Besinnen den Erpel auf und brachte, ohne abzusetzen, das Wild an. Wer bei der Wasserwildjagd oder in der Wiese, auf den Stoppeln oder im hohen Schilf Hundearbeit verschiedenster Güte erlebt hat, nur der kann nachempfinden, was Federwildbringen heißt, wieviel Arbeit an so manchen Hund verwendet werden muß, wieviel Geduld dazugehört, ehe das Bringen nicht nur spielerisch, nach dem Willen des Hundes, sondern bedingungslos erfolgt – unter allen Umständen. Gibt es denn umsonst die herrlichen humorvollen Zeichnungen von Geilfuß und anderen, auf denen die enttäuschten Entenschützen sich entsagungsvoll aber todesmutig ins Wasser begeben, um zähneknirschend ihrem Hund mit der Ente im eigenen Gebräch das Bringen praktisch vorzuführen?

Natürlich war das, was wir hier von dem Welpen erlebten, noch kein verläßliches Bringen. Dazu gehörte weit mehr, denn nicht umsonst hat der Altmeister der Deutschen Wachtelhundezucht, Oberförster Rudolf Frieß, immer wieder betont, daß der Wachtel nur zwei Dinge unnachsichtig und konsequent anerzogen bekommen muß: das sichere »down«, damit man ihn jederzeit in der Hand hat, und den absolut zuverlässigen »Apport«. Damals hat das gewiß gestimmt, doch heute, da wir vom ehemaligen Wald- und Försterhund weit mehr verlangen, und er zum Vollgebrauchshund geworden ist, da muß auch die Schweißarbeit und alles, was mit der Arbeit am und im Wasser zu tun hat, sitzen. Was hier bei diesem Winzling zu sehen war, das konnte man schon mit Bringwut benennen, das war angewölft. Ob es aber einmal zur Bringtreue führen würde, das hing allein davon ab, wie sich das Verhältnis von »Leithund«, sprich Hundeführer, zum jungen Hund entwickelte. Es lag also an mir.

Doch bevor es zu diesen »Schularbeiten« kam, noch lange vor den Flegeljahren junger Hunde, bevor wir beide anfangen konnten, ernsthaft zu üben, gab es einen bösen Zwischenfall, der beinahe alle meine hochfliegenden Pläne zunichte gemacht hätte.Kaum zwölf Wochen alt, brach sich die Hündin bei der Arbeit auf der Hasenspur in einem Loch den rechten Vorderlauf – und so unglücklich, daß an ein Schienen oder ähnliches nicht zu denken war. Das sofort angefertigte Röntgenbild ließ uns fast verzweifeln. Tierarzt sein und nicht einmal dem eigenen Tier helfen können, in Hundeaugen blicken, die ängstlich hilfesuchend flehen, das geht an die Ehre des persönlichen Berufsethos. Was also tun? In der nahen Tierklinik empfahlen die Spezialisten für den Patienten Ruhe (!), ein Wasserbett (!!) und ähnliche bedeutungsvolle Therapien. Ich wollte nicht aufgeben. Nach kurzem Telefonat ging es am nächsten Tag in die Chirurgie der tierärztlichen Hochschule Berlin.

Noch heute klingen mir die Worte meines Professors nach der gründlichen Untersuchung, im schönsten, breitesten Sächsisch losgelassen, im Ohr:»Mer wärn sähn – loofen wärd se wiedärr gönn, aber ob se noch wärd jächten gönn? Nu, mer wärn sähn!«

Mehrfach genagelt, verlebte die Kleine Wochen in der Familie, die ihr wahrscheinlich wie der Hundehimmel vorkamen. Das fing schon an, als meine Frau das frisch operierte Hundemädchen per Bahn nach Hause holte. Der dicke Verband, der das kleine Wesen einhüllte, erregte sofort die Aufmerksamkeit und das Mitleid der Berlinerinnen in der S-Bahn, und meine Frau hatte, wie sie uns erzählte, bei der bekannten Tierliebe der eingeborenen Hauptstädter alle Mühe, noch rechtzeitig den D-Zug zu erreichen.

Bevor nach mehreren Wochen in Berlin wieder die Nägel gezogen wurden, verhätschelten, verzärtelten und vertrottelten drei Kinder und die Hausfrau den Familienpflegefall. Nachts schlief sie auf einem Kissen in meiner Armbeuge. Doch tagsüber hielt sie es bald nicht mehr auf dem Kissen. Sie mußte entdecken.

Und dann, nach der weitgehenden Ausheilung, endlich, endlich, konnten wir sehen, was mit ihrer jagdlichen Tauglichkeit war. Hatten wir sie zu sehr verwöhnt?

Ach, was!

Jetzt zeigte sich das wahre Wesen der kleinen Draufgängerin.

Der angewölfte, unglaubliche Spur- und Finderwille hatte endlich seine Chance, und sie konnte ihn zeigen. Anfangs fast auf drei Beinen, ob im Wasser, auf dem Feld oder im Wald, sie suchte, sie begann zu stöbern, daß es eine Lust war, ihr zuzusehen. Der kranke Lauf, zwar noch mitgewachsen, aber nicht mehr voll einsetzbar, schien nicht zu hindern, er wurde über Hindernissen, im Wald oder Wasser vergessen.

Jeder Tag mit ihr brachte neue Erlebnisse und neue Freuden. Natürlich kam sie mit auf Praxis, blieb im Wagen, bis ich mit der Arbeit fertig war, und fuhr mit mir den ganzen Tag und manche Nacht über Land. Jede Gelegenheit unterwegs wurde genutzt. Saß hier ein Hase in der Morgensonne am Feldrain, so wurde seine Spur gearbeitet, war dort ein Wasserloch mit Bleßhühnern, so mußte deren Mittagsruhe dran glauben. Sie holte alles nach. Vielleicht hätte ich mit anderen Hunden nicht halb soviel gearbeitet. Ihr war es nie genug. Zwischendurch schlief sie fest und schnarchte, daß man mitunter an eine Störung des Automotors denken konnte.

Als die Anlagenprüfung kam, war ich dennoch nicht sicher.

Wer miterlebt hat, wie selbst robuste Hunde nach einem langen Prüfungstag durchhängen, weil die vielfältigen Anforderungen und Anstrengungen sogar dem trainierten Hundeführer das Letzte abverlangen; wer weiß, wieviel Konzentration von dem Hund auf der Hasenspur gefordert wird, die der dann oft so scheinbar spielerisch absolviert, der kann ermessen, wie sehr die jungen, oft noch nicht ausgewachsenen Hunde gefordert werden.

Ich erinnere mich an die Jugendsuche, die A-Prüfung mit meiner Carla. Das kleine Mädchen war in dem Frühjahr zur Prüfungszeit gerade mal fünf, ich wiederhole mich gern: fünf Monate alt. Die Prüfung lief bei ausgesprochen widrigen Bedingungen ab, trockenem Wetter und starkem Sturm. Auf dem kaum bewachsenen Flugsandacker, der die auskeimenden Lupinen mehr ahnen als sehen ließ, stand der Sand fast waagerecht in der Luft. Die Wasserfläche des Prüfungsteiches war von hohen Wellen mit Schaumkämmen gezeichnet. Zu allem Unglück (?) leiteten diese Prüfung auch noch unsere beiden »Oberhirten« der Wachtelei aus Thüringen, die damalige Hauptzuchtwartin des Vereins und ihr Mann, einer der versiertesten, besten Kenner der Wachtelhundszene, ein absoluter Könner seines Faches. Zur Begrüßung bekam ich gleich den ersten »Streifschuß«: »Was wollen Sie denn mit dem Welpen hier. Die soll doch wohl nicht etwa laufen?« »Doch, doch, deswegen bin ich ja hier.« Große Beratung! Darf ein fünf Monate alter ...? Die Prüfungsordnung sprach nicht dagegen, also durfte sie. Einziger Nachteil (?) – sie kam als Jüngste immer zuletzt dran.

Gehorsam war sie, da hatte ich keine Angst. Aber auf dem Acker eine Hasenspur arbeiten? Da war doch weniger als die Hälfte von nichts zu wittern.

Wir ziehen also los, die anderen Hunde, sie hatten das Glück, in einer wenigstens halbwegs frischen Wiese ihre Hasenspurarbeit zu zeigen, in gehörigem Abstand mit ihren teils glücklichen Führern hinter uns. Plötzlich steht ein Hase in einiger Entfernung auf und macht lange Läufe. »Hat Ihr Hund den Hasen gesehen?« kommt die übliche Frage. Natürlich nicht, außerdem ist er viel zu klein, denke ich. »Nein, nein.« »Dann los, setzen Sie Ihren Welpen mal an.« Ich haste hin, das Kerlchen weiß nicht so recht, läuft aber aus Begeisterung erst mal mit, plötzlich nimmt es die Nase runter, obwohl der Sturm den Sand wirbelnd über die trockene Fläche jagt. Ein kurzer Laut, ich lasse die Carla aus der Halsung laufen, und ab geht mit hohem Jiffen die Hasenpost. Nach gut zweihundert Metern steht ein zweiter Hase in der Spur auf, die Hündin äugt zwar im lauten Vorwärtsstürmen hin, bleibt aber dem ersten Hasen treu und marschiert, immer laut, weit bis an den Horizont. Als sie zurückkommt, macht sie auf halber Spur kehrt und nimmt die zweite Spur auch noch, wenngleich jetzt der Laut in etwas größeren Abständen folgt. Als ich sie dann anleine, den Pfefferkuchen holt sie sich fast allein aus der Tasche, und sie gehörig abliebele, da ruft der Hauptzuchtwart laut über die Korona hin: »Na, nun dürfen Sie die Kleine ruhig küssen. So was habe ich noch nicht gesehen. Das ist der jüngste in meiner langen Praxis mit Erfolg gelaufene Wachtel«.

Es sollte noch besser kommen.

Vor uns lag ja noch die Wasserarbeit. Nachdem alle Hunde erst einmal genügend geschöpft hatten, sollte der erste, der älteste, ins Wasser. Vorsichtig stelzte er hochbeinig ein paar Schritte rein, drehte sich um und kam wieder. Erdklüter flogen als Unterstützung, zuletzt ein Stöckchen – nichts, er war nicht zum Rausschwimmen zu bewegen. So ging es noch einigen. Das stark aufgewühlte Wasser, noch dazu empfindlich kühl, entsprach nicht ihrer Tagesform. Da half kein Bitten, kein Locken und kein Schimpfen.

Carla war dran. Ich löste die Halsung, redete sie wie üblich leise an – und raus ging's. Sie schwamm, untersuchte draußen die Bülten, zog zum gegenüberliegenden gut hundert Meter entfernten Ufer. Ein Pfiff, sie drehte um, ließ sich per Handzeichen wieder schicken und dachte gar nicht daran rauszukommen. Es machte ihr Freude – Wasserfreude.

Staunen.

Nicht nur die anderen Hundeführer, teils neidisch, teils begeistert, wunderten sich. Die beiden Oberrichter und ihr Richteranwärteranhang schüttelten die Köpfe – der »Welpe«? Nach einiger Beratung kamen sie zu mir. »Würden Sie Ihre Hündin noch mal reinschicken? Wir wollen sehen, ob dann die anderen Hunde auch das Wasser annehmen.«

Und so kam es. Der »Welpe« schwamm, einer nach dem anderen folgte ihr, und so verhalf die anfangs Verspottete, die man erst gar nicht hatte zulassen wollen, den anderen Junghunden sogar noch zu einer bestandenen Prüfung. Ihre Ehrenschleife und die Medaille trug sie dann nach der Siegerehrung, als wüßte sie, daß sie die volle Punktzahl erreicht hatte.

Warum ich von Carla erzählt habe? Prüfungsglück und Prüfungspech liegen so dicht beieinander, aber nur ein wirklich veranlagter und einigermaßen eingearbeiteter Hund kann auch gute Leistungen bringen.

Doch zurück zu meiner kranken Hündin. Hasenspurarbeit so vorzuführen, daß es für spätere Zuchtwürdigkeit reicht, hieß für den Hund schon normalerweise, weite Wege sicher mit gutem Laut gehen. Aber ein Hund fast auf drei Beinen?

Was dann aber kam, war für die versierten Richter, lauter alte, mit allen Wassern der Richterschläue gewaschene Rüdemänner, so erstaunlich, daß sie, selten genug bei Deutschen Wachtelhunden in der Anlagenprüfung und bei den Braunen eine große Ausnahme, die Höchstnote für den bedingungslosen Spurwillen gaben, mit dem die Hündin die weiten Arbeiten durchführte. Da steckte der Lohn für die schöne Leistung trotz Behinderung drin.

Und so ging es weiter. Zur Eignungsprüfung liefen die beiden Hündinnen in einer Gruppe. Meine Frau führte ihre Assi, eine nervöse, aber gut veranlagte, vom Wesen her allerdings eher »braun angestrichene« Hündin, ich meinen »Dreiläufer«. Sie war inzwischen 47 cm groß, eine derbe, aber wohlproportionierte Hündin, der man, solange sie nicht laufen mußte, die Behinderung nicht ansah. Sie brachte den Hasen auf der Schleppe, ohne ihn einmal abzusetzen. Na – und ein Mecklenburger Klee- und Rübenhase, der wiegt im Herbst so seine drei bis vier Kilo. Zwar möchte man immer zur Prüfung einen leichteren, ist dann aber heilfroh, am letzten Abend im allerletzten Licht überhaupt noch einen, ganz egal was er wiegt, erlegt zu haben.

Ich rede immer von der Hündin, dabei hatte sie schon bald einen Namen in der Familie. Ihr eigentlicher Stammbuchname Xara von der Thyra klang mir zu zungenbrecherisch. Da sie einen so herrlich dicken Kopp hatte und weil es so ähnlich klang, nannte ich sie Kater, worauf sie sofort hörte, besonders, wenn man ein Stück Wurst oder Pfefferkuchen dabei hatte. Meine Tochter machte daraus bald Kater-Liese, was wenig später zu Kater-Luise wurde, oder als Rufname nur kurz plattdeutsch: Lieschen. Sie hörte auf alle diese Namen, wie gesagt, vor allem wenn man etwas Freßbares in der Hand hielt.

Was dann in den Jahren der gemeinsamen Jagd alles erlebt wurde, gehört zum Schönsten und wird unvergessen bleiben, sowohl für den Jäger, der solchen Hund führen durfte, als auch für die Familie, die irgendwie immer ihren Anteil nahm, und für die Weidgenossen, die davon profitierten. Sie brachte noch die allerletzte Ente aus dem Schilf hoch. Ich kann mich nicht erinnern, daß sie je aufgab, bevor sie nicht den geschossenen und manchmal doch leider nur geflügelten Erpel oder die Gans gefunden und gebracht hatte. Anfangs nahm sie die Sauen an, ehe sie, mehrfach geschlagen, gewitzter wurde und die Schwarzkittel stellte und anhaltend verbellte. Manche Sau und etliche Stücken Rehwild suchte sie erfolgreich nach – und wenn sie aufgab und nicht mehr weiterfand, hatten selbst Spezialisten kaum mehr Erfolg.

Doch bevor es dazu kam, richteten wir erst einmal – endlich, atmeten wir auf – unseren Zwinger ein. Rams hatte inzwischen das große Los gezogen und war zu einem anderen Jäger gekommen, wo er nicht nur noch mehr Familienanschluß, sondern auch ein Jagdrevier vom Feinsten genoß. Zuvor hatte meine Frau stellvertretend für mich mit ihm die B-Prüfung absolviert. Eigentlich wollte ich das mit dem nicht ganz einfach zu führenden Rüden selbst tun, denn er hatte manchmal seinen Dickkopf und brauchte eine deutliche Hand. Doch als wir in der Altmark ankamen und uns zu der Richterrunde setzten – wir kannten uns ja alle aus zahlreichen erlebnisstarken wunderschönen Prüfungen und wußten, was wir voneinander zu halten hatten –, da gab es wie üblich ein großes Hallo. Und als der traditionelle Baumkuchen aufgetischt wurde und das Erzählen losging, da meinte der Richterobmann so nebenher: »Du hilfst uns doch morgen und übermorgen richten?«

»Nee, also nein, das geht nicht, ich muß meinen Rams führen.«

»Ach was, den kann doch deine Frau genauso gut führen, das hat sie doch schon öfter bewiesen.«

Es ging hin und her, sie baten, forderten – und ich ließ mich breitschlagen. Nur am letzten Tag die Schweißarbeit, die wollte ich selber mit ihm machen.

»Na ist doch klar, da können wir dich dann entbehren. Dann ist ja nicht mehr viel zu prüfen.«

Ich ging mit einer Gruppe ins Feld, wir fanden kaum Hasen und kamen erst spät ins Suchenlokal. Wie ich trotz aller Unkerei bald erfuhr, hatte mein Weib mit dem Rams überhaupt keine Probleme und war gut mit ihm durch die verschiedenen Fächer gekommen. »Weißt du, dann werde ich dir nicht die Butter vom Brot nehmen. Auch wenn du den Burschen noch nie am langen Riemen hattest, du führst ihn morgen auch auf Schweiß.«

Am anderen Morgen standen wir zeitig am »Anschuß« in einem raumen Fichten – und Kiefernbestand, in dem Pilzsucher, seit es hell geworden war, auf den am Vortage getropften Fährten rumwanderten. Na, das konnte ja lustig werden. Ich stand in einiger Entfernung außer Wertung hinter dem Schmalreh, das an einem Kiefernstubben lag. Irgendwann mußte jetzt mein Hund mit meiner Frau am langen Riemen auftauchen. Und dann war es soweit. Rams zog in ungestümem Vorwärtsdrang auf der Schweißfährte, meine gestolperte und langliegende Gefährtin hinter sich her, die tapfer den Riemen festhielt. Als der Hund dann am Stück war und die Hundeführerin ihm stolz den überreichten Bruch an seiner Halsung befestigte, da machte ich vorsichtshalber ein ernstes Gesicht. Ich konnte gut lachen, durfte aber nicht. Sie hatte meine Arbeit mit dem Rüden gemacht, der in ihrer Hand völlig problemlos lief. Auch das gehört zu den Erinnerungen und Erlebnissen mit unseren Hunden.

Unsere beiden Hundedamen hatten ihre geräumigen Zwinger, lagen aber, wenn sie nicht gerade arbeiteten, meist im Garten und hatten dort ihre Reviere abgegrenzt. Die Zuchttauglichkeit war endlich erreicht, ein Zwingername mußte her. Ohne genehmigten Zwingernamen konnte es nämlich nicht losgehen mit der lange ersehnten Welpenzucht. O, je, war das schwer: Der eine Vorschlag hatte mehr als neun Buchstaben, beim anderen war Ähnlichkeit zu einem bereits eingetragenen vorhanden. Da kam mir der Gedanke an die Bringfreude und Bringtreue beider Hündinnen. Bringtreu – wenn das kein Omen für die zukünftigen Welpen war. Ach, unsere Wünsche eilen ja meist dem wirklichen Leben weit voraus. Wenn ordentliche Zucht, also nicht nur Paarung irgendwelcher Elterntiere betrieben wird, gelenkt von einer Zuchtleitung, die eine vollständige Übersicht besitzt, dann ist das gewiß nicht die Katze im Sack kaufen. Wer sich aber mit Tierzucht beschäftigt hat, der weiß, wieviel Unwägbarkeiten, Rückfälle und scheinbare Zufälle für die Erbeigenschaften und das Erscheinungsbild der neuen Generation mitspielen. Und es bleibt als große Unbekannte die Frage, was der zukünftige Welpenbesitzer aus dem jungen Hund macht.

Irgendwann bald wurde die erste Hündin läufig, es ging also zum Rams. Der kannte seine Luise offensichtlich noch, wollte aber, wie das so ist, im Zwinger absolut nicht seine Pflicht erfüllen, und sie schien sich auch zu genieren, so vor aller Augen. Vielleicht war ihr auch die Umgebung zu fremd.

Es klappte nicht.

Nach einigem Hin und Her zogen wir mit den beiden ins Revier – und ehe wir uns versahen, war's passiert. Na, sagten wir uns, doppelt genäht hält besser, und erlaubten den beiden am Nachmittag ein zweites Aneinanderhängen.

Wenige Tage später, sowas steckt bekanntlich an, wurde auch die zweite Hündin heiß, und abermals ging's zum Rams. Er war ja auch ein Bild von einem Rüden und leistungsmäßig sehr ordentlich, wie meine Frau bewiesen hatte.

Nach zweieinhalb Monaten wimmelte der Hof von zwölf munteren Welpen, die sich mit unseren Gänsen, Enten und Hühnern dauernd in den Federn hatten, wobei die starken Gössel den Welpen zeigten, wer Herr auf dem Hof ist. Abends zogen wir dann aus dem Garten zum nächsten Teich, begleitet von einer erwartungsvollen Kinderschar, die sich nicht genug über die im Wasser tobenden Welpen und deren aufmerksame Hundemütter freuen konnten. Es war Leben in der Bude.

Im Laufe der Jahre brachte Luise noch zwei starke Würfe, und wir erlebten Freud und Leid mit der Aufzucht. Drei Welpen wurden durch Vater Staat damals nach drüben, in die Bundesrepublik, verkauft, ein für uns recht ungewöhnlicher Vorgang. Aber für Devisen, so spotteten wir, würden sie sogar Omas Bettuch unterm Hintern weg versilbern. Es sollte aber, wie sich nach über zehn Jahren herausstellte, für mich noch von Vorteil sein.

Kater-Luise ging, ungeachtet ihrer Mutterpflichten, bald wieder mit auf Jagd. Nahm ich sie nicht mit, dann rief sie mit ihrem durchdringenden Laut das ganze Dorf zusammen. Es war weit zu hören, und ihre Empörung schallte manchmal bis zu mir auf den drei Kilometer entfernten Hochsitz am Waldrand. Durchdringend war dieser Laut und bei jeder Wildart, die sie verfolgte, anders. Mit hohem »Jiff, jiff« jagte sie am Hasen, etwas voller, aber noch hell, verfolgte sie das Rehwild; kam der Laut haßerfüllt dunkel, war sie mit Sicherheit an den Sauen. Nur beim Fuchs wußte sie nicht so recht wie – abwechselnd lustvolles helles »Jiff« und haßerfülltes dunkles »Wuff«, so kam ihr Geläut für Reineke.

Wollte ich einzelne Begebenheiten erzählen, würde ich wohl kaum ein Ende finden.

Und doch werden die Gedanken oft, nicht nur von diesem Ansitz, zu ihr zurückgehen, hat sie doch mit die weiten Grenzen bestimmt, in denen Jagdhundearbeit zum Erlebnis und der Hund ein dankbar angenommener, verläßlicher Gefährte wird. Wie oft hatte sie recht und ich irrte und gab ihr anfangs in meiner Dummheit und menschlichen Überhebung Grund zum Übelnehmen. Das war aber nicht ihre Art. Dazu war sie zu wesensstark. Sie vergaß den Ärger schnell. Ihr Wesen war so sicher und fest – sie machte Jäger. War ich mir nach dem Schuß nicht sicher, wohin das Stück abgesprungen und geflüchtet war, denn unten im Feld sieht alles anders aus als vom hohen Sitz, dann ließ ich sie laufen, und sie fand, wenn die Kugel einigermaßen getroffen hatte. Dazu brachte sie eine Anlage mit, ohnehin sehr selten zu sehen, bei ihr aber angeboren und durch Bringwut sowie überaus lockeren Hals verstärkt: Sie wurde ganz von sich aus zum lauten Verweiser. Sehr bald nachdem ich ihre Fährten- und Spursicherheit auch an der langen Nachsuchenleine erlebt hatte, nahm ich sie nicht mehr an den Schweißriemen. Für sie mit ihrer Behinderung wäre das nur eine zusätzliche Belastung gewesen.

Ist es schon wunderbar, im unwegsamen Gelände durch den sicheren Totverbeller zum Stück gerufen zu werden, so ist der verläßliche laute Verweiser die Krönung für den zu Nachsuchen gerufenen Hundeführer.

Gewiß kann man einen Totverbeller abrichten, hat ein Hund mit lockerem Hals aber die Anlage dazu, so hat man schon einen Hauptgewinn. Sicher kann man auch einen bringfreudigen Hund zum Verweiser, Bringselverweiser oder anders erziehen. Doch der Hund, der mit sicherem Bringen begabt ist, wird es einem leichter machen, die Sicherheit zu erwerben.

Wir übten mit ihr bei jeder Gelegenheit das unbedingte Bringen, ob im Garten oder draußen im Wald. Manchmal legten wir dann den Apportbock oder das Wild so in eine Astgabel, daß die Hündin trotz großer Anstrengungen nicht herankam. Es dauerte nicht lange, und sie verbellte – und kam ich ihr dann nicht zu Hilfe, dann sprang sie mich an, zerrte und zottelte solange an meiner Kleidung, bis ich ihr zum Wild verhalf. Das gleiche passierte, wenn man ein Stück Rehwild oder eine Sau abgelegt hatte und die Luise aufforderte zu bringen. Sie faßte an, versuchte zu packen – und dann kam sie und forderte deutlich zur Hilfe auf.

Einmal, ach, wie lange ist das alles schon her, da hatten wir uns an einer Linde nahe der Waldkante angesetzt. Vor uns auf der Kleestoppel äste bald Rehwild. Nur ein ziemlich starker Bock mit etwas kleinem, aber stuckigem Gehörn blieb an der Kante, sicherte und zeigte alle Verhaltensweisen eines älteren Stückes. Aber dafür war das Gehörn einfach zu gering. Der mußte weg. Es dämmerte langsam. Der Kleeschlag hatte zahlreich Rehe angelockt, der Bock sicherte, blieb im Schutz des Waldrandes und trat nicht auf die Stoppel. Erst im letzten Moment, es wurde schon diesig, da preschte er raus, stellte sich zu einer Ricke nicht weit vom Ansitz und begann zu scherzen. Ohne langes Besinnen schoß ich, er sprang ein paar Schritte zur Seite, bölkte die Ricke wie vorwurfsvoll an, trat noch ein paar Schritte ohne jedes Zeichen von Getroffensein beiseite und lief dann ohne große Hast zum Waldrand zurück und verschwand im Gatter. Nanu? Sollte ich vorbeigeschossen haben? Auf diese Entfernung? Das war doch nicht möglich! Also abgebaumt und mit der Hündin hin zum vermeintlichen Anschuß. Nun suche mal einer in der Dämmerung auf der Kleestoppel zielsicher einen Anschuß. Ich ließ die Hündin kreisen, und schon stürmte sie laut los. Ach du lieber Himmel, dachte ich, jetzt hetzt sie auch noch den gesunden Bock. Kurze Zeit später kam sie aus dem Gatter, sprang lautgebend an mir hoch, drehte sich um, lief wieder zur Waldkante, kam zurück, wollte mich am liebsten mitzotteln, und als wir in den ersten Pflanzreihen des Fichtengatters angelangt waren, da zeigte sie mir den Bock. Ach, herrjeh, der war ja viel zu jung. Zwar schon stark im Wildbret aber viel zu jung. Da hatte er in seinem Übermut der vermeintlichen Stärke wohl schon Schläge von den älteren Böcken bekommen und war deshalb vorsichtig wie ein gewitzter, erfahrener Alter am Rande geblieben und hatte mich genarrt. Ein klassischer, zudem schmerzlicher Fehler von mir. Den Schuß hatte er offensichtlich nicht gespürt, war nur erschreckt worden, hatte seiner Empörung gegen die Ricke Ausdruck gegeben und war ins Gatter zurückgetrollt und dort wie ein Stein gefallen. Wer weiß, ob ich bei dem Verhalten ohne Hündin bei Fuß nachgesehen hätte? So hat sie manches Stück nachgesucht und vor dem Verludern bewahrt. Ich ließ sie auf der Nachsuche immer frei laufen. Hatte sie gefunden, dann rief sie mich, und falls ich nicht rasch genug kam, dann holte sie mich und packte mich am Lodenmantel oder der Hose, um mich hinzuzerren, so als wollte sie sagen: Nun komm schon, ich schaffe es nicht allein, es ist für mich zu schwer. Und dann lotste sie mich zum Stück, oft hin und her pendelnd.

Wie lange ist das nun schon her.

Jahre mit anderen Hunden sind ins Land gegangen, auch sie waren brave, treue Jagdgefährten, aber eine zweite Kater-Luise war nicht dabei. Auch diese Hunde deckt schon das Feld.

Jetzt habe ich durch Zufall einen Urenkel meiner Hündin bei Fuß. Er ist noch jung, wird sie aber wahrscheinlich nie erreichen. Doch dafür kann er nichts, es ist allein meine Schuld. Ich habe nicht mehr die Zeit und den Elan vergangener Jahre. So erleben wir die wenigen Augenblicke der Jagd miteinander ohne die vielfältigen Möglichkeiten und Versuchungen einer vergangenen Jagdzeit. Wir müssen uns beide begnügen.

Doch wenn er mich manchmal ansieht, mit seinem Kopf, der dem Kater so ähnlich ist, dann erlebe ich die Luise wieder und verstehe seinen stummen Vorwurf.

Er möchte jagen.

Auf dem Schirm

Schrill reißt mich der Wecker aus tiefem, traumlosem Schlaf. Ich taste übermüdet nach dem Lichtschalter – es ist halb zwei. Und schon fängt der Streit in mir an, soll ich raus, oder nicht doch lieber noch, wenigstens ein Weilchen, liegenbleiben? »Morgenstunde hat Gold im Munde«, ruft vom nahen Pappelsoll der Sprosser und macht mir damit die Entscheidung leichter. Ich will ja unbedingt raus. Dennoch klingt in mir die Fortsetzung des Goldspruches weiter nach: »– und Blei im Hintern.« Die Nacht war zu kurz.

Gestern abend bin ich erst spät zu Bett gekommen. Ein vergeblicher Abendansitz hatte außer einer streunenden Katze, die schon viel zu lange an der Waldkante räuberte, nichts gebracht, nicht einmal einen einzigen noch so geringen Anblick. Es war »zum Mäusemelken«. Obwohl überall im Busch starke Unruhe lebte, obwohl es unentwegt knackte, wisperte und raschelte und die Drosseln nicht zur Ruhe kamen, wollten die Sauen nicht aus dem schützenden Dunkel, hatten wohl auch noch einige hinhaltende Obermast gefunden. So schreckte überall das Rehwild und zog wahrscheinlich auf der anderen Seite in die Rüben. Allerdings wird es mit dem Angebot für die Sauen auch immer dünner. Wie sagt man hier in Mecklenburg: »Väl Kinner maken dünnen Drank.« (»Bei vielen Kindern wird die Suppe dünn«). Seit die großen Staatsjagden ganz in unserer Nähe aufgelöst und den ehemaligen »Gästen« dort die Jagd geschlossen war, wurde das Wild auch nicht mehr mit Bergen von Mais und Kartoffeln und manch anderem Leckerbissen zusammengelockt und gemästet. Da waren dann die starken Rotten auf sich angewiesen, zigeunerten immer weiter herum und drängten zunehmend in die Felder und Wälder der erheblich dünner bestockten umliegenden Jagdgesellschaften. So kam in Mais und Kartoffeln, Rüben und Weizen plötzlich starker Wildschaden auf uns zu, und wir hatten alle Hände voll zu tun und waren Abend um Abend auf den Läufen. Und auch deshalb muß ich jetzt raus.

Leise, leise, bloß kein Geräusch gemacht, ermahne ich mich. Das Haus muß jetzt noch nicht wach werden, die Kinder haben zwar Ferien, aber die Hausfrau will ja auch noch ein bißchen schlummern. Frühmorgens kommt die ansonsten sehr passionierte Jägerin nicht so gern mit. Mein Wachtel Hatz stakst auf den leisen Pfiff auch höchst unlustig aus dem Zwinger und wird erst munterer, wie ich ihm die Halsung überstreife. Dann stiefeln wir beide aus dem schlafenden Dorf. Selbst Nachbars Arko, ein großer, schwarzer aufmerksamer Schäferhund und die erklärte Haßliebe meines Rüden, scheint zu träumen. Im Teich am Ortsausgang geben die Frösche den letzten Satz ihrer nächtlichen Sinfonie. Das Konzert beginnt jeden Abend ab März mit der Dämmerung und endet erst, wenn der Tag kommt.

Man sieht kaum die Hand vor Augen. Tiefhängende Wolken waren am
Abend von Westen aufgezogen, hatten sich dicht zusammengeballt und
Hoffnung bei Mensch und Tier genährt, doch regnen wollte und wollte es
nicht. Der anfängliche Wind war über Nacht wieder zur Ruhe gekommen, kaum ein Lufthauch ist jetzt zu spüren. Den Kopfsteindamm entlang unter den breitastigen Allee-Eichen zieht es uns beide hin zur Waldkante. Die Augen haben sich an die Dunkelheit gewöhnt. Sonst suchen
unter den amerikanischen Roteichen fast das ganze Jahr Wildenten, Rehwild und Sauen nach den Eicheln. Heute früh ist hier alles still. Vor uns
liegt stoppelkurz der Gerstenschlag. Dann wächst der schwarze Saum
des Waldes aus dem beginnenden Dämmern. Es wird also höchste Zeit.
Verräterisch laut knarrt eine Sprosse beim Aufbaumen auf den Sitz –
dann atme ich auf, habe meinen Platz gefunden. Der Rüde hat sich unten
an der Leiter zusammengerollt. Es ist zwei Uhr. Fast andächtig blicke ich
um mich und kann mich vom tiefen Frieden dieser Landschaft fangen
lassen. Wie hatte Liliencron diese Stimmung so einmalig und unnach-
ahmlich beschrieben: »– noch ein Blick in Weg und Weite – ruhig liegt die
Welt«.
Eine erste Lerche steigt singend in den Himmel: »Lauda alaudat Deo«.
Die Lerche lobt Gott, wenn sie jubilierend in die Höhe steigt. Recht hat
sie. Ihr Morgengesang gleicht einem Dankgebet für den stillen, fast

traumhaften Frieden, der über dem dämmrigen Land liegt. Auf der weit entfernten Straße jenseits des Tollense-Sees irrlichtern hin und wieder die Scheinwerfer einzelner Fahrzeuge durch den langsam heraufziehenden Morgen. Bleßhühner rufen und antworten vom nahen Koppelteich. Überall steigen jetzt die Lerchen und werden von Singdrosseln im Chor verstärkt. Selbst der Kuckuck, der ewig vorlaute Narr und Spötter, ruft schon aus dem Holz. Lauter Frühaufsteher sind um mich. Ein paar Fledermäuse jagen noch bei den Eichen, eine Eule hat wohl die rechtzeitige Heimfahrt verpaßt und geistert zu ihrem Schlafbaum in den Fichten, – und nun trompeten auch die Kraniche aus dem Kiebitzmoor. Der junge Tag will mit seinen Stimmen die Nacht verdrängen, die sich noch mühsam mit fahlem Licht und meiner bleiernen Müdigkeit hält. Daran kann auch der Sprosser wenig ändern, der immer lauter und näher in dem Weidendickicht am Teich schlägt und schnarrt und flötet, daß allein sein Gesang schon diesen Morgenansitz lohnt. Dennoch beginne ich zu frösteln. Eine kühle Morgenbrise hat sich aufgemacht und trägt dazu bei, daß ich mich fester in die Jacke hülle. Plötzlich bin ich hellwach. Knackte es nicht eben im Bestand hinter mir?

Angestrengt mustere ich das dunkle Astgewirr, alle Sinne sind angespannt – doch nein, nichts, Stille. Es war wohl doch nichts.

Ansitz in der Übermüdung schafft Reize, da lernen die Steine und Zaunpfähle laufen und man hört die unmöglichsten Laute. Aber wie ich zum Hund runtersehe, sichert der aufmerksam zur Waldkante und zieht die Witterung lebhaft ein. Da, wieder, jetzt näher – leises Rascheln im Laub, irgendeine noch schwer bestimmbare, nicht erkennbare Unruhe – eine Schwarzdrossel zetert, kommt schimpfend mit hastigen Flügelschlägen aus dem Wald, ein Stück Rehwild schreckt, plärrt dann unaufhörlich weiter, kann sich nicht beruhigen, übertönt jeden anderen Laut durchdringend und nervtötend. Diese nervösen jungen Dinger, denke ich noch, da steht plötzlich, wie von Geisterhand gezaubert, ein dunkles, starkes Stück Schwarzwild auf der Stoppel. Auch mit dem Glas ist ein Ansprechen schwer – erleichtert atme ich auf, als ein, zwei, fünf, sechs Frösche, wie kleine gestreifte Kobolde hinterherkommen. Es ist schon lustig, wie die junge Gesellschaft auf einen kurzen Warnlaut der Alten« höchst ernsthaft auf Sicherheit macht. Stocksteif, das Gebrech hoch in den Morgen gereckt, steht die ganze Sippe da, nur der Pürzel der Bache ist in unaufhörlicher erregter Bewegung. Handliche Burschen, die Frischlinge, denke ich und versuche, auf den Letzten den Zielstachel der Bockbüchsflinte zu bringen. Plötzlich bläst die Bache, wendet sich jäh und ist samt Anhang wieder im Bestand. Hoppla, der Wind kommt zu mir, ich kann nicht der Grund für die schnelle Flucht sein, auch mein Hund liegt »down«, hat sie also gesehen und sich flach gemacht.

Doch schon folgt die Erklärung. Zwei Überläufer ziehen ungeniert und laut ins Feld, so, als gehöre dieser Morgen nur ihnen, scheren sich weder um das noch immer hin und wieder aufplärrende Reh, noch um die Rotte, die jetzt auch wieder aus dem schützenden Walddunkel ins weite

Feld wechselt. Ich nehme den kleineren Überläufer ins Visier. Mit dem Schuß prasselt die ganze Schweinerei durch die Stoppeln weit raus auf den Schlag. Das beschossene Stück liegt still, Ha la lit. Rasch nachgeladen und ruhig abgewartet, vielleicht kommen sie wieder zurück. Noch schlägt mir das Herz bis zum Hals, und der Herr Hund hat sich auch auf seine Hosen gesetzt. Drüben, weit jenseits der Gerste in den Kartoffeln, sehe ich hin und wieder den dunklen, hohen Rücken der Bache, sonst nichts. Der andere Überläufer ist wohl durch die Uhlenwisch längst hinüber ins »Feindliche« gezogen. Inzwischen ist es hell geworden. Über dem Dorf im Osten schiebt sich unter morgenroten Wolken der dunkelglühende Sonnenball gleich einer feurigen Scheibe hervor. Na, das läßt auch nicht auf gut Wetter hoffen – Morgenrot: Schlechtwetterbot. Aber es könnte ruhig mal regnen.

Mit einem Mal steht, wie hingezaubert, keine dreißig Schritte vom Hochsitz, das »Plärrfräulein« draußen. Ach herrjeh, Diana, was willst du damit? Ein Schmalrehchen, dünn, fahlgelb die Decke, ein schwaches Ding. Da hilft nichts mehr. Das gehört nicht in eine gesunde Wildbahn. Wie sagte mein Lehrmeister Albrecht, der erste Jagdleiter, den ich kennen- und schätzenlernte, stets mahnend: »Fahle Decke gehört in die Strecke.«

Das hier ist krank, vermutlich voller Parasiten und es hustet auch zum Erbarmen.

Ja, Albrecht, der Förster im Vorpommerschen, Sohn und Enkel preußischer Forstbeamter, der verstand mehr von Jagd und Wild als viele. Eine besondere Angewohnheit hatte er: Er konnte nicht stillsitzen. Auf einem Hochsitz war es ihm zu langweilig. Aber die Pirsch, das lautlose Pirschenstehen an der Hecke oder im Bestand, das beherrschte er wie kein zweiter. Und seine Schießfertigkeit war atemberaubend. Da konnten ihm nur wenige das Wasser reichen. Dabei hatte er immer einen Spruch bereit: »Wenn dir vor oder nach dem Schuß auf Wild nicht das Herz hörbar schlägt, dann laß die Jagd sein, verschone das Wild und gehe in einen Schützenverein. Da richtest du keinen Schaden an.«

Schießer und Renommiersüchtige mochte er nicht. Wild war für ihn keine Zielscheibe. Wer jagen wollte, sollte allerdings auch ordentlich treffen können. Deshalb nahm er uns auf dem Schießstand am Forsthof ran, daß uns Hören und Sehen verging, und nicht selten waren die Schultern und der Oberarm blau angelaufen. Ein Jungjäger, war seine Devise, sollte auch keinen Kieker, kein Zielfernrohr, auf der Waffe haben, sondern lernen, das Wild mit dem »unbewaffneten« Auge anzusprechen. »Ihr lernt noch viel zu früh, auf über hundert Meter hinzuballern. Lernt lieber erst mal, das Wild ordentlich anzugehen, damit ihr wißt, was es heißt, sich im Walde bewegen.«

Und noch eine andere Besonderheit bekannte er offen: Hundearbeit war ihm wichtig, gute Jagdhunde schätzte er sehr, doch von den Prüfungen hielt er nichts. Sei es, daß ihm der ganze oft überdrehte Prüfungsrummel mancher Rassen zuwider war, sei es, daß er die Vorbereitungen auf die einzelnen, nicht immer praxisnahen Fächer scheute, und vielleicht schien es ihm als Forstbeamten auch unter seiner Würde , sich von relativ jungen Richtern vorführen zu lassen – jedenfalls führte er stets ungeprüfte, aber nicht etwa schlecht ausgebildete Hunde. Und so hatten wir beide immer ein Frozzelthema beim seltenen Glas Rotwein, denn zu mehr kam es bei ihm meist nicht. Er war zwar kein Kostverächter, doch vom Alkohol hielt er nicht viel. »Dann dürft ihr euch nicht wundern, wenn ihr vor lauter Kümmel und Korn Kimme und Korn nicht mehr zusammenbringt. Wie wollt ihr morgens erfolgreich pirschen, wenn euch noch die ›Fahne‹ vorausweht und Ihr alles doppelt seht!«

Warum fällt er mir gerade jetzt ein? Es waren seine Grundsätze und Faustregeln, die meine ersten Schritte in der Jagd bestimmten und die bis heute nachwirken. Glücklich, wer solchen Lehrmeister hatte. Nur mit der reinen Pirsch habe ich mich nicht anfreunden können. Man muß schon sehr gut hören und noch besser sehen können – und dabei ist das Wild uns meilenweit voraus mit seinen Sinnen. Außerdem ist in letzter Zeit die Beunruhigung durch allerlei Leute, die früher dem Wald fern blieben, ihn aber heute als ihren Tummelplatz und als selbstverständliche Spielwiese entdeckt haben, so groß geworden, daß unser Schalenwild, aber auch Fuchs und Hase immer vorsichtiger erst lange an der Waldkante sichern, ehe sie hastig auf die freie Fläche flüchten. Und deshalb ziehe ich den Ansitz vor. Außerdem kann man, aufgelegt, sauberer zielen und damit sicherer treffen.

Auch bei diesem notwendigen Hegeabschuß des zu schwachen Schmalrehs schlägt hinterher wie bei allem Rehwild mein Herz schneller. Nun macht sich auch ungeduldig mein Wachtel unter dem Ansitz bemerkbar. Zwar weiß er, was sich gehört, aber ein Gähnen soll mir zeigen, daß er nach solcher Ballerei auch noch da ist, und sein Blick fragt, ob jetzt wohl Arbeit für ihn kommt. Nein, Hatz, aber ich werde abbaumen. Und mit einem Mal ist überall Leben in der Landschaft. Die Kompressoren der Melkmaschinen dröhnen von den nahen Koppeln, Melker rufen die Kühe zusammen, ein Futterfahrer poltert mit Trecker und Hänger über den Damm. Der Frühbus hupt anhaltend, um vorbeizukommen. Mopeds knattern aus dem Dorf. Der Tag beginnt.

Als ich das Wild aufgebrochen und verblendet habe – denn die Wotansraben sind wachsam nach jedem Schuß – machen wir uns auf den Heimweg. Es ist ein frohes Gefühl, so ein bißchen müde und doch wohlig, langsam die Schritte, bedächtig, fast gemächlich. Da nehmen die Sinne jeden Eindruck am Wegrand mit. Auch der Wachtelhund läßt neben mir seine Seele baumeln, obwohl er nichts zu tun hatte. Er scheint heute mit mir zufrieden zu sein. Ihn lockt sicher die Aussicht auf den Frühstückshappen im Garten, so wie mich der Kaffeeduft zieht, obgleich er so weit kaum zu riechen sein dürfte. Aber die Ahnung – die läßt uns beide nun doch rascher voraneilen. Es war wieder mal ein schöner Morgen. Weidmannsdank!

Bock tot

Ich sitze am Schreibtisch und döse vor mich hin. Bis zum frühen Nachmittag kleckerte der Bereitschaftsdienst, danach kam die leidige Schreibtischarbeit. Das wurde in den letzten Jahren auch immer mehr und scheinbar wichtiger als die eigentliche praktische Tätigkeit. Statistiken, Maßnahmepläne, Verlustmeldungen nahmen die Zeit, die man besser in den Ställen hätte zubringen sollen, und sei es nur, um mit den Tierpflegern zu reden oder der Kälberfrau Lob zu spenden.

Aber nein – wieviel Kälber sind verendet, wurde amtlicherseits für den Fragebogen geforscht? Und warum sind sie verendet?

Ja, warum wohl?

Die alte, längst rentenberechtigte Kälberfrau fing an zu schimpfen: auf den Kuhstall, wo nachts niemand nach den kalbenden Kühen sah, auf den Zootechniker, der sich nicht sehen ließ, wenn man ihn brauchte, und ... und auf Gott und die Welt. Aber es war viel Wahres bei dem, was die bei schwerer Arbeit früh ergraute und doch immer arbeitswillige

Frau von sich gab. Denn die »leidenden Kater«, wie sie die leitenden Kader vom Vorstand nannte, litten auf langen Sitzungen, statt zu leiten – Sieg des Hintern über den Geist.

Es gab eine Zeit, das ist noch gar nicht so lange her, da war eine Sitzung wichtiger als eine Schwergeburt – und der Kreistierarzt guckte mit einigem Unverständnis über den Rand seiner Versammlungsbrille, wenn man sich wegen eines Notrufs aus der langatmigen und so furchtbar wichtigen Versammlung verabschieden wollte.

Dann waren die Herren staatlichen Leiter wieder einmal etwas davon abgerückt. In einer neuen Kampagne hatte plötzlich das Einzeltier wieder größeren Wert, Produktion schien wichtiger als Verlustzählung zu sein, bis – wie lange wohl? Das kannten wir doch zu gut: »Rein in die Kartoffeln, raus aus den Kartoffeln« – ein zeitgemäßes Obrigkeitsdenken.

Draußen regnet es, was vom Himmel runter will. Schwülwarme, wassersatte Gewitterluft drängt tiefhängende Wolken über das Land. Und ich hatte mich so auf ein bißchen Jagen am Wochenende gefreut, wollte mich heute abend auf den Hochsitz an der krummen Esche setzen, um auf den Bock zu passen, den einzigen, der mich seit Wochen interessiert, mich aber immer wieder narrt. Still ist der, vorsichtig, alt, ein »Geheimrat«, gedrungen, stark im Wildbret, mit kurzem massigen Träger. Ein Bock ist das, der sich, spätabends erst, den Weidsack in den Kartoffeln vollschlägt, von hastigem, häufig sicherndem Aufwerfen unterbrochen, um bald darauf mit nickendem schwerem grauem Haupt zurück in den sicheren Wald zu ziehen. Alter und Gehörn waren mir schon vor Aufgang der Bockjagd aufgefallen. Ich war gieprig geworden. Aber einmal stand er zu weit, dann wieder kam er erst im Dämmern, so daß man Zielstachel und Blatt nicht mehr zusammenbrachte. Meistens kam er gar nicht und schreckte nur kurz ein – zweimal tiefärgerlich aus sicherer Deckung, während man abbaumte und im Stickendustern nach Hause stiefelte.

Aber heute, bei diesem Wetter? Es könnte was werden, falls der Regen aufhören würde. Dann stört auch solchen alten Bock das dauernde Geräusch des von den Blättern nachtropfenden Regens, und sie ziehen fast alle lieber ins Feld. Wenn es nur nicht so schütten würde. Draußen quietschen Bremsen, Autotüren schlagen, dann scheppert die Hausglocke. Etwa noch Praxis? Jetzt, wo meine Gedanken schon das Gehörn malen?

Zwei junge Männer aus dem Nachbardorf sind es. Aufgeregt reden sie durcheinander, wollen mir ein Reh bringen, das ihnen ins Auto gelaufen ist. Ich reagiere ärgerlich: »Mir ist in dreißig Jahren kein Reh ins Auto gelaufen«, poltere ich sie an; dann ruhiger: »Laßt mal sehen. Wo ist es denn passiert?«

»An der Waldecke, plötzlich war es da, sprang vor den Trabbi. Bremsen war nicht mehr möglich. Es hat ganz schön gekracht und der Kotflügel ist auch hin.« Sie wollen es aus dem Kofferraum heben – Schreck, Enttäuschung, Wut, Ärger kommen in mir hoch – alles fast gleichzeitig. »Ha

la lit!« Da lag er – in der schmutzigen Erbärmlichkeit eines Kofferrau-
mes, zwischen Ersatzrad, Seilen, Handwerkszeug und Benzinkanistern,
noch stolz im Tode das graue Haupt, er, der Herrscher unter den Böcken
des Ellerwaldes, er, mein langgesuchter Alter. Die saubere schnelle
Kugel hatte er verdient, aber das hier?

So enden in letzter Zeit mehr und mehr Rehe, Hasen, Füchse, auch
Sauen und Damwild durch die rücksichtslose Raserei auf den Straßen,
durch die zunehmende Verkehrsdichte schlecht beherrschter Blechlawi-
nen, häufig nur angefahren und dann irgendwo qualvoll in Nesseln oder
Dornen verendend.

Erst jetzt fällt mir ein, mich bei den beiden jungen Männern trotzdem zu
bedanken. Sie stehen da, etwas blaß, ein bißchen verlegen. Ich entschul-
dige mich für meine rauhe Gangart, muß ihnen nun doch wenigstens
dafür danken, daß sie sich überhaupt gemeldet haben.

Es ist ja leider nicht so häufig, daß Unfallwild gemeldet oder abgeliefert
wird. Mancher sieht den unverhofften Braten und betäubt seine Bedenken mit dem eventuellen Schaden am Wagen. Andere lassen das ange-
fahrene Stück liegen und melden sich nicht, oder, wenn es noch flüchten
konnte, reden sie sich beschwichtigend ein, es sei ja sicher noch gesund
davongekommen. Also: »Dankeschön, junge Leute, kommt herein,
wascht Euch die Hände – dann rauchen wir noch eine Zigarette, und ich
werde den Schaden am Wagen bescheinigen.«

Später kommt die leidige notwendige Arbeit, das Aufbrechen. Ich erle-
dige sie unlustig, habe sowieso keine Freude dabei; aber heute? Das
Wildbret ist nicht mehr zu gebrauchen. So sollte er nicht enden. Ich mag
heute das Gehörn nicht ansehen – und werde es später für mich auch
nicht aufsetzen. Soll es an der Wand im Stammtisch der Dorfschänke
hängen, dann brauche ich mich nicht dauernd zu ärgern. Wer hätte solch
reifen, starken Bock nicht gern erlegt und dann beim Anblick des
Gehörns die schönen und aufregenden Stunden der Jagd sich nicht in
Erinnerung gerufen? Das wäre schon ein Lohn für viele Stunden hegen-
der Mühe im Revier gewesen.

Also geht's zwar raus, denn der Regen hat nachgelassen. Aber ich werde
wie üblich, Sauen hüten. Rehwild ist mir für die nächsten Tage vergällt.

Drüben, an der Fernverkehrsstraße zur Stadt der vier unverwechselbaren Tore, stehen die alten Linden im Dunst letzter Nässe vor der
untergehenden Sonne wie Schemen. Rotdurchglühte Nebelschwaden
lassen in der Ferne über den Dörfern Bäume und Wolken wesenlos
ineinandertauchen. So kommt still, versöhnlich und beinahe märchen-
haft der Abend.

Mit Mac auf Nachsuche

Spät am Abend, ich war schon mit einem Fuß im Bett, hatte das Telefon mich noch einmal aufgeschreckt. Es war die Zeit, in der meistens die beliebten späten Praxisfälle kamen. Schwergeburten etwa, denn die Kühe ließen sich mit dem Kalben Zeit bis zum Dunkelwerden, und bei den ferkelnden Sauen war's ähnlich. Ein Pferd, das sich eine Kolik angefressen hatte, ließ seinen Besitzer zum Telefon eilen, denn mit seinen grimmigen Bauchschmerzen nach dem abendlichen Futter zerriß es die einsetzende Stallruhe durch heftiges Toben und Schlagen. Und dann waren da noch jene bei Tierärzten besonders beliebten Fälle, wo den ganzen Tag über das kranke Tier teilnehmend vom Besitzer beobachtet worden war und nun, sei es aus Angst vor den langen Nachtstunden oder aus Sorge um die eigene Nachtruhe, schnell noch behandelt werden sollte. Ein besonders beliebtes Spiel veranstalteten jene Betriebe, die in ihren Tierhaltungen die Schichtarbeit eingeführt hatten. Wurde ein Tier während der einen Schicht krank, dann schrieb man die Nummer auf eine Tafel, damit die nächste Schicht sich um die Behandlung kümmerte, denn wenn eine Schwergeburt drohte, oder ein anderer vermutlich langwieriger Fall, mußte man länger arbeiten und kam später ins Bett. So quälte sich manch krankes Tier mit der modernen Produktionsorganisation durch die Nächte und Tage.

Doch nein – diese Sorgen waren diesmal umsonst.

Ein Weidgenosse war's.

Er hatte in der späten Dämmerung ein Schwein beschossen und bat um eine Nachsuche. Wie üblich gab es das Hin und Her der Fragen und Antworten: »– wie schwer ist das Stück, wann war es, liegt Schweiß, hast du schon nachgesucht, ist der Anschuß verbrochen, weiß dein Jagdleiter Bescheid?« Wollte man den Antworten glauben, war alles Wichtige klar. Ein Überläufer war gegen 22 Uhr in die Kartoffeln gezogen und hatte auf vierzig Schritt eine Brennecke aufs Blatt bekommen. »Eigentlich müßte er liegen. Nein, Schweiß war nicht zu finden, nein, nein, natürlich habe ich nicht nachgesucht, nur mal hingesehen – ich weiß ja, der Hund (!), der Anschuß ist verbrochen (?), und du hast ja recht, dem Jagdleiter sage ich morgen früh Bescheid.«

»Nein – heute abend, vor der Nachsuche.«

»Na gut, wenn du meinst, dann noch heute abend.«

So, oder so ähnlich laufen derartige Anrufe leider meistens ab.

Wir waren für den anderen Morgen um halb fünf Uhr verabredet.

Nachts hatte es gegossen, was runter wollte vom Himmel, jetzt, in der Frühe, trippelte und tropfte es noch von den Bäumen nach. Es war stark diesig, die Scheinwerfer kämpften auf der Chaussee mit dem Nebel, und Dunstlaken hingen auf der Straße. Na, das konnte eine Wasserschlacht werden. Der Schütze, ein älterer Genossenschaftsvorsitzender, stand schon in den Kartoffeln. Unruhig hielt es ihn kaum am vermeintlichen Anschuß, wo ein dicker trockener Pappelast stilecht eine Kartoffelfurche zierte. Wir verständigten uns kurz, dann begann die gewohnte Prozedur. Ich legte den Hund am aufgedockten Schweißriemen ab, suchte selbst erst einmal nach Eingriffen der Schalen, fand jedoch nur – von Stiefelspuren zertrampelte Häufelreihen der Kartoffeln im großen Umkreis. Na, dann hilft das nicht, der Hund muß ran. Ich ließ ihn mit halbem Riemen vorerst quer suchen. Der dicke Rüde hatte längst die Nase im Wind und wollte mit Gewalt zu dem etwa hundert Meter entfernten riesigen Roggenschlag, der sich an die Kartoffeln anschloß.

»Mac, hier such verwundt!« Ich mußte durch Kreisen versuchen, auf die Wundfährte zu kommen, denn der vermeintliche Anschuß war natürlich total vertrampelt. Natürlich? Ja, natürlich, denn wenn auch noch so oft beteuert wird, man habe gar nicht versucht, man wisse ja – und was dergleichen treuherzige Sprüche sind, die bei dieser Gelegenheit geklopft werden. Der zur Nachsuche unter diesen Umständen mit seinem Hund verdammte Weidmann wird jedesmal neu von der Wirklichkeit erschüttert. Nach einigem Kreisen im stiefelhohen Kraut – wir waren inzwischen gute hundert Meter seitlich der bezeichneten Stelle – stutzte der Hund und wollte dann ungestüm los. »So brav, ruuhiig!« Er verhoffte, sichtlich unwillig. An einer Kartoffelstaude war schmierig-verwaschen grünlichbraun etwas abgestreift. Weidwund? Ich prüfte, roch – ohne Zweifel, das Stück war weidwund getroffen, und seine Schalen hatten hier tiefe Eingriffe in den weichen Boden gerissen. Gierig zog der Wachtel an, hin zum Roggen. Ich mußte ihm die ganze Leine geben. Also doch zum Roggen. Der Hund weiß es besser!

Na, das konnte ja heiter werden. Dieser Roggen stand mannshoch wie eine Wand, wie eine nasse Wand. Schon quietschte und quatschte das Wasser in den Stiefeln. Zwar war es derweil heller geworden, aber in diesem Roggenwald an der langen Leine ein weidewundes Stück nachsuchen, das vielleicht noch auf den Läufen war? »Bleib du hinter mir immer dort stehen, wo der Hund zuletzt sicher verwiesen hat, damit wir leichter zurückgreifen können.« Wenigstens das klappte bald einigermaßen, obwohl mein Schütze am liebsten vorausgeeilt wäre, jetzt, wo er die Richtung ahnte. Nach fünfzig Meter verwies mein »Dicker« das erste Wundbett. Wieder nur schmutzig grünlichbraune Schmiere, vom Regen verwaschen. Ich war inzwischen naß bis auf die Knochen, aber der Hund zog heftig voran – die nasse Leine glitschte durch die Hände und war kaum zu kontrollieren. Ein Bogen, da standen wir am zweiten Wundbett – das Stück mußte doch schwerer getroffen sein – bald am dritten, am vierten. Der mannshohe Roggen streifte und peitschte mit den quatschnassen Ähren Hände, Hals und Gesicht. Und dann führte die Fährte zu einer leicht sumpfigen, begrünten und mit Zweizahn hoch umrandeten Stelle im Feld.

Armer Hund. Nachher werde ich dir wieder stundenlang die ollen Priesterläuse aus den Behängen pulen müssen. Hier, in der feuchten Wiese, hatte sich die kranke Sau gesuhlt und die Schwarte gekühlt. Dann war sie weitergezogen in Richtung auf den noch fernen Wald. Die Augen verklebten von den Roggenhacheln, die Füße verwickelten sich in den kreuz und quer liegenden Halmen. Zum ersten Mal wollte der Hund mit hoher Nase in den Wind suchen, quer ab zur jetzt deutlich erkennbaren Fährte. Sollten hier etwa noch Sauen im Roggen liegen? Denkbar wäre es, denn die nahen Kartoffeln lockten und hatten augenscheinlich schon häufigen Besuch gehabt. Zahlreiche breite Wechsel waren jetzt im Roggen erkennbar. Ich nahm den Rüden zurück und forderte ihn zur Fährte.

Das ist für einen jungen Hund nicht so einfach. Überall »stinkt« es nach Schweinen, da ist für einen noch nicht so erfahrenen Hund die Verlockung groß, einer frischeren Fährte zu folgen. Erst vor einem knappen Jahr hatte er, im zweiten Feld stehend, seine Schweißarbeit bei der Gebrauchsprüfung erfolgreich bestanden. Und wenn man noch so viele Kunstfährten unter Verwendung von Wildschweiß getropft und getupft hat, über fünfhundert Meter, über eintausend Meter, am gleichen Tag gearbeitet, nach 24 Stunden, mit und ohne zusätzliche Verleitfährten (eigentlich gab es die bei uns über Nacht ja sowieso) – eine echte Wundfährte ist immer etwas anderes und hält mancherlei Unvorhersehbares bereit. Mac aber, mein »Dicker«, ein uriger derber, echt brauner Wachtel (kein nur so »angestrichener«, wie wir sagen, wenn wir meinen, daß er zwar so aussieht wie ein Brauner, aber in Wirklichkeit zum lebhafteren Wesen der anderen Farbschläge neigt), war von derartiger Wildschärfe und einem so unbändigen Finderwillen, daß er mir fast den Arm ausreißen wollte, mit solchem Ungestüm ging er Fährten an. Da war noch reichlich zu tun, ihn ruhiger zu machen. Vor etwas mehr als zwei Jahren hatte ich den damals sieben Monate alten Rüden bekommen, und selbst meine Frau – »ein Hund kommt mir nicht ins Haus. Du bist den ganzen Tag unterwegs, und ich habe nur die Arbeit« – hatte ihn sofort ins Herz geschlossen. Er war ein so führiger, grundehrlicher, wesensfester und fleißiger Kerl, daß wir mit neun Monaten die A und schon mit zwölf Monaten die B-Prüfung erfolgreich absolvierten.Der erste Hund – wieviel Arbeit widmet man ihm, wieviel Zeit, wie sehr bemüht man sich, getreu nach Lehrbuch oder dem Rat erfahrener Hundeführer seiner Rasse, echten Rüdemännern, systematisch den jungen Hund aufzubauen. Immer wiederholte Übungen, ständig gesteigert und von Belohnungen begleitet, lassen Hund und Jäger miteinander wachsen. Und obwohl man vielleicht beim »ersten« noch so manchen Fehler macht, die anderen werden oft an ihm gemessen. Wenn man in Mecklenburg mit Deutschen Wachtelhunden jagt, dann hat man zu den Sauen bald eine ganz besondere, von wilden Treiben und gefährlichen Nachsuchen geprägte Einstellung.

Mac wurde der erste »Schokoladenpfefferkuchenhund« , denn Fressen war seine Leidenschaft, und für eine solche Belohnung machte er alles. Bei der Schweißarbeit während der Gebrauchsprüfung zog er mich über die Schweißfährte und zottelte mich durchs Farnkraut zum Stück, daß ich hochrot und außer Puste hinter ihm am langen Riemen dort ankam. Und dann wäre mir fast das Herz stehengeblieben. Bei der folgenden »Anschneide-Prüfung« mußte er allein auf fünfzig Meter zum Stück, damit die gestrengen Herren Richter beurteilen konnten, ob er nun oder ob er nicht das Wild anschneiden würde. Mac tobte hin, machte einen Faßversuch – nicht doch, mein Dicker, bloß das nicht, stöhnte ich in mich hinein – dann packte er nochmals richtig zu und – brachte das aufgebrochen gute zwölf Kilo wiegende Schmalreh mit sicherem Griff an. Ich hätte ihn küssen mögen, aber vor den Richtern achtet man ja auf Haltung, auch wenn einem ganz anders zu Mute ist. Was er tragen konnte, das brachte er, dazu war er der richtige »Löwe«, und was er nicht bewältigte, das verbellte er anhaltend und lauthals. So einfach war das. So einfach? Den größten Spaß hatte er bei der Wasserarbeit, von der er erst zurückkam, wenn garantiert die letzte Ente hochgesteilt war. Aber die Sauen, die waren seine Leidenschaft, die »liebte« er mit unendlicher Hingabe. Die Treiber erzählten hinterher am Lagerfeuer und beim Schüsseltreiben die dollsten Geschichten. Da sprang er vor ihren Augen in den Kessel, sprengte die Rotte und griff sich meist einen Frischling, der nicht rasch genug davon war, denn schnell war unser Dicker nicht. Wie oft ich ihn auch nach solchen Jagden wieder zusammenflicken mußte, wenn er sich mit groberen Sauen angelegt hatte, er wurde nur noch giftiger.

Das merkte ich jetzt bei der Nachsuche. Wir konnten kaum noch folgen. Zudem war es glitschig in der Fährte, der Regen dieser Nacht hatte den Boden durchweicht. Kaum fanden die Füße Halt, und der Hund zog stetig und zielsicher voran. Hin und wieder war sein Schnaufen und Prusten der einzige Laut, wenn er die Nässe aus dem Windfang schnaubte, dann wieder knallte ein platzender Roggenhalm unter den Stiefeln. Selten mal sah ich ihn, denn die lange Leine verschwand vor mir im dichten Roggen. Wundbett um Wundbett in immer kürzeren Abständen verweisend, wollte er wieder quer, obwohl wir schon einen tüchtigen Bogen geschlagen hatten und fast wieder an der nassen Senke waren. Plötzlich gab er schon am Riemen Laut; ich schnallte ihn, und mit einer Riesenflucht war er im hohen Roggen verschwunden. Eine Kornweihe gaukelte aufgeschreckt vor uns hoch. Wir warteten angespannt. Dann kam der Laut des Hundes: »Sau tot, Sau tot.«

Welch ein Erlebnis. Ich ließ ihn lange rufen, hinderte den Schützen, der gleich zum Stück wollte. »Laß den Hund, er braucht das. Es hilft ihm und macht ihn sicher. Er ruft mich.«

»Ja, aber das Schwein. Ich muß es schnell aufbrechen.« Ach, mein lieber Weidgenosse, die zehn Minuten verderben nach dieser Nacht und der weiten Flucht mit dem weidewunden Schuß auch nichts mehr.

Am Stück angekommen, sahen wir die Bescherung. Der etwa vierjährige Keiler – »mein Gott«, stöhnte der Schütze, »auch noch ein Fehlabschuß, na da kann ich mir beim Jagdleiter Walter ja 'ne Predigt anhören« – war weidwund getroffen. Die Leber (»ausgerechnet noch das Mittagbrot«), der sonst übliche Lohn für die Nachsuche, war zerschossen, und das hatte zu den häufigen Wundbetten und zum Verenden geführt. Schon jetzt in der Frühe machte sich alles »stark duftend« bemerkbar.

Armer Weidmann, das wurde mit Sicherheit eine teure Geschichte.

Ein Fehlabschuß und außerdem verworfen, der Jagdleiter würde ihn sicher zur Kasse bitten.

Langsam bummelte ich mit meinem braven Rüden durch den Roggen zurück. Hier konnte ich nicht mehr helfen. Da mußten mindestens noch zwei Mann ran, um das Schwein aus dem Roggen zu holen.

Der Morgen war trotzdem schön. Die Sonne kämpfte sich durch den Dunst, Lerchen stiegen auf, entfernt rief eine Wachtel ihr »Flick die Büx« in den jungen Tag, und im Dorf brummten die Melkmaschinen. Wir beide waren naß bis auf die Haut, aber mit uns zufrieden, denn eine gut eintausend Meter lange erfolgreiche Nachsuche lag hinter uns. Der Dicke hatte seine Belohnung erhalten, und wir freuten uns jetzt beide, nach Hause zu kommen.

Auf der grünen Kanzel

Na, Gottseidank, diese Woche ist auch wieder rum. Vorbei für ein Wochenende der Ärger über all die täglichen Unzulänglichkeiten, die Mißstände und Sparmaßnahmen hier auf dem flachen Land – in der Provinz – während dem hauptstädtischen »Berliner Bären« die Feiern und Feste wie die Honigbienen um den Kopf schwirrten. Brot und Spiele, das seit den alten Römern bekannte Staatsprinzip, hält die schnell aufsässigen, verwöhnten Hauptstädter bei Laune und gibt den dort konzentrierten Würdenträgern und Staatsdienern das Gefühl besonderer Wichtigkeit. Seit der große Vorsitzende die Mongolei besucht hat, ist außerdem noch die Erkenntnis gewachsen, daß nur die Hauptstadt aus Stein gebaut sein muß, die Provinz hingegen könne getrost weiter in »Jurten« leben. Wagt man es aber, die Berliner Freunde damit aufzuziehen, dann reagieren sie empört und sind sauer. Mit solcher Art Volksbelustigung wollen sie angeblich nichts zu tun haben. Sie sitzen derweil lieber beim Bier auf ihrem »Dachgarten«, stecken die Füße in eine Schüssel mit kaltem Wasser, in der auch noch etliche Flaschen Bürgerbräu Platz haben (von irgendwas muß man ja leben) und feiern zurückgezogen beim Dauerskat mit Nachbarn und Freunden auf ihre Weise die bedeutsamen Festtage, bis sich der Trubel wieder gelegt hat. Daß sie aber wie die Rohrspatzen auf die Provinzler schimpfen, wenn diese am Wochenende in die Stadt kommen, um auch etwas von den Sonderzuteilungen abzubekommen, das liegt wohl in der Natur der Sache, oder es ist zumindest zutiefst menschlich.

Die Woche hatte aber auch etwas Gutes: Endlich konnten wir mal wieder die ungekürzte Rede des russischen Unruhestifters Gorbatschow lesen. Hoffnungen erhellten da den Alltag, und Vergleiche kamen – wie heißt es im schönsten Neudeutsch: »in Größenordnungen«. Ach Leibniz, Wächter der deutschen Muttersprache, wenn du solchen Ausdruck wie auch andere auf die Vernunft hättest untersuchen können. Oder gar Adelung, du »Sprachzuchtmeister« aus dem vorpommerschen Spantekow, was hättest du wohl zum Sprachstil der führenden Köpfe im Arbeiter- und Bauernstaat geschrieben? Aber lassen wir die politischen Bauchschmerzen. Ich will raus zur Jagd, oder wenigstens zum Füßevertreten und Kopfauslüften. Auch wenn es wohl wieder nur ein »Schweinehüten« am gefährdeten Kartoffelschlag wird.

Selbst mit dem uralten Moskwitsch sind die drei Kilometer Stolperdamm rasch bewältigt. Ja, wenn der Fritz S. nicht wäre, ein Schlossermeister von altem Schrot und Korn, ein mecklenburger Original und ein Weidgenosse dazu, ruhig, bedächtig, ein bißchen hintersinnig, mit einer tüchtigen Portion Mutterwitz begabt. Der grifflacht sich eins und hat mich schon durch den Kakao gezogen, ehe ich es richtig merke. Sein Witz ist nie verletzend, aber schnell und treffsicher. Am liebsten hört er Ausreden zu den Schäden an den Autos. Das bereitet ihm ein fast spürbares Vergnügen. Dann den Autobesitzer auf die Schippe genommen und einen Spruch loswerden, ha! Ähnlich geht es mit ihm bei der Jagd zu. Drückjagden, bei denen er dabei ist, sind schon allein deswegen ein kollektives Vergnügen. Von ihm stammt eine stehende Redewendung, die bei uns für alle Fälle von Streitigkeiten im Sprachgebrauch ist: »Buck is Buck, un Grenz is Grenz.« Und das kam so: Der frischgebackene Weidmann Fritzing, wie er bald bei uns allen hieß, war vom Jagdleiter zum Bockabschuß in ein stark kupiertes, etwas unübersichtliches Gebiet an der Grenze zum Nachbarjagdgebiet eingewiesen worden. Der Bock kam, Fritzing schoß und der Bock machte mit den letzten Fluchten seines Lebens den Sprung über die Grenze und brach drüben in Sichtweite verendet zusammen. Uns Fritz hin und den Bock, seinen Bock, aufbrechen war eins. Doch er hatte die Rechnung ohne den Nachbarjäger gemacht, der in der Nähe auf einer Kanzel lauerte und nun voller Empörung und schon von weitem rufend und protestierend angestiefelt kam. »Wat wisst du up mine Sied? Dat's min Rebeid, dor hest du nix tau seuken. Süh tau, dat du röver kümmst up dine Sied« (»Was willst Du hier auf meiner Seite? Das ist mein Revier, da hast Du nichts zu suchen. Sieh zu, daß Du rüber kommst auf Deine Seite«), bölkte er los und war noch nicht mal ran. »Wat wisst du vun mi? Buck is Buck, un Grenz is Grenz« (»Was willst Du von mir? Bock ist Bock und Grenze ist Grenze!«), und damit nahm uns Fritzing seelenruhig seinen ersten Bock, verstaute sicherheitshalber auch noch gleich den Aufbruch in seinem schönen neuen, noch ladenfrischen Rucksack, ließ den andern bölken und machte sich davon. Na, das gab ein Theater mit Grenztermin und so, doch da der Bock in Sichtweite verendet war und besondere Absprachen nicht existierten, wurde Fritzes Entscheidung eine Art Präzedenzfall.

Und wenn sich heute bei uns zwei – über egal was – streiten, dann kann man förmlich darauf lauern, daß irgendwann, meist unter dem Gelächter der anderen, dieses salomonische Urteil fällt. Und wenn sich gar zwei wie die Kampfhähne nach der Drückjagd gegenüberstehen und streiten, wessen Schuß nun der erste wirksame war, dann fällt bald mit Sicherheit in der Runde das schöne entscheidende Wort: »Buck is Buck, un Grenz is Grenz« , und die erregte Spannung löst sich auf wie Schnee an der Sonne. Aber zurück zum Kartoffelschlag. Im letzten Querweg vor der Waldkante halte ich das gute Museumsstück an, stelle den Motor ab, der klingelt im Verschnaufen wie erlöst, steige aus und packe Rucksack, Bockbüchsflinte und Fernglas, doch Kater-Luise, die alte Wachteline (sie hat mittlerweile in Ehren das zehnte Feld mit ihrem lahmen Bein erreicht), denkt gar nicht daran mitzukommen. Sie bleibt wie selbstverständlich auf dem Sitz liegen. Ihr Blick sagt: »Geh du man raus in die Hitze und die Mückenscharen, ich kenne das. Ich bleibe besser hier liegen und habe so meine Ruhe vor der aufdringlichen Liebe des jungen Rüden, den du dir ja unbedingt noch anschaffen mußtest. Wieso eigentlich? Als ob ich das bißchen Jagd für dich nicht noch allein schaffen kann. Der gehört zwar auch zu meiner Rasse, und so ein bißchen verwandt mit mir soll er ja auch sein, doch ist er noch reichlich grün und obendrein dreist. Wenn du mich brauchst, wirst du schon kommen – und nun – Weidmannsheil.« Und damit rollt sie sich ein. Hast ja recht, Alte, denke ich. Der kleine Hatz muß vorläufig noch seine Schularbeiten machen und warten, bis er gelernt hat, ruhig bei Fuß zu gehen und abgelegt liegen zu bleiben. Und außerdem – die Mücken sind heute besonders lustig. Es liegt wohl was in der Luft. Vorsichtig pirsche ich um die Waldecke, es ist zwar erst gegen 19 Uhr, aber man kann nie wissen – und richtig, als hätte ich's geahnt – auf hundert Schritt an der Waldkante, ein bißchen von den tief hängenden Buchenzweigen verdeckt, äst in den Kartoffeln der alte Spießer. Er tut gerade so, als wäre er um diese Zeit allein auf der Welt, hat für die auf dem nahen Damm vorbeipolternden Fahrzeuge keinen Blick, schüttelt nur ab und zu unwillig den Kopf wegen der sirrenden Plagegeister und wirft manchmal kurz auf. Er steht ja dicht an der Kante im Schatten und fühlt sich wohl sehr sicher. Hinter dem bin ich auch schon ein paar Wochen her. Doch wie das so ist: So ein alter Bock ist mit allen Wassern gewaschen und mit allen Kräutern gefeit; schlau ist er, raffiniert wie ein alter Wilddieb, ach was, er ist ein andauerndes Ärgernis für den Jäger. Immer wenn du denkst, jetzt könnte es klappen, narrt er dich an unverhoffter Stelle. Jetzt bloß ruhig bleiben. Ein paar vorsichtige Schritte, nur kein Geräusch gemacht, hin bis zur nächsten Esche, die ein bißchen vorsteht und Deckung gibt. Angestrichen, tief durchgeatmet, entsichert – Geduld. Ich muß warten bis er breit steht. Wer schießt schon gern ins Herz-As? Nun dreht er sich – aber zur Waldseite hin – egal, auf diese Entfernung, es sind noch gute achtzig Schritt, muß es klappen. »Da schmeiß ich ja mit der Mütze hin«, pflegte mein Jagdleiter zu sagen, wenn man zögerte. Als der Schuß verhallt ist, fehlt der Bock. Abgesprungen kann er nicht sein. Obwohl – ein leichtes Augenzwinkern im Knall hat schon manche Bewegung übersehen lassen. Jetzt nur rasch, aber leise nachgeladen, den Kieker runter von der Merkel, eine Zigarettenlänge geduldig gewartet, und dann – vorsichtig – Schritt vor Schritt und immer wieder abwartend, hin zum Anschuß. In der ersten Kartoffelreihe liegt er mit der Kugel im Blatt, ein uralter Spießer, der hätte auch schon vor zwei bis drei Jahren fallen müssen. Da hatte ich wohl wieder mal geschlafen. Hochauf ragen die langen Stangen auf dem grauen Haupt, dicke Dachrosen ziehen seitlich und vorn herunter. Zur bevorstehenden Blattzeit wäre das ein böser und kreuzgefährlicher Nebenbuhler geworden. Diese uralten Knaben sind immer vergnatzt und unduldsam, sogar gegenüber Ricken. Nur in den Äser dürfte mein Zahnarzt nicht sehen, da ist nicht mehr viel los. An einer kleinen Eiche hole ich mir die Brüche für den Alten und mich, setze mich nachdenklich ein Weilchen zum Bock an die Waldkante und halte die weidgerechte Andacht. Soviel Zeit muß sein.

»Schuß raus – Bock aufgebrochen und weiter«, das hat wenig mit Hege, jagdlichem Erleben und der viel beschworenen Weidgerechtigkeit zu tun. Dazu gehört vor allem Nachdenklichkeit, Besinnen und Achtung. Achtung auch vor der Kreatur, dem Geschöpf, das erlegt werden muß. Dann die notwendige, leidige rote Arbeit, sauber und gewissenhaft und auch immer mit ein bißchen Neugier – was kann man nicht alles dabei entdecken. Anschließend verblende ich das Wildbret, lege vorsichtshalber für den neugierigen Reineke noch die Patronenhülse daneben. Er und Wotans Wächter, die Kolkraben, lauern überall und sind nach jedem Schuß – der eine vorsichtig schnürend, die anderen mit ihren weithallenden Rufen meldend – zur Stelle. Schüsse sind für sie wie Einladungen, sie wissen, daß nach einem, besonders aber nach mehreren Schüssen fast immer etwas zu holen ist, und manche spätere Nachsuche endete zwar erfolgreich, aber mit der großen Enttäuschung am angeschnittenen Stück.

Doch jetzt kann ich weiter und endlich aufbaumen. Die grüne Kanzel, schön überdacht und mit herausnehmbaren Fenstern, stammt noch von meinem Vorgänger in diesem Pirschbezirk. Das war ein Jäger vom Typ Wilddieb, kein Dornicht zu dicht, kein Graben zu breit, kein Tag zu eisig. Fischer war der mit Leib und Seele, und man erzählt, daß er noch im Spätherbst, wenn sich beim Reusenheben die Seile verknotet hatten, die Sachen auszog und ins eiskalte Wasser sprang, um alles unten zu entwirren. Einmal habe ich ihn im Winter bei Eiseskälte in seinem Element erlebt. Wir hatten damals einen Jagdleiter, ein richtiges Rauhbein. Ging etwas nicht nach seinem Kopf, dann konnte er sehr unangenehm werden. Er wußte es immer besser, niemand konnte es ihm gut genug machen. Allerdings war er auch bei jeder Arbeit meist mit von der Partie und hielt die Jäger seines Jagdgebietes mit harter Hand zusammen und ständig auf Trab.

Wir waren an einem Sonntagvormittag bei einer Drückjagd am Klein-Vielener-See, hatten auch schon einige Sauen zu liegen, als unser Fischer auf seinem Stand am See ein stärkeres Stück beschoß, das mit den letzten Fluchten aufs Eis kam und durch die noch dünne Eisdecke brach und versank. Da war nun guter Rat teuer. Wir kamen dort zusammen und erwarteten die Anweisungen des Jagdfürsten. Hatte der nun an diesem Tage nichts geschossen oder war ihm sonst etwas verquer gegangen, kurz, er fing an zu schimpfen, steigerte sich immer mehr an dem bedepperten Schützen und schrie dann wutentbrannt, der solle zusehen, wie er das Stück an Land bekomme, er müßte es sonst bezahlen! (?) Darauf schien unser »Dollbrägen« nur gewartet zu haben. Sachen aus, seine Hundeleine zwischen die Zähne, splitternackt in das Eisloch, untergetaucht, die Sau im Gebräch angelaufen, dann kam er wieder hoch und sagte so ziemlich lässig und ganz beiläufig: »So, jetzt könnt ihr ziehen.« Nach einigem Hauruck war das Stück an Land, »uns Werner« hatte es aufgebrochen, spannte sich dann mit der Hundeleine vor und zog mit uns gemeinsam die schwere Sau zum Streckenplatz. »Nu is mir wieder warm«, war alles, was er hinterher dazu sagte.

Kanzel bauen war und ist noch heute seine besondere Leidenschaft, dabei ist der Gärtnerssohn gar nicht als Holzwurm aufgewachsen. So vornehm und großzügig zu bauen wie er, ist mir nie gelungen. Ich bin schon zufrieden, wenn der Ansitz sicher, praktisch und stabil ist und sich in die Landschaft einfügt. Verhaßt sind mir die Starenkästen und neumodischen Einrichtungen, auf denen manchmal sogar Sessel stehen, die vermutlich zu Hause aussortiert wurden. Einen alten Weidmann kannte ich, der hatte sich eine Kanzel gebaut, in der zweckmäßigerweise eine Liege untergebracht war. Als wir dort heimlich Balkonkästen und bunte Gardinen anbrachten und ein Schild »Brunftplatz – bitte nicht stören«, da hat er lange nach den Übeltätern gefahndet. Aber Verschwiegenheit ist bei der Jagd wichtig. Man muß nicht jedem auf die Nase binden, was man gesehen und gefährtet hat. Es muß auch nicht jede Ansitzmöglichkeit von weitem sichtbar sein. Dann sieht man manches, ohne selbst gesehen zu werden, und kommt mit der Zeit hinter allerlei unvermutete Bewegung und Begegnung.

Hier, an dieser abgelegenen Stelle im Waldwinkel stört die komfortable Kanzel jedoch nicht, und man sitzt ungesehen und bequem. Ich habe auch schon als Gast auf windschiefen, wackligen, morschen und laut knarrenden Ansitzen gehockt, so daß mir hinterher alle Glieder krumm und lahm waren. Einen preußischen Grünrock mit dem eindrucksvollen Titel Forstmeister kannte ich, man nannte ihn den »weißen Riesen«, der baute gar keine Hochsitze, sondern kletterte in Bäume und band sich allenfalls mit einem sichernden Strick fest. Da bleibe ich doch lieber auf solchen Kanzeln wie dieser, auch wenn schon mal ein Hornissennest den Besuch verleidet.

Weit geht der Blick über das Land. Hingeduckt an den Straßendamm liegt in einiger Entfernung die alte Meierei. Man ahnt noch etwas von der ursprünglichen Form und Bestimmung. Nur sind auch hier die schönen alten wärmenden Rohrdächer dem Zeitgeist gewichen, der sich in Wellasbest gefällt. Schade. So geht, ebenso wie in unserem ehemals vollständig weichgedeckten Dorf, aus Mangel teils und teils aus Bequemlichkeit, die stille dörfliche Würde und Behaglichkeit mehr und mehr verloren und weicht dem bunten Zustand, der da heißt: Nimm, was du bekommst, und sei es das erste Beste. Und entsprechend folgen bald den Hecken, die früher die Gehöfte einhegten ohne sie auszuzäunen, die neuen Zäune – bunte Darstellungen eines fehlgeleiteten Schönheitsdenkens ihrer Erbauer. Es sind oft leidige Abgrenzungen gegen die anderen, die früheren Nachbarn – »my home is my castle«.

Aber ich wollte ja von dieser Kanzel erzählen. Links wie rechts wird sie jeweils von einer weißstämmigen Birke und alten starken Fichte abgeschirmt, die mit ihren weitragenden Zweigen ein kleines ehemaliges Wasserloch beschatten, das nun von Nesseln bewachsen und mit Sammelsteinen fast gefüllt ist. Vor drei Tagen saß hier meine Frau und praktizierte Jägerlatein. Wie hat Hermann Löns so schön schmunzelnd über die verschiedenartigsten Jagderlebnisse gespottet: »Es geht nirgends so verrückt zu wie auf der Jagd.«

Daran muß ich jetzt denken. Ich hatte ihr zu dieser Kanzel geraten, weil die Schäden in den frühen Kartoffeln hier am sichtbarsten waren. Vielleicht, so dachten wir beide, kam sie auf einen »Frosch«, einen Frischling zu Schuß. Hundert Meter links von ihr saß ich auf der Badestubenkanzel. Die verdankte ihren sonderbaren Namen einem Jäger, der seinen ausrangierten Badestubenbelag zur Auslage der Kanzel zweckentfremdet hatte, die nun, besonders im Winter, durch das hart gewordene Zeug so laut war, daß man sich kaum rühren konnte. Ich langweilte mich fürchterlich und döste vor mich hin. Nach einer guten Stunde, so gegen 21 Uhr, es war noch taghell und allerlei Rehwild stand schon im Feld, pirschte ein dicker fahlgelber Kater im Vorgewende auf die Kanzel zu. Na, wenigstens ein jagdbarer Anblick, dachte ich, wenn auch kein schöner. Ich kannte den Räuber. Der gehörte zu keinem der umliegenden Gehöfte, war schon lange verwildert und hielt uns immer wieder zum Narren. Wie oft hatten wir ihm vergeblich aufgelauert. Solch ein Kater, der sich aus der menschlichen Umgebung entfernt hatte und verwildert draußen lebte, war eine Geißel. Wildernde Hunde sind schon schlimm, aber eine Katze? Nicht umsonst gibt es den Vergleich: In der Natur wirkt ein wildernder Hund so schlimm wie vier Füchse, eine verwilderte, streunende Katze aber so schlimm wie vier Hunde. Immer mehr Katzen entfernen sich, sich selbst überlassen, von den Siedlungen und werden zur Niederwildgeißel und Mauskonkurrenz für den Fuchs, der dann notgedrungen, denn eigentlich sind die Mäuse seine Leib- und Magenfreude, auf das Niederwild oder sogar auf Kitze und Frischlinge ausweicht.

Die Zeit verstrich, die Katze schlich eine Amsel an, wurde aber rechtzeitig entdeckt und mit Gezeter verwarnt. Dann mauste sie, fing, spielte mit der Beute und war inzwischen auf 35 Schritte an der Kanzel. Na, dachte ich, Weib, träumst du? Plötzlich knallte es, der Hagel pfiff durch das Kartoffelkraut, der Kater setzte sich erstaunt auf die Keulen. Wer hatte seine Maus totgebissen? Dann verschwand er rasch mit der Beute im Busch. Na laß man, Deern, lachte ich in mich hinein, das nächste Mal triffst du den Räuber. Auf dem Nachhauseweg schwieg ich dann aber vorsichtshalber. Schließlich will man von einem gewissen Alter an lieber gewärmt werden, als daß man sich streitet, zumal, wenn man sich oft, arbeitend oder jagend, die Nacht vertreibt und wie ein Eiszapfen unterkühlt nach Hause zittert.
Hinter mir im Busch ist plötzlich Unruhe. Man spürt es mehr, als man es hört. Dennoch – eine Amsel beginnt zu schimpfen , irgendwo knackt ein Ast, dann ist wieder alles still. Sie wollen noch nicht raus aus dem schützenden Dunkel, so sehr die Frischlinge auch drängen und die frühen Kartoffeln locken. Was haben sie eigentlich vor der Zeit des Alten Fritz gestoppelt?
Und – gab es damals auch so viele Sauen?
Heute ist ihr Tisch überreichlich gedeckt. Manche Kartoffeln, Rüben und

Maiskolben bleiben im Boden. Die riesigen Weizen-, Hafer-, Mais- und Markstammkohlschläge und natürlich der Raps bieten Deckung vor den neugierigsten Jägeraugen und dem längsten Feuerrohr. Niemand stört sie dort. Kein Lärmen wie im Wald bei Radlern, Reitern und Wanderern, keine heimlich-unheimliche Störung wie bei den Pilz-und Beerensuchern. Sondern Ruhe. Da heißt es dann für den Jäger, gedrängt von den überlaut wildschadenjammernden Landwirten und einer befehlsgewohnten Obrigkeit: sie irgendwo, irgendwie zu packen. Verstand gegen Instinkt – und selten siegt der Verstand. Als die großen Schläge wieder entstanden, da wurden bald auch die schönen stillen Feldwege eingeebnet. Na, Weidmann, dann schieß mal abends um elfe eine Sau, und dein Fahrzeug steht achthundert Meter weiter an der Straße. Da haben dann die Götter den Schweiß hinter den Preis gesetzt. Manch einer verschließt dann schon gern mal die Augen, wenn die Sauen kommen, oder er sieht angestrengt in eine andere Richtung und betet: »Lieber alter Urian, zieh zum Nachbarn nebenan.« Oder du überwindest dich, hast auch keine Ausrede bei der Hand – so nach dem Motto: morgen früh wichtiger Termin, keine Zeit, falls Nachsuche, und was dergleichen Alibi-Sprüche mehr sind – erlegst das Schwein, verhütest Wildschaden, und klopfst dann lange nach Mitternacht den Freund raus. Aber der ist auch noch draußen, wie die verschlafene, mißgelaunte Frau mault. Also, ab nach Hause zu Frau und Kindern. Die sind wie immer hellauf begeistert, wenn du sie aus den Federn holst, besonders winternachts. Also versprichst du in deiner Verzweiflung der Frau die neue Bluse, dem Sohn einen Mopedtank voll Sprit – und, falls auch noch die Tochter gebraucht wird ... – aber die hatte sich abends so schön die Fingernägel für die Schule lackiert – »Ooch Vaati«. Wenn dann endlich nach Stunden wieder alles in den Betten liegt, schießt du im Halbschlaf noch unentwegt Sauen. Am anderen Morgen gähnst du schon beim Frühstück, die Arbeitskollegen feixen: »Wohl 'ne lange Nacht gehabt«, und einer, der auch zur Jagd geht, singt leise, aber spöttisch das Signal »Sau tot«.

Gestern abend schoß ich auf ein wildes Schwein, gestern abend schoß ich auf 'ne Sau. Gestern abend war mein Schatz mit mir allein, gestern abend traf ich ganz genau.

HALALI.

Der »Eulenspiegel«-Bock
(oder: wer zuletzt lacht ...)

Böcke gibt es, die können einem noch so passionierten Jäger die Freude an der Jagd gründlich verleiden. Anfang Mai, wenn sich langsam das bekannte Bockfieber meldet – unruhig ist man ja ohnehin in diesem Monat, auch von all dem Blühen und Treiben draußen in Wald und Feld –, Anfang Mai, da laufen die Böcke noch alle rum, als gehörten die Flur, Wiesen und Weiden und die bunten Heckenränder ausschließlich ihnen. Man hat als Weidmann in den Wochen zuvor schon eifrig Umschau gehalten und sich die Anblicke im Geiste notiert. Von morgens bis abends kann man sich an Böcken satt sehen: geringe, denen die Bastfetzen noch an den dünnen Stängchen hängen, die ewigen »Durchschluser«, aus denen man nie so richtig schlau wird, wenn es darum geht, soll man, oder soll man besser nicht, – und natürlich die angehenden oder auch wirklichen »Herren Geheimräte«, angefangen bei den stukigen, starken Sechsern bis hin zu den meist übellaunischen alten Mordböcken mit ihren nadelspitzen, weithin sichtbaren, hochaufragenden Spießen, die sonst in tiefer Dickungseinsamkeit stehen und erst bei schwarzer Nacht ins Feld ziehen. Noch sind sie alle zu bestaunen, kehren sich kaum an Traktoristen, Melkern und was sonst noch zwischen Sonnenauf- und -untergang draußen Unruhe bringt, und sie nehmen jetzt auch den grünberockten oder tarnfarbig gewandeten Flintenträger mit seinem Hund nicht für voll. Es scheint, als haben sie einen Kalender mit den Jagdzeiten bei sich. Nur die Knopfspießer, zurückgebliebene, schwer durch den Winter gekommene Böckchen, deren Gehörnbildung man eher ahnen als sehen kann und die deshalb so manches Mal voreilig für ein weibliches Stück gehalten werden, diese Jüngelchen verhalten sich vorsichtig und sind schon sehr scheu, denn überall werden sie von den anderen herumgestoßen und verjagt.

Aber wehe dir, Weidmann, wenn die Jagd aufgeht. Dann werden die meisten sehr heimlich, und man muß schon genügend Sitzfleisch haben und eine lammfromme Geduld, um den richtigen Bock abzupassen. Und je älter sie sind, je öfter sie mit knapper Not und Mühe ihre rote Decke noch geradeso retten konnten, desto geheimnisvoller werden sie. Mit diesen Heimlichen, manchmal schon fast Unheimlichen, da hat man als Jägersmann seine liebe Not.

Solch einen alten Bock hatte ich mir ausgeguckt. Grau war er bis über die Lichter, und die dicken Rosen und doppeltlauscherhohen, nadelspitzen Stangen hatten am Wegrand aus dem Raps gelockt, als ich, nichtsahnend, mit dem Hund aus dem Dorf bummelte. Den mußte ich haben.

In einem Holunderbusch am Feldweg, der vom Restdorf durch die Felder hin zu einem ehemaligen Ausbau führt, dicht am Raps, da hatte ich mit Frau und Söhnen eine Kanzel gebaut. Denn hier, in einer langen Senke, die sich zum gegenüberliegenden Wald hin erstreckte, zog gern das Wild. Sauen fährteten sich, hin und wieder standen die Siegel von durchwechselndem Rotwild im sandigen Weg, und das Rehwild war hier zu Hause. Ein paar alte, knorrig verwachsene Linden überlebten als geduldete Reste einer einstigen Allee, Schlehdorn hegte stellenweise die Fahrspuren, und einzelne große Holunderbüsche grüßten aus der Feldeinsamkeit. Nur im Frühjahr bei den Ackerarbeiten und im Spätsommer während der Ernte wurde der Weg noch manchmal benutzt. Die Traktoristen fuhren lieber auf dem Acker oder der Stoppel, denn da war, wen störte das schon, eine Art Rollbahn entstanden. »Dat's nich min, dat's de Kolchos« (»Das ist nicht meins, das gehört der LPG«), lautete die gleichgültige Antwort, wenn die Rede auf den liederlichen Umgang mit dem Acker kam.

Zu dem Ausbau fuhr kaum noch jemand, der war auch nur noch an dem verlassenen und inzwischen verwilderten Obstgarten zu erkennen. Noch vor wenigen Jahren hatten dort Menschen gelebt, da war es ein stolzes Bauerngehöft mit Haus und angebauter Stallscheune gewesen. Ganz aus Ziegeln Wohnhaus und Stall errichtet, die Eingangstür giebelseitig unter einem Rundbogen zurückgesetzt, so hatte es wuchtig am Weg gestanden. Jetzt war kein Stein, kein Pfahl mehr zu finden. Innerhalb weniger Jahre, nachdem die Bewohner ins billigere Quartier der neuerbauten »Arbeiterschließfächer« gezogen waren – wer wollte auch bei Wind und Wetter immer die drei Kilometer zu Arbeit und Einkauf –, da war das Gehöft verschwunden. Nicht abgerissen, nein, heimlich in Nächten und Nebeln war es abgewrackt worden. Zuerst fehlten die guten Biberschwänze, dann die Bretter und Balken, und zum Schluß waren auch die Mauern spurlos weg. Der zunehmende Mangel an Material und Moral hatte ein großes Gehöft aufgefressen.

So war der Feldweg allmählich zugewachsen, still und heimlich geworden, eine Leitspur für das Wild und ein sicherer, trockener Paß für den Fuchs, wenn er ins Dorf wollte, um mal nach den Hühnern zu sehen oder sich ein totes Ferkel vom Misthaufen am Schweinestall zu holen. Ausgerechnet hier hatte ich den starken alten Bock mehr als einmal getroffen. Mal stand er wie höhnend dicht am Weg im Klee, wenn ich zur Koppel fuhr, um den Kühen zu bescheinigen, daß sie guter Hoffnung waren. Er wußte genau, daß zu der Zeit keine jägerische Heimtücke zu erwarten war.

Mal sprang er, kurz ärgerlich schreckend, im Raps ab, wenn ich im Dunkeln nach vergeblichem Abendansitz nach Hause stiefelte. Gerieben, gerissen, mit allen Wassern jahrelanger Erfahrungen gewaschen war dieser alte Bursche, und er hielt mich so oft zum Narren, daß ich vor Ärger schon innerlich kochte, wenn ich nur an ihn dachte.

Was hatte ich nicht alles versucht. Früh vor Tau und Tag, wenn Dorf und Landschaft noch schliefen, war ich losgezogen, um ihm aufzulauern. Aber er kam nicht. Ging ich dann mit der Morgensonne nach Hause, stand er nahe beim Dorf im Raps und schien zu grienen. Ja, ich hatte den

Eindruck, er lachte mich aus. Doch es waren wohl nur die Sonnenreflexe in seinem grauen Gesicht.

Als die Blattzeit kam, da fiepte ich, wann immer ich konnte, morgens und mittags. Alle möglichen, vor allem jungen Böcke sprangen neugierig heran, nur er nicht. Manchmal sah ich ihn weit draußen im Klee bei einer Ricke stehen, aber so entfernt von der Waldkante und der Kanzel, daß kein Rankommen war. Und als die hohe Zeit des Rehwildes zu Ende ging, da war er weg. Spurlos. Kein Tag mehr, an dem ich ihn zu Gesicht bekam. Es war zum Verzweifeln. Anfang September, ich hatte wochenlang diesen Revierteil gemieden, er war mir verleidet, überredete mich meine Frau Weidmännin, doch mit ihr an dem großen Kleeschlag anzusitzen. Raps und Getreide waren unter den Messern der Erntekolosse gefallen, das Rehwild hatte sich zumeist im Klee versteckt. Meine Frau zog es an die Waldkante, sie wollte nach den geringen Böcken Ausschau halten. Notgedrungen ging ich mit raus, aber nur mein Hund war richtig bei der Sache. Ich hatte mir vorsorglich etwas zum Lesen in den Rucksack gesteckt.

Bei uns muß man spätnachmittags draußen sein, denn das Rehwild zieht zeitig in den Klee, und nur die heimlichen Böcke und die alten Ricken sichern lange an der Waldkante, ehe sie, falls die Luft rein ist, eilig den großen verlockenden Schlag und damit die sichere Weite annehmen. Da hatte ich mir angewöhnt, in der toten Zeit etwas zu lesen. Ich wollte mich ablenken, nicht nur dasitzen und lauern und der Goldammer zum hundertsten Mal zuschauen, wie sie auf dem Koppelpfahl ihre widersprüchlichen Lieder sang, oder die Meisen erleben, wie sie unermüdlich den Holunder kopfüber – kopfunter nach allerlei Genießbarem absuchten. Deshalb hatte ich immer irgend etwas Unterhaltendes mit, nichts Aufregendes, nichts, was so sehr fesseln konnte, daß man darüber vergaß, was man hier draußen eigentlich wollte. Diesmal war es der *Eulenspiegel,* eine satirische Zeitschrift, die man auch nicht immer am Kiosk bekam und in der Ulrich Wiesner, dieser unterhaltsame Spötter, seinen Leibfrisör Kleinekorte zu Wort kommen ließ. Wer in Berlin ein ums andere Mal Frisörgespräche mit der Kundschaft erlebt hatte, der sah sie nun im Spiegel der Tagesereignisse wie in einem Vergrößerungsglas, durch das man schmunzelnd und auch ironisch-lächelnd blicken konnte, während es der Autor hintersinnig über die Schwachstellen unseres täglichen Lebens hielt. Ich konnte mich an dem »Berlinern« dieser Geschichten freuen, war ich doch dort nach der Vertreibung groß geworden, und der manchmal recht derbe Spott, mit dem die täglichen Unzulänglichkeiten aus dem Munde des alten Frisörmeisters kommentiert wurden, war ebenso erfrischend, wie seine Verballhornungen von Fremdwörtern zum Lachen zwangen. Heute befaßte er sich mit den Sprichwörtern. Ich mußte plötzlich laut lachen, hatte vergessen, wo ich war – da knackte es und polterte unter mir im Holunderbusch, ein roter Schatten wischte durch den hohen Klee, daß es prasselte. Ehe ich das Glas an den Augen hatte und »meinen« Bock erkannte, war er weit draußen und zog hastig der gegenüberliegenden Waldkante zu, verhoffte – und da knallte es auch schon bei meiner Frau. Und während ich mit dem Fernglas reichlich bedeppert zu ihr rüberblickte, hatte sie ebenfalls ihren Feldstecher auf mich gerichtet und zog nun, scheinbar grüßend, den Hut. Mir kam es schon reichlich höhnisch vor. Meine Eulenspiegelgeschichte war mir verleidet, sitzenzubleiben hatte wohl keinen Sinn mehr, und es war mir auch über. So stieg ich von der Kanzel und machte mich auf den Weg, hin zu meiner Jägerin. Durch den hohen Klee wollte ich mich nicht durchzotteln, also bummelten wir, der Hund war wieder mal ganz anderer Meinung, zurück zum Dorf und dann zur Waldkante. Meine Frau lachte mir entgegen, nicht gerade so, daß es auffiel, man konnte es auch für die Freude über ihren Erfolg halten, aber ich weiß noch heute nicht, ob da nicht doch ein Schuß Schadenfreude war. »Hast du ihn denn nicht gesehen«, fragte sie. »Er kam doch von deinem Ansitz«.

Ich war natürlich um eine Antwort verlegen.

Erst später, zu Hause, als wir vor dem Kamin »ihrem Bock« die Ehre gaben und bei dem unvermeidlichen Glas Rotwein den Tag noch einmal passieren ließen, da erzählte, nein da las ich ihr Kleinekortes Bemerkungen über die deutschen Sprichwörter und deren Anwendung im Frisörgewerbe vor. Nur bei der Formulierung: »Auch ein blindes Huhn trinkt mal einen Korn«, da lachte sie nicht, sondern sah mich von der Seite mißtrauisch an und meinte dann lakonisch:« Wo laute Lacher sich entfalten, da könn'n sich keine Böcke halten.«

So schnell hatte sie vom Wiesner gelernt.

Übrigens: Das Gehörn hängt, »mir zur Freude«, im Flur über der Küchentür. »Mein oder nicht mein, das ist hier die Frage.«

Ein rollender Ansitz

Kein Jagen soll es diesmal sein, sondern Wildbeobachtung von ungewöhnlicher Warte aus. Ich sitze, oder richtiger hocke neben dem Mähdrescherfahrer oben in der offenen Kanzel. Sechs dieser großen Druschkolosse fressen sich seit Stunden gleich hungrigen Wölfen immer tiefer in den Weizen.

Ich wollte einmal mitfahren um zu erleben, wo die Fahrer die Sauen hochmachen und wie sie sich an den Lager- und Schadstellen im Getreide mühen müssen. Jetzt habe ich die Bescherung. Beißender Staub setzt sich überall fest, dringt unter Ärmel und Hemdkragen, krallt sich in Augen, Ohren und Nase und läßt einen kaum noch sehen und atmen. Natürlich hätte ich auch in der einzigen vollklimatisierten Kabine mitfahren können. Doch erstens wollte ich dem Gelästere ausweichen, denn die junge Fahrerin ist ein bildhübsches Weib, und zweitens, obwohl mir das ja keiner glauben wird, ich wollte es wie die meisten Fahrer erleben – jetzt muß ich sagen: erdulden.

Die Sonne brennt seit Tagen von einem tiefblauen Himmel, kaum eine Wolke zieht einen flüchtigen Schatten übers Land. Die Vögel sind bei der anhaltenden Hitze verstummt, Hundstage stehen im Kalender. Unsere Gesichter sind grau, verschmiert von den Schweißrinnsalen, die man besser nicht abwischt; sonst brennt es nämlich noch mehr, ja fast unerträglich auf der Haut. Ist das nun Staub vermischt mit den Resten von Pflanzenschutzmitteln und anderer Chemie aller möglichen Art, wie die Traktoristen sagen? Jahr für Jahr werden ja Unmengen Dünger und sogenannte Pflanzenschutzmittel, Herbizide, Halmverkürzer, Insektizide und wer weiß noch was für anders Teufelszeug teilweise unkontrolliert in der Landschaft verteilt, versickern im Boden, fließen in die Sölle und Bäche und landen letztlich mit dem Regenwasser in den Seen. Fischsterben, Hasentod, Rückgang der empfindlichen Greifvogelpopulation, Bienenvergiftungen und, und … Und am Ende steht der Mensch, immer und immer wieder der Mensch! Wir sind das letzte Glied in dieser unheilvollen, verderbenbringenden Kette!

Ist da nicht neulich ein ganzer großer Maisschlag, der gegen einen Wurzelschädling vorbeugend behandelt werden sollte, durch Verwechslung des Mittels vernichtet worden? Mußte nicht, hier ganz in der Nähe, eine große Miete bestes Futterstroh untergepflügt werden, weil der Gehalt an Halmverkürzern ein Verfüttern oder Streuen unmöglich machte? Wie sehen die Hasen und das Rehwild gelb gefärbt aus, wenn sie aus einem Kleeschlag flüchten, der mit Entblätterungsmitteln behandelt wurde? Alles was wir Menschen der Natur an Giften geben, das gibt sie uns zurück. Uns und unseren Kindern. Vorerst brennt es wenigstens nur auf der Haut.

Wir holpern, rucken, schwanken mit der schweren Maschine über den Schlag, quer zu den Fahrspuren der Frühjahrsbestellung, einer gestaffelt hinter dem anderen. Der Drescherlärm betäubt die Ohren, es rattert und schüttelt und rollt – und wird zum Dröhnen, wenn sich, wie eben jetzt, die Trommel festfrißt. Der Fahrer hält, setzt zurück, dreht die Haspel hoch und läßt dann die Trommel langsam durchdrehen. Es scheint zu klappen, und wieder ruckt das Ungetüm an und schneidet seine Bahn in das Getreide. Plötzlich signalisiert ein Fahrer Wild voraus. Zwei starke Schaufler sichern im Weizen – einer der beiden ist sehr dunkel, fast schwarz. Trocken im Wildbret, nicht so übermäßig stark, eher geringer als der andere, aber was für Bretter, was für Schaufeln hat er auf dem Haupt! Wuchtig, breit, etwas enggestellt, lange, nach innen gedrehte Sporne, ein Erntehirsch wie er im Buche steht, so zieht er sichernd weiter. Der andere ist nur wenig jünger, breit ausladend prahlt er mit den guten Schaufeln, die aber noch nicht die Wucht, die Reife wie bei dem anderen haben. Dafür ist er im Wildbret feister, alles an ihm scheint zu wabern. Endlich nehmen sie, zögernd anfangs, dann in immer rascherem Trab, den nahen Wald an.

Für einen Augenblick hatten die Maschinen gestoppt, den Anblick wollten sich die Fahrer nicht entgehen lassen – doch nun weiter, immer weiter. Die Haspeln drehen, die Messer rattern, schwer fällt der Weizen in die Schnecke. Am Wegrand hat sich die Kolonne der Begleitfahrzeuge aufgebaut. Die Männer im Werkstattwagen sind ohne Pause bei der Arbeit. Hier ist ein Messer zu wechseln, dort ein Keilriemen, und das sind noch die geringsten Schäden. »Wenn nur kein Motor ausfällt«, höre ich einen sagen, als wir einen »Boxenstopp« bei ihnen einlegen müssen, »zwei haben schon den Geist aufgegeben«. Man spürt die Sorgen wegen der Ersatzteilmisere, und immer schieben die Fahrer ihnen, den Schlossern, die Schuld zu, wenn es nicht weiter geht. So drehen sich die Gespräche während der Teepause auch meist und zuerst um die Arbeit. Ja – Teepause. In früheren Jahren kam regelmäßig ein kleiner Lieferwagen ans Feld gefahren. Ernteversorgung nannte sich das. Neben allerlei Schnickschnack, den es auch im Dorfkonsum gab, brachte er auch Tomaten oder Melonen, Pfirsiche oder gar Weintrauben – begehrte Erfrischungen bei dieser harten Arbeit. Und selbst wenn es wegen der lang anhaltenden Hitze im Laden keine Brause oder Selters mehr gab, der kleine Lieferwagen mit der Sonderversorgung hatte noch Getränke. Die Fahrer und ihre Kinder sahen diese Bevorzugung gern, wußten sie doch, daß ihr Einsatz geschätzt wurde. Und auch die Fähnchen und Aufkleber, die ihnen von Zeit zu Zeit vom Kreis überreicht wurden, und was es sonst noch an bildhaften Leistungszeichen gab, nahmen sie, nebenher grienend, zur Kenntnis, besonders, wenn noch ein paar Mark Prämie dranklebten. Meine alte Kälberfrau im LPG-Stall meinte deshalb spöttelnd, sie müßte nun auch mal einen Wimpel an ihre Mistkarre kriegen, wegen der mühsamen täglichen Arbeit. In diesem Jahr gab es das alles nicht mehr, doch alle trauern nur dem Wagen mit den Überraschungen nach. Auch vom Kreis kommt kaum noch einer. Sie haben jetzt dort wohl andere Sorgen, nachdem dauernd junge Leute nach Ungarn und in die Tschechoslowakei türmen und immer größere Unruhe aufkommt. Die Männer bei den Erntekomplexen scheinen ganz zufrieden zu sein, daß sie nicht mehr von den »Fernaufklärern« heimgesucht werden, wie sie die »Erntebeschleuniger« nennen. »Die stören und schnüffeln doch bloß«, meint der Brigadier, »und sie halten uns von der Arbeit ab, denn bei diesem Wetter ist jede Stunde kostbar.«

Eine Zigarettenlänge noch, dann rumpelt alles, oder doch fast alles wieder los. An einer Maschine klingen noch die Hämmer, ein anderer Fahrer bunkert seine Ernte in einen bereitstehenden LKW. Die anderen rollen schon. Schwad um Schwad fällt, es scheint kein Ende zu nehmen. So fahren sie nun schon die fünfte Woche. Die Haut brennt, die Augen schmerzen, der Rücken ist vom dauernden Rütteln und Stuckern fast gefühllos – immer wieder die gleichen eintönigen Bewegungen.

Plötzlich stoppt der erste Fahrer, der zweite tritt auf die Bremse, daß seine Maschine sich nach vorn neigt, er reißt die Tür auf und ist im selben Moment schon auf dem Bunker. Aufgeregt fuchteln die Arme in immer dieselbe Richtung. Auch wir haben angehalten. Alle laufen zum Kumpel hin, der nun auch zu verstehen ist: »Da vorne sind Schweine.« Sieh mal an, denke ich, stecken die Sauen also doch im Weizen. Von oben ist gute Sicht. Zwei starke Bachen und acht, nein zehn, ach was zwölf Frischlinge haben sich eng zusammengeschoben. Den Wurf hoch erhoben, sichern sie gegen die Maschinen und Menschen. »Na, Jäger, wenn du jetzt die Flinte mit hättest«, unkt einer der Männer.

»Ach, die treffen ja sowieso nichts«, höhnt ein anderer.

Ja, wenn die wüßten, was man so alles nicht darf, knirsche ich bei dem Anblick in mich hinein. Langsam schiebt sich die Rotte davon, weiter in den noch immer großen Weizenschlag, der, jetzt ist es deutlich zu sehen, an einigen Stellen stubengroße, plattgewalzte und aufgewühlte Stellen hat. Ärgerlich, sehr ärgerlich ist dieser Anblick, denn da ist Arbeit vertan und Mühe zuschanden geworden. Wildschaden – und du stehst als Jäger dazwischen. Am peinlichsten ist, daß kaum einer Vorwürfe macht. Sie sind alle auf dem Land groß geworden und kennen die Sauen. Aber muß es soweit kommen? Abend für Abend und jede helle Nacht haben wir immer wieder an der Waldkante gesessen und manchen Überläufer und Frischling erlegt. Aber – wir haben zu viele Sauen. Woran liegt das? An den Jägern natürlich. Natürlich? Ja, wenn's so einfach wäre. Natürlich liegt es auch an uns. Aber es läßt sich noch manch anderer Grund aufzählen.

Nicht immer waren die wenigen zur Verfügung stehenden Waffen und die Pirschbezirke richtig ausgelastet, manchmal wurde ein sich anbahnender Wildschaden zu spät bemerkt, denn die Jäger gehen alle einer Arbeit nach und können nicht regelmäßig alles im Blick haben. Oder die Jagdgesellschaft reagierte zu spät und nicht konsequent; etliche Weidmänner scheuen den Schuß, wenn Alter und Gewicht nicht ganz sicher anzusprechen sind (was dann so manchem Überläufer vorerst die Schwarte rettet), sie fürchten die oft überzogenen, mitunter unsinnigen, kleinkarierten »Erziehungsmaßnahmen«, wenn zum Beispiel ein zweijähriger Keiler, wenn auch mit geringem Gewicht, oder ein Überläufer mit zu starkem Gewicht gestreckt wurden. (Als hätten wir Jäger immer eine Waage am Feldstecher.)

Nichts war dagegen zu sagen, wenn da einer, dem der Drückefinger reichlich krumm und nervös geraten war und der einen dicken Fehlabschuß nach dem anderen hinblätterte, wenn so einer mal deutlich angeschnarcht, zur Ordnung gerufen wurde und notfalls mal für ein Jahr kein Schalenwild bejagen oder nur Hochsitze bauen durfte. Das erzog ungemein. Aber: erstens galt nicht gleiches Recht für alle und für bestimmte »Personen« schon gleich gar nicht, denn die waren »gleicher« – und zweitens: So wie in dieser schwarzwilden Zeit die Bewirtschaftungsrichtlinien gehandhabt wurden, wirtschafteten wir immer höher mit den Beständen. Schwarzwild bewirtschaften, fragte sich mancher, was soll das? Sie werden doch immer heimlicher, immer nachtaktiver, bei gutem Büchsenlicht bekommt man sie kaum noch vor die Läufe, was soll da eine Bewirtschaftungsrichtlinie? Also wurde im Spätherbst und Winter jedes Wochenende für Drückjagden genutzt und der Bestand in großen Gebieten so richtig durcheinandergewirbelt. Dabei haben es uns unsere Altvordern doch vorgemacht, wie man wohl starke Keiler strecken und dabei trotzdem dem maßlosen Überwachsen der Sauen Einhalt gebieten kann.

In dieser Zeit sei nicht zu bewirtschaften, behaupten einige nur »jagd-geile« und wollen alles vor den Kopf schießen, was »rauh« ist – und am Ende zigeunern dann die führerlosen Rotten randalierend durch die Reviere und sind kaum zu stellen. Und eigenartig war es durchaus, was wir erlebten, denn die größten Moralapostel trafen, sobald Prämien aus-gesetzt wurden, zufällig immer die schwersten Schweine. Etwa so nach dem Motto des Schweijk, daß man »– in einen dicken Herrn Erzherzog besser treffen könne als in einen mageren.« Bewirtschaftungsmodelle gab es zuhauf, eines immer schöner als das andere. Jeder Kreis, läster-ten wir, war dabei seine eigene Republik. Daß all die schönen Modelle sich selten bewährt haben, lag wohl auch weniger an den schönen Regeln, als an deren gewissenhafter und weidgerechter Ausführung. Doch wenn es uns auch in Zukunft nicht gelingen sollte, den teilweise hohen Zuwachs abzuschöpfen (und das schafft man am wenigsten, wenn man die dicken alten, sehr erfahrenen und standorttreuen Bachen auf die Strecke legt), dann werden wir uns noch lange über Wildschaden ärgern und diesen bezahlen müssen. Oder wir werden eines Tages erle-ben, und das hatten wir schon einmal, daß in die übermäßigen Bestände die Krankheiten und Seuchen reinwachsen und dann wie ein Fallbeil wüten und wir oder die Waldarbeiter vor den taumelnden kranken Frischlingen stehen oder der Hund uns den verluderten Keiler zeigt, den die Schweinepest oder die Tuberkulose oder gar die Salmonellose gemeuchelt hat.

Der Sprung zurück in die Tierbestände der Landwirtschaft, aus der diese Seuchen kamen, läßt dann nicht mehr lange auf sich warten. Und je lie-derlicher die Schweinehaltung im ländlichen Raum ist, je unkontrollier-ter mit Zuchtmaterial und Läufern hin- und hergehandelt wird, umso rascher werden wir kopfschüttelnd vor den traurigen Ergebnissen ste-hen. So gut hatten es die Sauen auch noch nie. In riesigen Raps-, Wei-zen-, Hafer – und Maisschlägen sowie im Spätherbst im Markstammkohl waren sie sicherer als in den von Urlaubern, Pilzsuchern und joggenden Freizeitbelasteten überlaufenen Wäldern. Und kam der Herbst, da hiel-ten sie ihre Ernte. Kartoffeln, Rüben, Maiskolben blieben genügend im Boden, und in manchem Jahr schütteten Eichen und Buchen im Wald aus übervollen Zweigen ihre Obermast. Da ging dann bald jede Frisch-lingsbache dick und brachte zusätzlichen Nachwuchs. Zog noch im Spätherbst der Pflug und nach ihm die Wintersaat über die unordentlich abgeernteten Felder, dann Jäger, konntest du zusehen, wie der Schaden zu begrenzen war. Und so liefen die Weidgenossen dann Abend für Abend los, teilweise mit der Bleischleuder Kaliber 16 oder 12, – und 120 Schritte vom Hochsitz zogen die Sauen ins Feld, schnauften, prusteten, schmatzten und schlugen sich den Weidsack so voll, daß das Weiße spä-ter zweifingerdick unter der Schwarte saß.

Wie hatte der Jagdleiter mit erhobenem Zeigefinger abends bei der Waf-fenausgabe noch mahnend gefordert: »Daß Ihr mir aber sicher ansprecht und sauber schießt.« Nebenbei gesagt lagen bei ihm zwar manchmal nach solchen Moralpredigten am nächsten Tag gleich zwei verkehrt geschossene Keiler, aber dafür war er ja Jagdleiter.

Ein anderer Fall: Du hattest nachts mal Glück, erlegtest ein Schwein, sogar das richtige, aber dein Trabbi oder Moped stand fünfhundert Meter weiter an der Straße. Dazwischen kein Weg, kein Steg, nur schwerer, knöcheltiefer Acker. Ach, lieber Weidmann, hättest du das geahnt. So aber klingelst du den Nachbarn oder einen Jagdkameraden, vielleicht sogar die eigene Sippe raus (doch die hat von deinen nächtlichen Ausflügen allmählich genug), und hauruck zottelt ihr das Schwein über den schweren Boden, bis euch die Arme lahm, die Knie weich sind und der Atem keuchend, stoßweise wie bei einem alten Blasebalg geht. Oder man kennt dichtbei einen Traktoristen, aber dann muß man zumindest auf die Leber für morgen Mittag verzichten, damit man bei Gelegenheit wieder mal nachts anklopfen kann.

Manchmal, aber daran sollte man besser gar nicht erst denken, manchmal kommt alles auf einmal. Da liegt dann auch noch ein verkehrtes Schwein. Dann brennst du dir am besten gleich auf dem Acker eine Pfeife an oder holst erst einmal tief Luft durch eine dicke Zigarre. Denn spätestens morgen Mittag weiß es die ganze Gegend, und aus dem zweijährigen Stück wird dann in Windeseile ein Hauptschwein, ach was sage ich: der Rekordkeiler oder gar eine Bache wie ein Elefant. Und diesen verwerflichen Geruch wird man trotz aller Beteuerungen und gegenteiligen Beweise vorläufig nicht los. Der bleibt haften wie die Priesterläuse in den Behängen des Wachtels, wenn er Enten am Wasserloch gestöbert hatte. Soviel, oder richtiger – so wenig zum Wildschaden.

Die Rotte ist lange in der Weite des großen Schlages verschwunden und wird wohl erst in der Nacht aus dem Weizen in den nahen Wald wechseln. Manchmal aber bleiben sie, bis die beiden letzten Schwade vor den Messern liegen. Dann kann man sie unruhig hin- und herziehen sehen, bis mit einem Male mit hocherhobenem Pürzel die Bande reißaus nimmt. Die ganze Zeit, in der ich über die Sauen und die Jagd sinnierte, waren die Mährescher weitergeholpert und geräuschvoll bei der Mahd und dem Drusch gewesen.Jetzt merkte ich es an meinen zerschlagenen Gliedern. »Halt mal bitte an«, wende ich mich müde an den Fahrer. Der Koloß stoppt, ich klettere runter und ordne auf dem Wege ins Dorf meine krummen und lahmgerüttelten Glieder, während hinter mir langsam der Lärm verebbt.

Es ist eben nicht alle Tage Jagdtag.

Im Spätsommer

Sonntagabend an der Waldkante. Stille hat sich über das im Abend-
frieden aufatmende Land gebreitet. Nur die Graugänse, ab und an in
langen Ketten über den Wald hinspektakelnd, unterbrechen die wohltuende Ruhe.

Den ganzen Tag zogen die Mähdrescher gleich gefräßigen, lärmenden
Ungeheuern ihre Runden über die Erntefelder, dichte Staubschwaden
hinter sich herschleppend. LKWs polterten mit großen Hängern über die
Wege und rumpelten danach mit der Last des ausgebunkerten Getreides
schwer über die Stoppeln. Lärm, Staub, Hektik hatten das Land überfallen und den langen Tag auf den Feldern und in den mobilen Werkstätten
am Wegrand geprägt. Immer wieder mußten die Fahrer der Kolosse auf
die Bremse treten, und sie hupten sich Signale zu, wenn plötzlich Sauen
vor den Maschinen auftauchten und sich verängstigt weiter in den trü-
gerischen Halmenwald zurückzogen. Jetzt herrscht endlich Ruhe. Ricken
ziehen wieder mit ihren Kitzen durch den Weizen, denn die Hochblatt-
zeit ist vorbei, und die Kitze, solange sorgsam abgelegt und nur hin und
wieder zum hastigen Saugenlassen zwischen den anstrengenden Liebes-
gängen aufgesucht, erfreuen sich jetzt den ganzen Tag der mütterlichen
Fürsorge und werden aufmerksam geführt. Man hat fast den Eindruck,
als wollten die Ricken nach den tagelangen wilden Jagden mit den
Böcken vor lauter schlechtem Gewissen ihrem Nachwuchs jetzt besonders viel Aufmerksamkeit zuwenden. Wer bis jetzt den starken Bock
nicht im Rucksack hat, muß von Diana schon sehr begünstigt sein, kann
er ihn doch noch auf einem Gang zufällig erlegen. Dafür laufen nun eher
mal die Schneider vor den Büchsenlauf, die Schwächlinge. Im hohen
Getreide solange sicher vor den Attacken der revierverteidigenden Ein-
standsherren, suchen sie nun nach einem neuen sicheren Einstand und
werden von den Revierfürsten, sofern diese nach den Mühen der »Lie-
beswochen« nicht zu erschöpft sind, immer aufs Neue auf ihre dünnen
Läufe gebracht. Knopfböcke, Jämmerlinge mit geringem Gewicht, irren
ständig verfolgt von den Stärkeren umher, kaum haben sie genügend
Zeit, sich den Weidsack ordentlich vollzuschlagen – und genauso sehen
sie auch aus. Manche dieser jammervollen Gestalten hat erst spät die
letzten Bastfetzen verloren, die ruppige Decke ist fahl. Lungenwürmer,
Rachenbremsen, Leberegel haben die armen Kerle überfallen, die sich
mit ihrer geschwächten, geringen Körperkraft kaum zur Wehr setzen
können. Auch wenn man noch so eifrig besonders hinter ihnen her ist,
man erwischt sie nicht alle. Immer wieder tauchen neue auf, wenn man
hofft, sie nun endlich getilgt zu haben. Und so wechseln sie, sofern sie
überhaupt den nächsten Winter überstehen, in die Gruppe der ewig Mit-
telmäßigen, manchmal schwer Ansprechbaren, die dem Jäger das Leben

sauer machen können, ein ewiges Ärgernis sind und kaum dazu beitragen, den Wildbestand zu verbessern. In die Sauen, dieses von Mecklenburger Jägern am meisten geliebte und begehrte Wild, ist ebenfalls Bewegung gekommen. Schon als der Raps fiel, fehlte ihnen dessen weite, sichere Deckung. Nun liegen abends beim Auswechseln täglich neue Getreideschläge stoppelkurz vor ihren Läufen, und da die ewig hungrigen Frösche zeitig herausdrängen, haben die alten Bachen alle Mühe, die Rotten vor der hereinbrechenden Nacht im Bestand zu halten. So hört man dann schon lange vor der Uhlenflucht das empörte Quieken der Frischlinge, die von den Bachen zur Ordnung geknufft werden. Trotzdem hallt Abend für Abend mancher Schuß durch die Dämmerung, hörbares Zeichen, daß es hier und da eine Rotte versucht hat, schon im langsam verdämmernden Licht ins Gebräch zu ziehen.

Amseln zetern plötzlich hinter mir im Bestand und rufen mich aus meinen Gedanken. Die Abendbrise frischt auf und streicht vom Wald ins Feld. Wer sich jetzt auf hoher Kanzel sicher glaubt, der stellt bald verwundert fest, daß auch das Rehwild nahe der Waldkante schon mal aufgeregt sichert, denn der überkippende Wind bringt den wenig vertrauenerweckenden Geruch des heimtückisch lauernden Weidmannes vor den Äser. Und die Sauen erst: Die gewieften älteren Stücken bleiben sowieso im Dickicht. Und alle anderen ziehen lange an der Waldkante hin und her, immer wieder sorgsam den Wind prüfend, ehe sie ihre kostbare Schwarte ins Freie tragen. Drüben, an den Hängen jenseits des Tollense-Sees, blitzt die untergehende Sonne ein letztes Mal aus den Fenstern von Nemerow. Der Wind hat sich wieder gelegt. Stille ringsum. Selbst die Gänse haben bei ihrer Abendmahlzeit auf den Gerststoppeln Ruhe gegeben. Alles scheint zu warten. Worauf?

Ich: auf die Sauen. Die Sauen: auf die Dunkelheit. Die Gänse: auf den Abflug zu dem Sicherheit bietenden Übernachtungsgewässer, wo sie weit draußen nachts in großen Pulks liegen. Obwohl ich sie in besonders mondhellen Nächten auch schon zu Hunderten und Tausenden auf der Maisstoppel äsen sah, leise mit ihrer unnachahmlichen Stimmfühlung Kontakt und Zusammenhalt suchend, sorgsam bewacht von den mit langen Hälsen aufmerksam sichernden Altgänsen. Jetzt, wo sie so besonders still werden, bereiten sie sich auf den Abflug zum Wasser vor. Dann geht mit einem Mal ein Lärmen durch die Gesellschaft, die Stimmen erheben sich zum orgelnden Brausen, und Schar um Schar steht auf in den Abendhimmel. Mit hastigen Schwingen ziehen sie über den Wald –
»Hoch geht die Fahrt, habt acht, habt acht, die Welt ist voller Morden ...«
Die Ruder streifen fast die Spitzen der hohen Fichten, es rauscht heran, Zug um Zug. In langen Keilen stemmen sie sich hoch, ziehen zum schimmernden, lockenden, bergenden Wasser. Danach herrscht fast atemlose Stille. Kein Geräusch ist im Wald, kein Knacken eines Zweiges, nicht einmal das warnende Tickern des Rotkehlchens. Tiefe erwartungsvolle Ruhe ringsum.

Strich da nicht eben ein Zweig an, irgendwo? Eine Ricke tritt vorsichtig, immer wieder sichernd, Lauf vor Lauf aus dem bergenden Unterholz; das Kitz folgt dicht bei Fuß, aufmerksam zieht es der Alten nach, die selbst beim Ährenmahlen vorsichtig äugt und immer wieder aufwirft, denn Erfahrung macht umsichtig. So ziehen die beiden ins Feld.

Ob heute die Sauen wiederkommen? Gestern war es lange nach 22 Uhr und schon so stickenduster, daß nur noch das starke Nachtglas half, die Schwarzkittel zu erkennen. An ein sicheres Ansprechen war nicht mehr zu denken, und im Zielfernrohr verschwamm alles zu einem grauen Brei.

Plötzlich ist Bewegung im Weizen. Etwas rauscht ungestüm durch das Getreide. Die Ricke hat aufgeworfen, verhofft aber. Zwei Böcke jagen durch die dichten Halme prasselnd heran. Laut fiepend, wie um Hilfe rufend der Geringere vorn, dahinter keuchend, mit langen Sätzen, ein starker alter Sechser. Das ist aber kein Jagen mehr wie zur Blattzeit. Wer weiß, was den Alten dazu gebracht hat, sich jetzt noch so zu verausgaben? Hat er noch nicht genug getobt in den langen Tagen der Blatte? Das wäre ein Erntebock, denke ich, ja – aber ich bin auf Sauen eingeladen, denn der Pirschbezirksinhaber, mein Jagdleiter, ist auf Urlaub gefahren und hat mich gebeten, nach dem Rechten, sprich: nach den Schweinen zu sehen, um Wildschaden möglichst zu verhüten. Zwar war da noch sein Angebot: »Wenn ein Abschußbock (welch häßliches Wort) oder ein Alter kommt, dann kannst du den natürlich erlegen.« Natürlich? Doch so natürlich ist das nicht. Es war wohl so gesagt, aber war es auch so gemeint? Ein abschußnotwendiger Bock ist der hier nicht, alt genug ist er wohl, aber es ist ein Erntebock, und den läßt man dem Jäger, der hier normalerweise jagt und hegt und sich auch sonst um das Wild kümmert. Und außerdem: Wer ist als Gast schon so dreist und frei? So bleibt der Finger gerade, und ich bin froh, daß die beiden weitergetobt sind. Wenngleich es mich schon mächtig gejuckt hat und die Augen dem Bock noch lange folgen.

Jetzt erst merke ich, wie verdreht ich hier oben hänge, denn sitzen kann man das kaum nennen. In einer hohen Birke ist der Sitz, aus einem schmalen Brett bestehend, mitgewachsen – und immer schiefer geworden mit den Jahren. So schmerzt plötzlich das Kreuz, und die Beine sind fast eingeschlafen. Aber: »Einem geschenkten Gaul guckt man nicht ins Maul«, wie der Volksmund spottet, und ich sollte eigentlich froh sein, daß ich hier vierzehn Tage auf die Sauen lauern darf. Denn bei mir im Pirschbezirk, der aus Feldern, Koppeln, Wiesen und ein paar Söllen besteht, liegen keine Wildschweine. Allenfalls zieht nachts, besonders während der Rausche, mal ein einzelnes Stück oder eine kleine Rotte an der Feldkante entlang, wo die Schlehdornhecke die Gemarkungen trennt. Deshalb freue ich mich, hier zu Gast zu sein, wenngleich dieser Bock – aber lassen wir den. Vielleicht dankt mir Diana soviel Entsagung mit dem zeitigen Anblick einer Rotte Sauen. Na, und wenn das nichts wird heute abend, auch nicht so schlimm. Es kann und muß nicht jeder Tag von

Erfolg gekrönt sein, schon gar nicht bei der Jagd. Was sollen sonst unsere Enkel später draußen in Wald und Feld hegen oder jagen? Es muß nicht immer etwas fallen. Obwohl – heute ein Schwarzkittel, das wäre schon was.

Mittlerweile ist es wieder so dunkel, daß ein weiteres Ausharren sinnlos wäre, und ich baume leise ab, doch der verflixte Sitz knarrt laut. Dann gehe ich mit meinem aufmerksam folgenden Hund nachdenklich, immer wieder für einen Augenblick verhoffend und lauschend, an der Waldkante entlang nach Hause. Und mir fällt auf diesem Heimweg wie zum Trost der wunderschöne Spruch des Franz von Kobell ein: »Und wenn es nicht ums Jagen wär, als früh im Wald zu streifen, zu lauschen wie der Kuckuck ruft und wie die Finken pfeifen, zu atmen frischen Tannenduft und taugekühlte Morgenluft, ...«

Das erste Schwein

Meine Frau hatte endlich ihre Jagdeignungsprüfung abgelegt. Lange hatte ich ihr zureden müssen, gewiß war das nicht ganz selbstlos geschehen, denn wer sieht zu Hause gern in ein enttäuschtes, langes Gesicht und hört das unterdrückte Murren nicht, wenn man, besonders abends und an den Wochenenden, mit Flinte und Hund zur Jagd zieht und Weib, Kind und alles, was sein ist, sich selbst überläßt. Frühmorgens, ja, da kann man widerspruchslos seiner Leidenschaft frönen, Hauptsache, man ist zu den Tagesaufgaben wieder zurück, als da sind: Garten umgraben, Hecken und Bäume schneiden, Bienen durchsehen, Unkraut jäten, Obst ernten und so weiter und so fort. Zum Abendansitz war sie gern mitgekommen, sofern es ihre Zeit erlaubte. Die Wachtelhunde waren bei ihr in den besten Händen. Insofern ging es mir besser als manchem Weidgenossen. Wild, Landschaft und alles drin und drum interessierte sie sehr. Die geborene Berlinerin fühlte sich ohnehin auf dem Lande wohler als in der Stadt. Nur mit dem jagdlichen Schießen hatte sie nichts im Sinn. Dabei traf sie mit der Luftbüchse besser als manch anderer und rettete oftmals die Kirschen vor den in Schwärmen anrückenden Staren. Ich ahnte wohl, daß sie vor dem lauten Knall der 12er Doppelflinte, vielleicht auch vor dem vermeintlichen Rückstoß dieses Schießprügels Angst hatte, betrachtete sie doch stirnrunzelnd und mit lauten Vorwürfen meine blaue Schulter, wenn ich einmal wieder demoliert vom Wurftaubenschießen nach Hause kam.

Deshalb habe ich sie eines Abends auf dem Heimweg vom gemeinsamen Ansitz überrascht, indem ich ihr das geladene, aber schon entsicherte Gewehr in die Hand drückte und, auf einen hellen Stubben weisend, sie barsch anredete: »Schieß!« Sie war so verdutzt, sie schoß. »Na, das hatte ich mir aber schlimmer vorgestellt«, war ihre ganze Reaktion.

So kam es, daß sie bei der nächsten Jagdversammlung auf ihren Antrag hin als Jagdhelfer, wie das so üblich war, aufgenommen wurde. Hundeführer hatten damals bei uns sowieso gute Karten, brauchten wir doch gute, leistungsstarke Hunde für viele Jagdgelegenheiten und für die Herren Funktionäre, die sich keinen Hund halten konnten, es sei denn, den Schoßhund der werten Genossin Gemahlin. Für die Prüfung hat sie gebüffelt, da hätte ich mir nicht nur eine Scheibe ab-, sondern ein ganzes Brot in Scheiben schneiden können, und beim Pflichtschießen merkte die Prüfungskommission erstaunt auf.

Und dann war es endlich soweit. Zum ersten Mal, es war Anfang September und wir hatten gemeinsam mit den Kindern eine neue Kanzel gebaut, setzte sie sich, stolze Besitzerin einer noch druckfrischen Jagderlaubnis, allein auf einen Hochsitz an einer jungen Fichtenschonung, die Eichenkanzel. Diese hieß so, weil sie neben einer der unerläßlichen

Randeichen stand, die der Kanzel Deckung und dem Wild Obermast gaben. Sie sollte ein Schmalreh erlegen, das dort »nach der Uhr« regelmäßig und schon zeitig auf der Kleefläche stand. Es war ein Schneiderchen, dünn, fahlgelb, den nächsten Winter würde es vermutlich nicht überstehen, es hustete, aber: Frühe Trauben sind sauer, oder wie wir hier sagen: »Die ersten Pflaumen sind madig.« Womit ich nicht darauf anspielen wollte, daß dieses windige Schmalreh mit Sicherheit »bis über die Ohren verwurmt« und voller Rachenbremsen war. Solch eine Bemerkung hätte sie mir übel genommen, obwohl sie überzeugt davon war, daß zuerst die Hege mit der Flinte kommt und danach die Ernte. Man fängt auch besser klein an, gerade bei der Jagd. Denn wie heißt es: Junge Hunde sollen nicht so reichlich gefüttert werden, sie recken sich sonst nicht und werden nur träge.

Mit unserem Ältesten, der sich damals noch nicht zwischen Natur und Technik entschieden hatte – einerseits steckten ihm die ungebundenen Jahre des Ströpens in Wald und Flur noch im Kopf, andererseits lockte ihn die moderne Technik gewaltig – setzte ich mich auf die neue Kanzel, die in einiger Entfernung hinter der Waldecke an der sogenannten schwatten Kuhl, einem geheimnisvoll dunklen und tiefen Wasserloch stand. Ein schöner Septembersonntag ging langsam zur Neige. Noch stand die Sonne hoch, und die Spätsommerluft flimmerte heiß über den Stoppeln. Bleßhühner schrickten, im Schilf hinter uns paakte verschlafen ein Erpel, hoch über dem Wald zogen Bussarde und ein roter Milan ihre kunstvollen Kreise.

In diese Ruhe hinein hallte hinter der Waldecke ein Schuß. »Siehste«, sagte ich zu meinem Sohn, »jetzt hat Mutter ihr erstes Stück Rehwild erlegt. Laß uns noch warten, sie wird wohl nach dem Aufbrechen des Schmalrehs herkommen.«

Ja, denkste, wie die Berlinerin sagt. Denn schon kam unsere Jungjägerin aufgeregt und hochrot im Gesicht um die Waldecke geeilt. Wir beide baumten ab und gingen ihr neugierig entgegen. »Na«, fragte ich, »liegt das Schmalreh?«

»Nein.«

»Hast Du denn vorbeigeschossen? Wie weit war es denn weg?«

Ein strafender Blick traf mich. »Ich habe ein Schwein geschossen.«

»Ein Schwein?« Sieh mal an. »Jetzt, am späten Nachmittag? Erzähl doch.«

»Ich war gerade auf dem Hochsitz und hatte die Waffe geladen, da zog unter mir in den Fichten eine Rotte Sauen hin und her. Es mußte eine Bache mit Frischlingen sein, denn von Zeit zu Zeit klagte ein Frischling empört auf, die Bache hatte ihn wohl zur Ordnung gerufen. Ich nehme an, die Frischlinge hatten wohl schon Kohldampf, drängten nach draußen, wollten in den Klee, aber der Bache war es noch zu hell. So zogen sie immer wieder hin und her. Ich konnte sie unter den dichtstehenden Fichten mehr ahnen als sehen, nur hören. Plötzlich, mir war es wie eine Ewigkeit vorgekommen, hatte ich ein Schwein frei und schoß.«

»Wie weit war es denn weg?«, fragte ich, neugierig geworden, und ich konnte mir, Gottseidank, noch eben so den Spruch von den Bauern und den Kartoffeln verkneifen. »Es stand nur wenige Schritte vom Hochsitz weg.«

»Und dann?«

»Nach dem Schuß drückte es sich unter die Fichten, und dann war alles still.«

»Liegt es?« Ich hatte schon klügere Fragen gestellt. »Was ist es denn?«

»Na, ich denke so ein Frischling von zwanzig bis fünfundzwanzig Kilo. Ich habe aber noch nicht nachgesehen. Es ist besser, du kommst mit.«

Zwanzig bis fünfundzwanzig Kilo, das konnte sein. Um diese Zeit waren frühgeworfene und gut geführte Frischlinge schon handliche Burschen und brannten in der Pfanne nicht mehr an. Ich ließ meinen Jungen die Jährlingshündin Trude holen, eine gebrandelte braune Wachteline, die sich in der Ausbildung befand und am Auto abgelegt war.

Im Wagen lag unser Mac, ein uriger brauner Wachtelrüde, der auf allen Prüfungen mit gutem Erfolg gelaufen und mit seinen vier Jahren die Zuverlässigkeit selber war. Er schätzte die Ruhe über alles und fühlte sich, wie die anderen Wachtel auch, im Auto am wohlsten. Zumindest solange es nichts zu tun gab.

Meine zuversichtliche Jägerin schickte ich auf den Hochsitz, nahm von der Merkel den »Kieker« runter, steckte Kugel und Brennecke in die Läufe und ging mit der Hündin ins Gatter. Eine lange Nachsuchenleine kannte sie noch nicht, was sollte die auch in der Fichtendickung. Kaum war die Hündin unter den Fichten verschwunden, da brach und rauschte es gefahrdrohend, die kleine Tude flitzte aus dem Gatter, daß der Draht sich singend spannte, und vor mir tauchte ein eisgrauer Schemen auf und nahm mich an, so daß ich, nur noch aus der Hüfte zielend, Kugel und Brennecke auf das lange Haupt feuerte. Im kurzen Moment hatte ich noch den roten Fleck auf der Schulter gesehen. Das starke Schwein überschlug sich und war im selben Augenblick in der Dickung verschwunden. Ich war ebenso rasch durch den Gatterdraht raus, nur erst mal nach draußen, denn natürlich – natürlich? – hatte die anderen Patronen meine Eheliebste. Die kleine jagdwilde Hündin wollte schon wieder ins Gatter und mußte erst einmal angehalst werden.

Jetzt hatte ich auch Augen für die Jägerin. Aber was war mit ihr? Weiß im Gesicht, war sie nicht imstande, allein vom Hochsitz runterzuklettern. Ich mußte ihr helfen. Sie zitterte an Händen und Füßen, bei uns in Mecklenburg sagt man für solchen Fall: »Se bewert an'n Liw« (»Sie zitterte am ganzen Leib«). Alles hatte sie von oben miterlebt, damit hatte sie nicht gerechnet. Der Schock saß ihr mehr in den Gliedern als mir der Schreck. Ich weiß heute nicht mehr, ob ich geschimpft oder gelacht habe. Wahrscheinlich beides abwechselnd. Wir holten gemeinsam unsern braven Mac. Der wußte, wie man mit der »Schweinebande« umging, hatte manche Rotte gesprengt, starke Sauen gestellt, und in seinem Nachsuchenbuch häuften sich die Erfolgszahlen. Am liebsten suchte er frei. Die lange Leine, ohnehin etwas für die Hochwaldnachsuche und mehr zur Schau, behinderte ihn und mich bei einer angestrengten schwierigen Nachsuche in Dickung und Rohrpartien. Manchmal war sie sogar gefährlich für den konzentriert suchenden Hund, wenn es in die weiten Schilfwälder und oft undurchdringlichen Weidendickichte der verlandenden Seen ging oder in die Dornengebüsche aus Schlehen, Weißdorn und Brombeeren. Mac, das merkte man ihm immer wieder an, wollte frei suchen; dann war er der Chef.

Wir ließen uns Zeit. Jetzt, wo bekannt war, welche Art »Frischling« nachzusuchen war, wollten wir noch ein bißchen abwarten, zumal ich nicht sicher war, getroffen zu haben. Er aber wollte los, wollte ran an die Sau, wollte dem Schwein zur »Jacke«.

Ach, Mac, mein Dicker, wie gut ich dich verstand, mir ging's ja ähnlich. Auch ich wollte wissen, was los war, dahinten, irgendwo in den Fichten.

Als ich ihn dann schickte, ein Augenzwinkern zur Dickung hin genügte ihm, da nahm er die Fluchtfährte gierig an. Schweiß war ja nicht zu sehen, wir warteten. Nach drei oder vier Minuten kam entfernt der erste Laut, und dann läutete er sich ein und jubelte sein »Sau tot, Sau tot« in den Abend. Wir liefen am Dickungsrand entlang zu ihm.

Wenn der Hund »tot« rief, dann lag das Stück sicher. Sein lockerer Hals hatte ihn, verbunden mit seiner angewölften unbändigen Wildschärfe, schon zeitig als Totverbeller arbeiten lassen.

Ganz unten am Rande der Dickung, wo das Fichtengatter an die Brucherlen des Bachrandes stößt, läutete der Hund seine Freude mit über dem Stück schiefgehaltenen Kopf in den stillen Abend und rief uns unaufhörlich. Vor ihm lag, grau und schwer, eine etwa vier- bis fünfjährige, nichtführende, gelte Bache. War das eine »Kommode«. Sie mochte an die neunzig Kilo wiegen. Doch bevor ich mich an die Untersuchung der Schüsse machen konnte, war erst einmal der Hund zu loben. Allerdings kam ich nicht gleich dazu, denn Frauchen hing an seinem Hals, weinte und lachte, und der dicke Rüde ließ sich das ganz selbstverständlich gefallen.

Der Brennecke meiner Frau, sie hatte nicht mit der Kugel geschossen, war steil von oben hinter der Blattschaufel bis zum Brustbein durchgeschlagen und steckte. Meine Kugel war in den Schädel gegangen, der zweite Schuß nicht zu finden, wahrscheinlich in der Hast vorbeigedonnert. Schon vom Schuß meiner Frau wäre das Schwein zur Strecke gekommen. Davon zeugte das frühe Wundbett, aus dem wir es zu zeitig aufgemüdet hatten. Es hätte schlimmer kommen können.

Aber als dann die »Übeltäterin« ihr erstes Schwein ordentlich aufgebrochen hatte, da lachten wir und freuten uns, und der Rüde genoß sichtlich die Anerkennung. Er kannte sein Frauchen und ahnte wohl schon die große Extraportion, die ihn zu Hause erwartete. Fressen, Wasserarbeit, Sauen und Ruhe, das war sein Leben. So duldete er sogar, daß die junge Hündin an »sein« Stück ransprang und voller Begeisterung daran zauste.

Wir saßen am Abend noch lange beisammen. Rotwein half uns, diese besondere Jagd noch einmal zu durchleben. »Ja, ja«, meinte ich, »die

Frauen bei den ollen Griechen und Römern benutzten Gift oder Dolch, um sich des lästigen Gemahls zu entledigen, wenn sie seiner überdrüssig waren. Aber von einem Wildschwein als Mittel zum Zweck hat die Geschichte nicht berichtet. Das ist einmalig.«

Der Schock dieses Tages beschäftigte sie eine ganze Weile, und sie hat sich mehrere Jahre nur mit Rehwild, Füchsen, Gänsen und Enten beschäftigt. Vielleicht entstand aus diesem Erlebnis auch ihr Widerwille gegen die Drückjagden.

Dann aber kam sie zu ihrem ersten Hauptschwein. Aber das ist eine andere Geschichte, in der wieder ich mitlaufen muß und ein anderer Deutscher Wachtelhund die Arbeit macht.

Auf dem Wege zu Hermann Löns

Es mußten fünfundvierzig lange Jahre vergehen, bis ich mir meinen Traum erfüllen konnte, und der Oktober mußte ins Land ziehen, ehe ich den Weg in die Lüneburger Heide fand. Erst als sich die Gelegenheit bot, eine Woche zu Gast bei Freunden am Rande der großen, sagenhaften Heide zu sein, da zögerte ich nicht und machte mich mit meiner Jägerin und dem nicht wegzudenkenden Wachtelhund auf den mehrstündigen Weg.

Petrus meinte es gut mit uns und ließ das Mecklenburger Land zwischen Tollense-See und Lauenburg in allen Herbstfarben leuchten. Kleine Dörfer, geprägt von jahrhundertelanger Gutsherrschaft und nun verschandelt durch dreißigjährige seelenlose Zerbauung, wechselten mit riesigen Feldschlägen und lebhaft buntem Wald entlang der Straße in rascher Folge. Nach drei Stunden war die Elbe – vor kurzem noch scheinbar unüberwindliche Grenze – erreicht. Uns beschlich ein eigenartiges Gefühl, und ein sonderbarer Kloß im Hals war zu spüren. Die Grenze – vor nicht zu langer Zeit noch mauerhoch und unüberwindlich, war nun leicht passierbar. Das dramatische Geschehen wurde für wenige Augenblicke noch einmal gegenwärtig, doch die Leichtigkeit, mit der diese jetzt zu überqueren war, ließ eine Beschwingtheit in uns aufkommen, eine Freude, eine innere Bewegung, der wir uns lange nicht entziehen konnten.

Vieles auf der anderen Seite war unseren Augen fremd. Noch ungewohnte, teilweise grelle Farben stürmten auf die Augen ein. Man mußte schon sehr genau hinsehen, um längs der Straße hinter den überdimensionierten Riesenreklamen mit ihrer vordergründigen Aufdringlichkeit die Schönheit der ganz anderen Ortschaften zu erkennen, doch bald gewöhnten sich die Augen an die neuen Bilder und fanden die Durchblicke zu den liebevoll und mit sichtbarem Bauernstolz bewahrten alten Gehöften. Stand da nicht eben »Löns-Cafe« am Giebel? Ja, und ein paar Dörfer weiter warben ein »Löns-Restaurant« und ein »Hasen-Hotel«, und dergleichen derbe Lockungen gab es mehr.

War er tatsächlich bis hierher gekommen?

Na, das konnte ja heiter werden.

Ich fühlte Unmut in mir hochkriechen wie eine verirrte Hirschlaus. Mein langgehegter Stolz litt unter dieser Verballhornung. Einst Schüler der Hermann-Löns-Oberschule in Deutsch-Krone im verlorenen Hinterpommern und von jungauf mit *Mümmelmann, Puck Kraienfoot* und *Was da kreucht und fleucht* sowie den wunderschönen Gedichten aus der Heimat und den Volks- und Jägerliedern aufgewachsen, hatte ich mir ein Bild bewahrt und wollte es nicht mit Werbesprüchen und Reklamesucht teilen. Mein Wachtel hinten im Auto schien das Wirrkraut meiner Gedanken zu ahnen und machte sich leise bemerkbar. Kein Heidewachtel war das, wie ich in den nächsten Tagen manchem Weidmann am Rande der Heide erklären mußte – voll Stolz übrigens, aber auch mit einiger Nachsicht, versteht sich. Allzulange hatte ich die beiden Deutschen Wachtelhunde des Försters aus meinem Heimatdorf auch dafür gehalten und war dann später bei den zuverlässigen, derben, braunen Allgebrauchs – und Allwetterkerlen geblieben.

Die Bilder am Straßenrand belebten die Fahrt immer stärker. Herrgott, was standen hier in Niedersachsen für herrliche Gehöfte! Nicht hingeduckt unter großen Bäumen wie viele unserer noch rohrgedeckten Häuser und Katen in Mecklenburg. Nein, stark, wuchtig, vom Selbstbewußtsein ihrer einstigen Erbauer kündend, waren diese alten Fachwerkbauten wie mit der Erde verwurzelt und wurden nur von den hohen Eichen überragt und geschützt, die wohl gleichzeitig das Bauholz lieferten. Man hätte unentwegt halten, schauen, bewundern mögen, und wir mußten doch weiter.

Auch wir kamen aus einem Fachwerkhaus, rohrgedeckt wie alle anderen Fachwerkhäuser unseres Dorfes. Bei uns aber herrschten die Linden, diese stillen, besänftigenden, friedenstiftenden Bäume der Freya, die »Apotheken Gottes« mit ihrem betörenden Duft. Und ein bedrängter Geist hatte sich all die Jahre hinter die Fachwerkwände geflüchtet und die stille Gemeinschaft der wenigen zuverlässigen Freunde gesucht. So fühlten wir uns nun auch hier bald in der liebevollen Betreuung der neuen Freunde geborgen. Am anderen Morgen, es war über Nacht kühl und diesig geworden und die Sonne hatte sich hinter tiefhängenden Wolken versteckt, da fuhren wir in die Heide. Ich hatte immer Angst gehabt vor dem aufdringlichen Blühen, wie man es von Bildern und Postkarten und vielen Reiseprospekten kannte: weißstämmige Birken, schlanke dunkelgrüne geheimnisvolle Wacholder, weite erdrückende Flut der leuchtendroten Heide, wie sie sicherlich die Massen der Neugierigen anlockt.

Heute war das ganz anders.

Die einzelnen Birken standen still, fast traurig und wie verloren im verschwommenen Licht. Schemenhaft, oft niedergebrochen und doch unüberwindlich kraftvoll kamen die Machandel aus dem nun beinahe eintönigen Braun der herbstlichen Heide, die nur hier und da noch wie zum Gruß ein paar abblühende, nachblühende Büsche für uns hatte. Dazwischen lagen vereinzelt einige dieser klobigen, wuchtigen Reste einer längst vergangenen Zeit: Bausteine für Hünengräber, Eiszeitdenkmale. Ein paar Fuhren reckten sich, alles überragend, in den trüben traurigen Himmel.

Und plötzlich war da etwas vor den Augen wie ein Bild aus fernen Tagen. War es die braune Heide der entschwundenen Heimat, die auch Hermann Löns so sehr geliebt hatte, daß er ihr seine sehnsuchtsvollsten, schönsten Gedichte widmete? Waren es die Steine, die Büsche, die strengen Fuhren, die knorrige alte Birke? Aus dem Dunkel der Vergangenheit, des scheinbaren Vergessens dämmerte einen Herzschlag lang unsicheres, ungreifbares Erinnern – und war im selben Augenblick verschwunden, zurückgetreten in die Wesenlosigkeit. Ich wollte es noch bannen, den Arm ausstrecken, bleib doch, Bild aus frühen Jugendtagen! Aber nein, es war unwiederbringlich dahin.

Während die Füße wie von selbst durch den Sand gingen und der Wachtel hin und wieder leicht in der Halsung ruckte – war's Wittrung, war's Unrast? Wollte er mich aus meiner Nachdenklichkeit in diese für ihn so neue Wildbahn zurückrufen? Ahnte er etwas von dem Aufruhr der Gefühle? -, da standen wir plötzlich vor dem Hügel mit dem Denkmal aus Feldsteinen und dem unverwechselbaren Sinnspruch. Ich stand wie angewurzelt und konnte es nicht fassen.

Was mich all die Jahre bewegt hatte und doch im Innern verschlossen war, wovon nur die Jägerin an meiner Seite, die Kinder und die besten Freunde allenfalls wußten – daß ich doch seit frühester Jugend den Löns nicht nur begeistert las (er war ja ein Hinterpommer wie ich), daß ein Großonkel von mir sein Grab mit Hilfe seiner Soldaten vor der SA und ihren Betrügereien in den schlimmen Jahren gerettet hatte, daß ich ihn aus innerstem Herzen verehrte – das wurde nun mit einem Male so klar und offen.

In der Heimat hatten wir immer wieder als »Löns-Schüler«, wie wir uns stolz nannten, sein Denkmal in den Sagemühler Fichten am Rande von Deutsch-Krone besucht, wo die Wolfsangel wie ein gebieterischer Schlußstrich auf dem großen Findling stand und zu Füßen die kleineren Steine den Ruhm seiner Werke verkündeten. Und wir hatten die Schmach hinnehmen müssen, als später die ehrenden Worte beseitigt und ein fremder Text zu lesen war. Aber wir sahen noch seine »Wolfsangel«. Die hatten die Bilderstürmer nicht erkannt und stehengelassen. Hier war die unvollkommene Erinnerung an den Verehrten, Mißbrauchten, an den Heidedichter.

Wie gut, daß heute so wenige hierher unterwegs waren. Wie gut, daß ein stiller, dämmriger Tag zum Nachdenken Zeit ließ. So konnten Erinnerung und Gegenwart ruhig und ungestört die Gedanken begleiten und die innere Bewegung passieren.

Fünfundvierzig Jahre war er im Osten unseres jetzt wieder vereinigten Vaterlandes so gut wie totgeschwiegen worden, war er verpönt, teilweise verhöhnt, ja verleumdet worden. In Jägerliederbüchern stand nicht selten: »Verfasser unbekannt«, wo wir älteren doch noch allzugut wußten, wer gedichtet, wem es vom Herzen gekommen war. In Buchhandlungen brauchte man nicht zu fragen: kein Angebot. War etwa kein Interesse da? Im Gegenteil! Aber *Mümmelmann*, diese unglaublich schöne Hasengeschichte und *Krähengespräch* – für Kinder? Igittigitt, wo blieb da die »sozialistische Erziehung«! *Kraut und Lot?* Um Himmelswillen, das traf doch die Herren-Jäger in den Staatsjagden mit ihren vielen Sonderwünschen. Na, und die vielen naturschildernden, heimatverbundenen Lieder und Gedichte, die das Volk immer noch sang: viel zu viel Gefühl, viel zu viel Natur. Und doch haben viele von uns, viele Jäger und andere mit der Natur Verwachsene, ihm ihre Liebe bewahrt.

Wenige Schritte weiter liegt sein Grabstein in der Heide. Eine der Erinnerungen an ihn im weiten Heideland. Da streiten sich immer wieder welche an dieser Stelle, ausgerechnet hier, ob es denn wirklich der Hermann Löns sei, der hier liegt. Schämt ihr euch nicht für den Lärm, den ihr an seinem Grabe veranstaltet? Aber andererseits – laßt sie doch streiten. Ist es so wichtig?

Ein Streit von Oberlehrern, Neu-Literaten und ähnlichen Profilierungssüchtigen kann ihm nichts mehr anhaben, nicht in seinem Volk, nicht bei uns. Wir haben Besseres zu tun, als zu hadern. Ob Loivre oder Lüneburger Heide – hier war er später ebenso mit dem Herzen zu Hause wie in seiner Heimat Deutsch-Krone als Achtzehnjähriger, hier hatte er mit dem Herzen gelebt und gejagt, hatte allen, die mitsehen, miterleben wollten, das bunte Buch dieser einmaligen Landschaft Seite um Seite aufgeschlagen und mit innerer Bewegung und Begeisterung daraus vorgelesen. Hierher kamen sie von weither und kommen noch immer – wie die Sträuße und Schleifen ihres Gedenkens zeigen. Ob aus Niedersachsen, Österreich oder Bayern, oder eben aus Mecklenburg, das nicht so weit, aber vor Jahresfrist noch unendlich entfernt war.

Mir fiel plötzlich wieder die Schule im alten Städtchen am Radun-See ein, an der ich, mühsam oft – denn draußen vor den Toren war's doch viel lebendiger, als in den engen düsteren Mauern – mit der Gelehrsamkeit verzweifelnd rang. Jene Schule, die dem Suchenden vor Jahren beim Wiedersehen so winzig, so spielzeughaft klein erschien, wo auch der Löns lieber mal fernblieb und statt dessen in *Risch und Rohr* sein vogelkundliches Wissen so stärkte, daß er bald eine noch heute beachtete *Vogelwelt des Kreises Deutsch-Krone* verfasste. Der Stadtsee, den er so oft beschrieben hatte und wo unsere ersten Schwimmversuche mißlangen.

Tief in Gedanken ging ich noch einmal durch den raumen Buchenbestand des Klotzow, barg mich für einen kurzen Augenblick in der Höhlung jener *Alten Eiche,* die auch er gekannt hatte und die der Legende nach der Königin Luise auf der Flucht vor Napoleon für eine Nacht Herberge war. Und ich saß dann in der Erinnerung mit den Jugendfreunden noch einmal am Kartoffelfeuer und war mit ihnen zum Hechtedröhnen am Nakeler See oder beim Pilzesammeln in den Galgenbergen. Und immer war er ganz in der Nähe – Hermann Löns.

Mein Gott, wie lange ist das her und wie nah war es doch plötzlich in dieser Stunde dank ihm. Nur schwer vermochte ich mich hier wieder davon zu lösen, aber es mußte doch sein!

Denn der Löns hat uns auch heute noch – oder erst recht in dieser Zeit – einiges zu sagen und würde wohl hier und da wegen mancher Dinge in der Jagd und im Naturschutz den Kopf schütteln und empört zur Feder greifen. Mancher unter uns, der sich für Wald, Wild und die ganze bedrohte Natur einsetzen möchte, könnte bei ihm sein Rüstzeug finden.

Und so sollten wir vielleicht an seiner Statt auftreten und Laut geben wie seine Heidewachtel und nicht den Pseudo-Naturschützern und ihrem oft wüsten Feldgeschrei das Revier überlassen und gar noch zusehen, wie Elster und Nebelkrähe und Scharen wohlstandsverwahrloster Höckerschwäne und durch widersinnigen Schutz hochgetriebene Kormoran-Kolonien die Natur durcheinanderbringen, die Wildbahn verderben und damit anderen Arten auf die Rote Liste helfen. Und wir sollten, durch ihn zum Sehen geschult und für die Einheit der Natur verantwortlich, nicht tatenlos dulden, daß einzelne Arten unter diesem Druck »auf Nimmerwiedersehen wärter ziehen« und Wachtel und Rebhuhn unseren Enkeln bald nur noch von Videos und Tonbändern rufen. Er hätte sich streitbar zu Wort gemeldet und bei den Menschen im Land Gehör gefunden. War er doch einer der ersten gewesen, die den Naturschutzgedanken gefördert hatten. Umweltschutz, das war auch sein Anliegen: »Es geht ein Mann durch das weite Land, er hält eine Meßlatte in der Hand ...«

Dies alles und manches mehr ging in diesen Stunden zwischen dem Stein und den Machandeln durch den Sinn und ließ mich in die Wirklichkeit zurückfinden, zurück zu den eingehegten Wegen, zurück zu diesem grauen Tag, der Gestern und Morgen im diesigen Licht, im Gestrüpp der Heide verwischte.
Ein langgehegter Wunsch eines Mecklenburger Jägers war Wirklichkeit geworden – ich hatte die Löns-Heide gesehen. Aber es war wohl auch eine andere Heide geworden, notdürftig in Teilen noch als Naturpark bewahrt, eingeengt von den Schnittmustern der Straßen, nicht mehr still, seit das weite Blühen alljährlich die touristischen Heerscharen lockt. Doch es war noch immer beeindruckend, unverwechselbar, etwas Besonderes, Einmaliges. »Alle Birken grünen in Moor und Heid' ...«
Aber gibt es noch die einsamen Höfe der Schnuckenschäfer mit ihren Herden, die den Bienen den Weg zu den Blüten öffnen? Und die Pirsch aus der freien Hand durch Wollgras und Brambüsche? Ich hätte es gern erfahren. So blieb in aller Freude auch die Ungewißheit als ein wesentlicher Teil unseres Lebens.
Der Heimweg war über weite Strecken von stiller Nachdenklichkeit geprägt. Sollen, wollen wir Hermann Löns nur jenen überlassen, die, bei allem Verständnis, immer noch »nachsuchen«? Sollten wir uns nicht finden um ihn neu, für jetzt, für uns zu gewinnen, seinen streitbaren Geist und seine große Liebe zur Jagd, zur Natur und allen ihren Geschöpfen in die heutige Zeit zu übertragen?
Ich bin sicher, er würde an unserer Seite stehen!

Karins Keiler

Ich sitze wieder auf der Fuchskanzel, um Wildschaden durch die Sauen zu verhüten. Sie hatten in den letzten Nächten ganz erschreckend in den Rüben gehaust, und der LPG-Vorsitzende war mit ziemlich saurer Miene und allerlei Vorhaltungen erschienen. Dem mußte ein Ende gemacht werden, war er es doch, der im Winter immer bereit war, mit einem Fahrzeug zu helfen, wenn Futter für das Rehwild und die Fasanen rausgebracht oder mit einer Schleppe Wintersaat freigelegt werden sollte. Gleichzeitig wollte ich auch ein bißchen meine Gedanken sammeln, um endlich – wird auch Zeit, sagte meine Frau – die Geschichte ihres Keilers zu Papier zu bringen.

Der Abend näherte sich wolkenverhangen, hin und wieder tröpfelte es auf mein Kladdenheft. An Sauen war jetzt noch nicht zu denken, und so fand ich bald zu der Geschichte vom September 1989 zurück, die ich auf der Eschenleiter am langen Damm und danach im Wald erlebt hatte.

Solch einen Herbst hatte es lange nicht gegeben. Nicht etwa, daß uns nur heiß war von den täglich neuen Aufregungen, den sich überschlagenden Nachrichten und den erschreckenden, bedrückenden Bildern des zunehmenden Exodus vieler, besonders junger Leute aus diesem Land. Nein, auch das Wetter kam mit kontinentaler Warmluft seit Wochen aus dem Osten und brachte Hitze mit, ungewöhnliche, drückende Hitze. So etwas hatten wir in Mecklenburg schon seit langem nicht mehr erlebt. Und nun gar noch im September, das Wetter schien so verrückt zu spielen wie die Politik. Auf Jagd zu gehen, hatte man angesichts der inneren Unrast und der äußeren Unruhen, die bis zu uns aufs scheinbar verschlafene Mecklenburger Land wirkten, schon wenig Lust. Es hatte abends aber auch wenig Sinn, denn das Wild hielt sich lieber in den schattenspendenden und meist auch kühleren Beständen auf und kam allenfalls aus dem schützenden Dunkel des Waldes, wenn es draußen im Feld auch nicht heller war. Heute abend aber wollten wir endlich mal gemeinsam raus, weg von den nervenbelastenden Fernsehneuigkeiten, den sich überschlagenden Tagesereignissen und ständig neuen Gerüchten. Nur mal raus – etwas anderes sehen, denken – den Kopf wieder freier machen. Also redete ich meiner Frau gut zu. Ich, der sonst ihre Ermunterung zur Jagd brauchte, holte die »Kanonen« aus dem Waffenschrank, pfiff meinem Wachtelrüden den Lockruf und machte mich mit meiner eheliebsten Jägerin auf die Jagdstrümpfe. Schon nach wenigen hundert Metern lief uns der Schweiß in die Hacken, halbacht und noch immer um 26 °C. Da nutzte es auch herzlich wenig, daß Jacke und Hut im Rucksack verstaut waren. Rucksack, Gewehr, Fernglas und eine wohlmeinende Abendsonne ließen die Schritte rasch kürzer werden. Selbst der Wachtel trottete, die Behänge tief baumelnd, hechelnd nebenher.

Erst wollten wir hinter den Wald an die Kartoffeln, waren dann jedoch froh, es bis zur Waldkante und den Rüben geschafft zu haben. Ich blieb gleich vorn auf der schmalen Leiter bei der alten Esche, mein Weib stiefelte noch gute hundert Meter um die nächste Waldecke und baumte dann, für mich nicht sichtbar, aber verabredet, auf dem sogenannten Schirm auf. Das war eine niedrige, dafür um so wuchtigere Kanzel bei einer jener dicken Randeichen, die wohl auch schon den Dreißigjährigen Krieg erlebt hatten. Platz war da für mindestens vier Personen, entsprechend rutschte man beim Ansitz auf dem breiten Sitzbrett hin und her und die Hosen allmählich durch. Deutliche Hinweise zeigten, daß mitunter Pärchen diese Kanzel für ihre Stunden stiller Zweisamkeit zweckentfremdet nutzten. Diese gewaltigen Randeichen, die in diesem Herbst wieder besonders stark ihre Früchte schütteten, waren Anziehungspunkte für mancherlei Wild. Dichtbei befand sich eine Salzlecke auf einem hohen Stubben, der die Nage- und Leckspuren des Wildes trug. Reste einer winterlichen Kirrung lagen auf Flintenschußweite an der Waldkante.

Es war eine scheinbar himmlische Ruhe in der Landschaft. Fast alles saß wohl vor dem »Kiekschapp« und verschlang die neuesten Nachrichten. Die Mücken hatten sich auch mehr ins Unterholz verzogen. Selbst die Vögel, sonst gegen Abend noch manchmal kurz und vereinzelt nachsingend, hatten bei dieser anhaltenden Hitze wohl wenig Lust zum Trällern; vielleicht waren die Kehlen zu trocken. Selbst Meisen und Drosseln schwiegen. Ich döste vor mich hin, kein Wild war weit und breit zu sehen, also hing ich Gedanken nach und wartete auf den Vollmond. Bis dahin war aber noch lange Zeit, und ehe er links von mir durch die Stämme kam, mußte es wohl 22 Uhr werden.

Hatte es Sinn, heute abend gemeinsam dem Vollmond zu vertrauen? Doch, ich mußte meiner holden Jagdgefährtin diese Stunden schon gönnen, sie von zu Hause losreißen, sonst regte sie sich nur noch mehr auf über das, was in unserem Lande trotz der großen Probleme nicht geschah, sich nicht veränderte. Da saß sie nun, eine der wenigen Frauen, die sich zur Jagd wagten. Und mir fiel ein, was es hieß, als Frau im sogenannten sozialistischen Jagdwesen seinen Mann zu stehen. Einmal im Jahr, so um den 8. März herum, da erinnerten sich die leitenden Herren Weid-Genossen sowie die Redakteure der einzigen Jagdzeitschrift daran, daß ja auch noch Frauen in den Jagdgesellschaften beteiligt waren, und so erschien zu diesem Datum der verordneten Emanzipation auf der Titelseite jeweils eine nette, in traditionelles Loden gekleidete, mit Flinte und Hund bewaffnete Jägerin. Ein paar Seiten dieser Ausgabe waren denn auch dieser Besonderheit gewidmet. Und auf den nächsten Jagdversammlungen gab es ein paar anerkennende Worte, oder man schmückte gar das Versammlungspräsidium mit einer der Jägerinnen. Aber sonst? Bei den Drückjagden stellte man sie besser nicht auf die vielversprechenden Plätze, die Kaiserstände, da kamen, natürlich nur aus Gründen der Planerfüllung, die besten hin, oder, häufiger, jene von manchen Jagdleitern hofierte Sorte – die politischen Zuhälter mit Einfluß und Rang. Man konnte ja nie wissen, oder richtiger: Man wußte schon, warum!

Die Jägerinnen durften selbstverständlich auch mit zum Rübenhacken, zum Pflanzen junger Baumsetzlinge in der Forstwirtschaft, zum Hochsitzbau und natürlich zu den Festen, weil: – na, die eine machte eine besonders leckere Wildsuppe, die andere brachte einen Braten mit (Donnerwetter, schmeckte der köstlich), und die dritte hatte ja so schöne Augen und war auch sonst ganz lustig. Es waren eigentlich alles so richtige »Weidmänninnen«, kurz gesagt Kumpel. Für diese Jagd rechneten sie mehr zum Fußvolk. Es verstand sich von selbst, daß man Frauen in der Jagdgesellschaft hatte. Schon wegen der Gleichberechtigung – drei auf über hundert Jäger –, und außerdem: Hatte nicht mal irgend so ein Professor was davon gefaselt, daß die Waffe so eine Art männliches Potenzsymbol, eine Art Ersatz sei? Bei uns jedenfalls nicht, denn da gingen schließlich auch Jägerinnen auf die Pirsch.

Bei ihr, drüben hinter der Waldecke bei den dicken Eichen, ist alles still. Hinter mir im Busch zetert plötzlich eine Amsel, flüchtet mit schnellen Flügelschlägen laut schimpfend ins Feld. Ziehen etwa die Sauen aus dem Kessel? Nein, kein Laut ist aus dem Unterholz zu hören, kein Zweig knackt, nur die Stimmen der Nacht werden mit zunehmender Dunkelheit immer deutlicher. Hier wispert es, dort raschelt eine Maus im Laub. Vom Teich hinter dem Wald ruft ein Bleßhuhn, ein Grünfink in der Hecke singt rasch noch eine letzte kurze Strophe, dann ruft zum ersten Mal heute abend der Waldkauz. Die Uhlenflucht kommt. Ohne Laut, nur aus den Augenwinkeln erlebbar, schwebt eine Schleiereule heran und blockt keine zehn Schritt vor mir in der alten Esche auf – dreht den Kopf, hat wohl eine Bewegung gehört und denkt gleich an Mäuse. Zwei verspätete Fischreiher krächzen sich über dem Wald Mut zu, derweil sie zu ihren Schlafbäumen am See ziehen – und gleich ist die Eule abgestrichen, hin zur nahen Strohmiete. Hast ja recht, denke ich, mag heute abend auch keinen Lärm hören, obwohl ich die urwilden, seltsamen Langhälse gern sehe, ganz im Gegensatz zu den Fischern, die ihnen nicht mal das bißchen Kleinfischzeug gönnen, so daß die grauen Gesellen, von den Teichen und Seen verscheucht, mehr und mehr auf den Stoppeln zu finden sind, wo sie auf mich immer einen Eindruck machen wie verhinderte Matrosen zu Fuß. Ein Käuzchen ruft, besucht mich kurz neugierig, dann beginnen plötzlich die Kraniche zu melden. Antworten und Rufe trompeten hin und her. Man stellt sich wohl vor der großen Reise gegenseitig den Nachwuchs vor oder lockt die ziehenden Artgenossen zu sich auf die Stoppel. Es geht auf 22 Uhr, durch die Bäume hindurch wird es langsam heller, Frau Luna steigt wie ein großer Lampion am Horizont hoch. Seit kurzem ist auch der Rübenschlag in ein milchiges Licht getaucht, das überall etwas vermuten läßt und die Augen narrt. Ich döse. Kein Abendwind bewegt die Blätter, nur unwirkliche Nachtlaute wispern aus dem Bestand. Hab ich mir doch gleich gedacht, daß es heute nichts wird. Soll

ich abbaumen und meine Jägerin abrufen oder sie sich in dieser traumhaften Nacht entspannen lassen? Es ist ja gerade diese Ruhe, der jede
Hektik fehlt, jene störende Unrast des Tages, der die Jagd soviel ver-
dankt. Wenn auch das Erleben in der Wildbahn noch von der alles ver-
schlingenden Zeit bestimmt wird, dann geht die Andacht dieser Stunden,
die Besinnung, die Freude am stillen Zuhören und Erleben verloren, und
es bleibt nur der Zwang zum schnellen Erfolg. Ich werde lieber ein
bißchen Augenpflege machen – zu sehen ist jetzt doch nichts. Und so
lehne ich mich an den Stamm der Esche zurück, atme tief durch, es ist ja
unglaublich schön hier draußen, auch wenn heute nichts mehr kommt.
Da reißt mich ein Flintenschuß jäh aus meiner Träumerei. Es folgt ein
Prasseln, wie wenn Schrote in Baumkronen hageln (aber ich hatte schon
immer Schwierigkeiten, bei meiner Frau richtig hinzuhören, sagt sie
später). Kurz darauf herrscht atemlose Stille. Der ganze Wald scheint zu
lauschen. Auch ich habe unwillkürlich den Atem angehalten, mein Herz
schlägt plötzlich hart und hörbar, so als hätte ich selbst geschossen. Die
Stille hält beinahe schmerzhaft an. Na, denke ich, abwarten, nur Ruhe
jetzt. Irgendwann wird sich mein Weib schon melden. Vielleicht war's die
geelbunte Katze, dieser Räuber, der seit Wochen hier rumstreunt, und
den wir bis jetzt nicht stellen konnten. Oder sollte Reineke auf Pirsch
gewesen sein, hier in den Rüben? Eine Viertelstunde vergeht – nichts.
Eine halbe Stunde geht hin – nichts, nur Stille. Da fingert plötzlich der
Lichtschein einer Taschenlampe um die Ecke, und im Nachtglas sehe ich
Frau und Hund kommen. Also abbaumen, Neugier verstecken und so
ganz nebenher gefragt: »Na, was war?«
»Ein Schwein.«
»Was, ein Schwein?« Schon ist bei mir mehr als nur Neugier.
»Ein Überläufer?« taste ich mich ran.
»Nein, stärker.«
Nanu, denke ich, ganz so einsilbig ist sie doch sonst nicht? »Liegt es?«
»Nein. Auf den Schuß flüchtete es aufs Feld und dann im Bogen zurück
in den Bestand.«
Zurück in den Bestand, überlege ich? Na, ja, stärkere Sauen oder nicht
tödlich getroffene drehen schon um und flüchten dort hin, wo sie raus-
gezogen sind. »Hast Du dann noch was gehört?«

»Nein, danach war im Wald alles still.«

Ja, das hatte ich auch bemerkt, doch sie saß ja dichter dran.

Ich lasse mir den Hergang erzählen. »Also – im Mondschatten der dicken Randeichen kam so gegen 22 Uhr das Stück Schwarzwild aus dem Ellernbusch und muschte dauernd unter den Eichen bei der alten Kirrstelle rum, blieb aber ständig im Schatten. Ich sah, daß es ein starkes Schwein war – und als es dann auf etwa vierzig Schritt breit stand, mit dem Haupt zum Feld, da habe ich geschossen.«

Heilige Diana, denke ich, beschütze Deine Jüngerin. Größeres Stück, über 20 °C heute Nacht, 16er Bleischleuder! Das kann ja lustig werden. Und ich ertappe mich gerade noch so bei den Anfängen typisch männlicher jägerischer Überheblichkeit. Also – erst mal die Fluchtfährte suchen.

Das Stück hat seine Flucht wie ein Pflug durch die Rüben gezeichnet. Der harte Boden dazwischen gibt im Schein der Lampe kaum einen Anhalt, und dieses Mistding von Lampe gibt jetzt auch noch ihren Geist auf. Wenn's kommt, kommt alles mit einem Mal. Hatz muß ran, der Herr Wachtelrüde, kräftig, braun – aber wer sieht das jetzt schon. Passioniert ist er, besonders Sauen und Katzen liebt er über alles. Wie ich ihn an der kurzen Leine zur Fährte führe, will er mir fast den Arm ausreißen – aber es ist kein Schweiß zu finden – jedenfalls nicht für mich. Was Wunder, denke ich – 16er Flintenlaufgeschoß – stärkeres Stück – kein Ausschuß – Einschuß von Weiß verlegt – so übereilen sich die Gedanken. Mit der langen Leine kann ich diese Nachsuche nicht machen. Es könnte für den Hund und mich selbstmörderisch werden bei diesem ungewissen Licht. Aber her muß die Sau. Morgen früh ist sie hin, verhitzt, verdorben. Also gibt's nur eins: den Hund schnallen, ihm vertrauen – und abwarten. Während ich beide Läufe der Merkel scharf mache, meine Jägerin hinter mir verhofft und ich mir die andere Lampe aus meinem Rucksack angele, ist der Hund mit Prasseln und Knacken im trockenen Fallholz voran. Wir beide stehen vor einer schwarzen Wand. Sind's zehn Sekunden, sind's zwanzig, wer kann das in solchen Augenblicken schon mit Bestimmtheit sagen? Plötzlich kommt wie eine Erlösung aus der Dunkelheit ein tiefer, gleichermaßen erschrockener wie wütender Laut, der dann in ein von wütenden Standlauten unterbrochenes Knurren und Beißknurren übergeht. Ach du lieber Vater, denke ich, jetzt haben sie sich zu halten. Los, jetzt hilft alles nichts, der Hund braucht Hilfe. Die Taschenlampe an, gerade jetzt will sie nicht, verflixtes Ding. Ja, nach oben gerichtet, da leuchtet sie, mit Schütteln geht's, aber nach unten, da streikt sie, flackert bestenfalls. »Bleib du draußen«, bitte ich meine Frau; aber nein, sie will mit. Da mach einer was gegen. »Aber dann bleib hinter mir!« Die Lampe flackert, der Hund ruft aus der Dunkelheit, ich stolpere fast über das kreuz und quer liegende trockene Holz und versuche, mit den Augen das ungewisse Licht, diese Mischung aus Lampenflackern, seitlichem Mond und Walddunkel, zu durchdringen. Hinter mir atmet hastig und aufgeregt meine Frau, ich habe fast das Gefühl, als bohre sie mir ihre Flintenläufe in den Rücken. Voran, Vorsicht – voran. Ich versuche, mit dem Hund in Lautkontakt zu bleiben, doch der braucht scheinbar die Aufforderung nicht. Im Gegenteil: Wie an einer lauten Schnur zieht er uns zu sich. Da, da hinten leuchten für einen kurzen Augenblick die Hundeaugen rot im Schein dieses Flackerdings, doch schon liegt wieder alles dunkel vor mir. Ich schüttele das unmögliche Gerät, wieder ein flackernder Lichtstrahl, der in gut zwanzig bis dreißig Schritt auf einen liegenden starken Stamm trifft. Also deckt sich die Sau dahinter? Langsam, vorsichtig, Schritt vor Schritt taste ich mich näher ran, will leuchten, es flackert – der Baumstamm wird immer größer, klobiger, rauher – halt, sollte das?

Ja, das ist kein Baumstamm, da liegt ein Schwein – und was für eins! Ist noch Leben drin?

Ich feuere nochmals den Rüden an – und der legt wieder los: läutet, knurrt, zottelt, verschluckt sich, läutet sich immer stärker ein, und durch den Wald klingt jubelnd und wütend, jauchzend vor Freude für uns sein »Sau tot, Sau tot, Sau tot«, jetzt anhaltend, ohne Unterbrechung. Ich glaub's ihm, dennoch Vorsicht – man weiß ja nie! Das unglaublich schwere Hauptschwein liegt wie »down abgelegt«, sein massiges, klobiges Haupt mit den kleinen Tellern und den hell blitzenden Waffen ruht auf den Vorderläufen, die erkaltenden Seher sind weiß, offen. Ich stoße es vorsichtig an – nichts. Es ist hinübergewechselt.

Meiner Frau hinter mir hat es die Sprache verschlagen. Sie steht nun doch in gehörigem Abstand, dann, noch zögernd und leise, kommt die Frage: »Mann, ist er tot, Mann, ist er tot?«

Sie traut dem Frieden noch nicht recht, tritt erst jetzt vorsichtig näher, während Hatz sich weder beruhigen will noch kann. Hätte ich vorhin am Anschuß ein Weilchen gewartet und dem Hund besser zugehört, der Rüde hätte mich bald deutlich gerufen. Aber man will es ja immer besser wissen, will nicht dem Hund glauben und hat auch in der Aufregung kaum richtig Gehör für den vierläufigen Jagdgesellen. Die Jägerin liebelt nun erst einmal ausgiebig »ihren Hatz« ab, doch der läßt sich in seiner unbändigen Freude kaum stören, ruft sein »Sau tot, Sau tot« immer lauter, immer jubelnder durch den Wald, und seine Freude bricht sich erst hallend in der nahen Dickung. Er findet kein Ende. »Kommt her!« »Seht doch!« »Sau tot!« »Hier liegt sie!« – so tönt er seine Begeisterung in die Nacht. Die Sauen sind sein Leben, er liebt sie über alles. Leise gehe ich beiseite und breche von einer Eiche den Bruch für die Erfolgreiche. »Ja, Weib, hier liegt nicht nur ein Hauptschwein, das ist sogar im ungewissen Mondlicht und bei dieser Katastrophe von Lampe zu sehen. Weidmannsheil! Was hier liegt, das ist einer von den murrköpfigsten, grießgrämigsten, schwersten alten Bassen, die ich in langen Jagdjahren und bei den großen Strecken unserer Jagdgesellschaft je gesehen habe. Wenn der nicht seine 160 bis 170 Kilo auf die Wage bringt! Den kriegen wir beide allein nicht aus dem Busch.«

Sie ist inzwischen näher herangetreten. Jetzt gilt ihr Interesse natürlich den Waffen, weiß genug leuchtet es ja aus dem Gesicht des alten Recken. Oh, Diana, denke ich wieder. Da hat sie doch mit so einer 16er Bleischleuder aufs Blatt und dieses Trumm Schwein mausetot geschossen. Aber nun ist erst einmal genug erstaunte Andacht gehalten. Das schwere Stück muß rasch versorgt und zum Wildkeller gebracht werden. »Also, Liebes, halte hier mit dem Hund Wache bei deinem Keiler. Ich gehe ins Dorf und hole Hilfe.«

Es ist mittlerweile Mitternacht, wer soll da noch wach sein?

Doch halt, da brennt doch noch Licht an einem Stall – und richtig, na, Gottseidank – mein Schwiegersohn und sein Kumpel werkeln noch. »Hallo, Jungs, ihr müßt helfen. Spannt das Auto vor den Hänger und kommt mit. Mutter hat ein Schwein geschossen.«

Das brauche ich nicht zweimal zu sagen. Sofort sind beide Feuer und Flamme – ein Schwein, das ist doch was!

Als wir uns wieder zum Stilleben »Jägerin mit Keiler und Hund im Mondschein« hingeleuchtet haben, da stehen die jungen Männer erst einmal stumm und machen große Augen. Der eine, aus der Stadt ist er, hat sowas überhaupt noch nicht gesehen. Mein Schwiegersohn feixt: »Den hast du dir wegschießen lassen?«

Dann geht's endlich los, eine Leine ums Gebräch, daran zottele ich vorn, je einer hat am Vorderlauf angepackt, und Frau und Hund steuern vereint am Pürzel mit. »Hau – ruck, hau – ruck!«

Ja, denkste, es wird ein schweres, ein saures Stück Arbeit, ehe wir das Schwein an der Waldkante haben. Vom Aufbrechen will ich lieber nicht soviel erzählen. Anfangs war die Weidmännin selbstbewußt und mutig und der Schärfe ihres Messers vertrauend konzentriert bei der Arbeit. Dann gings ans Kurzwildbret, an die »edlen Teile«. »Nee«, protestiert sie, »Vater, mach du weiter. Sowas habe ich noch nicht gesehn!«

»Na«, fragte ich scheinheilig, »oder gar in der Hand gehabt?«

Aber dann war es doch endlich geschafft. Wenn auch der große Wildkörper an beiden Ecken aus dem Hänger ragte, es wurde eine lustige Fuhre bis zum Wildkeller. Und noch lange in dieser Nacht, fast bis zum Morgen, drehte sich meine Frau unruhig in den Kissen und schoß unentwegt im Traum auf den Keiler, so daß ich wenig von der wohlverdienten Nachtruhe hatte.

Ja, meine lieben Jagdinteressierten, so geht's manchmal zu in Mecklenburg, wo erfreulicherweise auch einige Frauen die Jagd ausüben. Aber bei den Männern ist erst was los! Als ich nämlich an diesem Abend auf dem Hochsitz den Schreibblock weglege und abbaume, den Hund an den Riemen nehme und eigentlich so schön gemütlich nach Hause stiefeln möchte, will der Wachtel mich fast umrennen, zieht mit aller Kraft zur Feldkante nicht weit vom Hochsitz entfernt. Oh, Diana, verhülle dein Haupt. Da war doch inzwischen dicht vor mir eine Sau in den Rüben gewesen, hatte sogar meine Stiefelspuren umgedreht, und ich – ich hatte oben gesessen, ins Schreiben vertieft und hatte nichts mitbekommen. Ob ich das beichten kann?

Es blies ein Jäger wohl in sein Horn

Sie waren fast alle noch einmal gekommen. Die einen wie immer aus der jahrzehntelang gewohnten Disziplin, andere aus Neugier oder weil Erinnerungsgeschenke angekündigt waren. Die meisten jedoch hatten an diesem widrigen naßkalten Sonnabendmorgen den Weg in den großen, wie immer kalten Saal der Dorfschänke genommen, weil diese Jagdgesellschaft, die heute aufgelöst werden sollte, für sie viele Jahre lang schwer trennbar von ihrem Jägersein und Teil ihres Lebens gewesen war. Die Begrüßungen hatten untereinander heute einen anderen Ton. Da war wenig von dem sonst üblichen Hin- und Hergerede über Jagdglück und Jagdpech zu hören. Auch der Händedruck war anders als sonst, jedenfalls bei den meisten, so als wollte man sich noch einmal, ein letztes Mal vielleicht, der alten Jagdfreundschaft versichern. Kaum einer sprach heute laut und über das, was zu erwarten war. Verhalten, still, in sich gekehrt vielmehr sah man kleine Gruppen beieinander stehen.
Später als angesagt, begann die Versammlung. Der Vorstand schien sich nur schwer am Präsidiumstisch zusammenzufinden, als ob er das endgültige »Aus« hinausschieben wollte. Es schien, als seien mit einem Mal alle Streitereien, aller Jagdneid, all der Unmut vergangener Zeit und alle Maßregelungen vergessen. Kein Erinnern schien mehr zu sein an Bedrückungen, Beschränkungen und zweierlei Maß, die in der Vergangenheit mitgeherrscht und Unmut und Unfrieden gestiftet hatten. Vielleicht wollte man aber heute auch daran nicht denken. Daß der ehemalige Parteisekretär, der Wichtigtuer und Versammlungslangweiler, auch noch da war, der selbst nach der Wende sein Diktat über die Redebeiträge nicht lassen wollte, störte die wenigsten.
Sie hatten dafür allenfalls ein Kopfschütteln, und kaum einer dachte in diesem Augenblick an seine einstigen Drohgebärden, die markigen Sprüche und nötigenden Eingriffe. Jetzt bemühte er sich bei dem einen und anderen krampfhaft um gut Wetter, um so vielleicht in irgendeiner Ecke in die Pacht zu kommen. Vergeblich, wie sich rausstellen sollte.
Die Kühle des großen Saales war den meisten in ihrer traditionell grünen Kleidung kaum bewußt, zu sehr war jeder mit seinen eigenen Gedanken beschäftigt oder suchte im leisen Gespräch die Nähe der Freunde. Als dann die jungen Jagdhornbläser – unser ganzer Stolz – Aufstellung nahmen, legte sich das Raunen, und erwartungsvolle Stille breitete sich aus. Ein einzelnes Ventilhorn klang durch den hallenden Raum: »Es blies ein Jäger wohl in sein Horn – und alles, was er blies, das war verlor'n ...« Stille, tiefe, fast atemlose Stille im Rund. Ich blickte in die altbekannten Gesichter, man konnte in ihnen lesen wie in einer Fährte. Nachdenklichkeit und Ernst, wohin man auch sah.
Noch einmal, ein letztes Mal vielleicht für einige, erscholl »Das hohe

Wecken«: »Wachet auf, ihr Gesellen, schon grüßt uns der Morgensonne Pracht. Hunde laut bellen, vorbei ist die Nacht ....« So klang es hell von den jugendlichen Bläsern. Die schöne, bei uns lange gewahrte Tradition rief uns in ihren Bann und schien zu mahnen: Vergeßt nicht, was gewesen ist, vor allem vergeßt nicht das Gute, das wir in unserer Jagd hatten! Beinahe trotzig, aufrüttelnd, kam dann die Begrüßung durch die Hörner: »Heil euch, Männer der grünen Tracht, der Jagdhörner Signal, hell jubelnd klingt es zum Gruße für euch – habt frohen Mut ..., ihr Jägersleut, Jägersleut, habt frohen Mut!«

Einfühlsam hatte der Leiter unserer Jagdhornbläser, selbst ein Weidmann, die Signale geordnet und begleitete sie mit nachdenklichen Worten. Hier nahm eine Jagdgesellschaft Abschied von ihrer dreißigjährigen Geschichte.

Sie war die erste Gesellschaft gewesen, die damals gegründet worden war. Etliche aus dieser Zeit waren noch unter uns, viele neue waren jedoch hinzu gekommen und hatten sich eingelebt oder sogar das Kommando straff übernommen. So hatten sich Geist und Inhalt allmählich verändert, und aus dem frohen, begeisterten und erholsamen Erleben früherer Jahre war fast unmerklich ein Zustand geworden, in dem der Wunsch und die Tatkraft der Weidgenossen langsam aber unaufhaltsam von Maßnahmeplänen, Weisungen und Politik, die eine immer größere Rolle spielten, zugedeckt wurden. Ein Mißverhältnis zwischen Schein und Sein war im Lande entstanden, war gewuchert und hatte auch die Jagd berührt. Und wir hatten uns, kopfschüttelnd manchmal und grollend mitunter, untergeordnet, und jeder hatte für sich seinen Burgfrieden mit diesem Dasein gemacht. Sollten die Sprücheklopfer doch tönen. Wir hatten uns auch, unserer großen Liebe zur Jagd wegen, einordnen und politisch korrumpieren lassen.

Das war in dieser Stunde vergessen.

Die Hörner riefen noch einmal die Jagdhelfer, erinnerten auch an unsere vierläufigen Freunde, ohne die wir oft in Verlegenheit gewesen wären, die uns zu Jagderfolgen geführt, immer zur Seite gelaufen und doch viel zu früh aus unserm Leben gegangen waren.

Dann erklangen streng nach der traditionellen Wildfolge die Wild-tot-Signale. Viele aus dieser Versammlung hatten den starken Hirsch zu Hause an der Wand, nicht wenige Forstarbeiter, Traktoristen, Genossenschaftsbauern und andere gar einen Medaillenhirsch. Manch einem war der saubere Schuß sogar mit der 16er Brennecke auf den guten Schaufler geglückt. Wohl zum letzten Mal für einige erklang hier das »Ha la lit«, ha, hier liegt er. Dann kam das Signal »Sau tot«.

»Gestern abend schoß ich auf ein wildes Schwein, gestern abend schoß ich auf 'ne Sau ...«

Wie viele Sauen, geringe und grobe, hatten wir alle, allein oder gemeinsam, auf der Pirsch, dem Ansitz oder bei den winterlichen beliebten Drückjagden, in den vielen Jagdjahren zur Strecke gebracht, hatten wohl auch mal gemurrt, wenn es wegen der überhohen Bestände Wochenende um Wochenende bei jedem Wetter raus ging. Die wehrhaften, urigen Schwarzkittel waren nicht nur notgedrungen der Hauptinhalt unseres jagdlichen Lebens gewesen, nein, sie hatten auch zumeist unser jagdliches Tun und Trachten bestimmt.

Mit den wilden Gesellen verbanden sich die meisten Erlebnisse und Erinnerungen. Wie oft waren wir gemeinsam früh losgezogen, hatten uns mit Spötteleien die Jacke warm gemacht und wurden dann immer aufs Neue überrascht. So viel Jägerlatein gab es gar nicht, wie wir mitunter erlebt hatten. Erinnerungen wurden wach an nächtliche Ansätze und Mondscheinpirsch, an steifgefrorene Glieder und tanzende Schatten, an muntere Treiben in Herbst und Winter, an dolle Pudeleien – und – an geschlagene Hunde. Und wenn in jüngster Zeit manch ein Gast aus den alten Ländern erstaunt von den Strecken erzählen hörte, dann blickte er sich wohl mal gern nach dem Bären um, den wir ihm aufbinden wollten, oder er schüttelte zweifelnd und ungläubig den Kopf. Wir mußten aber auch bekennen, wie viele Stunden wir oft unterwegs gewesen waren, besonders in langen Nächten um Wildschaden zu verhüten – und wie wir dann doch oft umsonst gelauert und gewacht hatten und endlich zähneklappernd zur Eheliebsten unter die wärmende Decke gekrochen waren. Diese Drückjagden hatten uns zusammengebracht, hatten die Jägergemeinschaft gefordert und gefördert – und nun?

Stolz erklang noch einmal das »Bock ist tot, Bock ist tot. Einen Bock, den schieß ich gern, sechs Enden hat sein Gehörn«. Nein, sechs Enden waren es beileibe nicht immer gewesen. Ganz im Gegenteil. Viele Knopfspießer und andere Geringe lagen jährlich auf der Strecke, denn die Bewirtschaftung klappte mit den Bleischleudern angesichts der riesigen Feldschläge auch nicht so recht, und außerdem mußten sich zwei Jäger in eine dieser alten »Kanonen« teilen. Aber es war immer ein besonderes Erlebnis gewesen, der erste Bock im Jahr , der in der roten Jacke hatte es uns immer wieder angetan und uns jedes Jahr neu durchgeschüttelt, daß man vor Aufregung kaum den Zielstachel aufs Blatt bekam. Bei fast jedem von uns hingen sie mittlerweile reichlich an der Wand, riefen die schönen Stunden in die Erinnerung zurück und bedeuteten, jedes Gehörn für sich, ob stark oder gering, ein ganz besonderes Erlebnis. Mancher dieser Böcke hatte uns tage- und wochenlang genarrt, den Jäger, sein Können und die Geduld auf eine harte Probe gestellt. Nun waren sie Ausdruck der Mühe und Beharrlichkeit, schönster Lohn für frühe Stunden im frischen Morgen oder lange Ansitze bis in die Dämmerung hinein. Immer aber waren sie eine Belohnung für Arbeit in der Natur und Umwelt, ein Preis für die Hege der Wildbahn. »Füchslein rot«, riefen jetzt die Hörner. »Füchslein rot, bist nun tot, alle List zwecklos ist …«, klang es lustig durch den Saal.

Ja, die Füchse, was hatte man mit ihnen nicht alles angestellt. Ansitz an Bau und Luderschacht, Hasenklage und Fallen, Mauspfeifchen und Kreuzschleppen, Begasungsschweinereien, Sommer- und Winterpreise,

Tollwutdrohung und Rauchwerklockungen – und Reineke, der rote Freibeuter, der listige Überlebenskünstler hatte alles überstanden. Was soll nun werden, wenn die Tollwut gebannt ist und keiner mehr den Balg haben will? So schien der Ruf zu fragen. Das »Große Halali« erklang. Stumm, wie abschiednehmend, erhoben sich fast alle von den Plätzen. Gebieterisch rief es noch einmal zur Andacht, klang mahnend: »Wir grüßen das edele Weidwerk ...«
Bleibt der Weidgerechtigkeit treu, bewahrt, was an rechter Jägerart in euch ist, bleibt euch selber treu.
Und ich spürte, wie die Jüngeren beeindruckt waren, und sah manch älteres Haupt gesenkt. Da war mancher, dem die Augen naß wurden, und ich spürte selber den Kloß im Halse. Wer wollte in dieser Stunde sich seiner Regungen schämen? Es waren ja nicht die Schlechtesten, denen hier das Herz überfloß. Sie nahmen Abschied, nicht voneinander, aber von einer langen Zeit der Jagd in der Gemeinschaft.
Gewiß wird es weitergehen, eine neue Jagdzeit wird kommen, neue Erlebnisse werden sich ansammeln, aber es wird anders werden. Ob es besser werden wird, bleibt abzuwarten. Diese Frage wird jeder für sich beantworten müssen. Denjenigen, die nun nicht mehr in einem »eigenen« Pirschbezirk jagen können, die »ihre Waffe« an den berüchtigten Nagel gehängt haben oder die sich hier und da werden einbetteln müssen für eine Jagdgelegenheit, denen wird die jagdliche Vergangenheit stets vor Augen stehen wie ein verlorenes Paradies. Aber auch für die meisten anderen, wenn sie nur ehrlich sind, wird manches unvergessen bleiben. Die zusammengeraufte Gemeinschaft etwa, wo man sich auf den Nachbarn verlassen konnte, die Gemeinsamkeit bei der Arbeit in Wald und Feld, die Hundeprüfungen, die Jagdfeste, das fröhliche Erleben in geselliger Runde. Das und noch mehr wird im Gedächtnis bleiben. Was waren dagegen schon die Boshaftigkeiten und peinlichen Auftritte mancher Gernegroße und politischen Zuhälter gewesen, was schon die hier und da erschlichenen oder behaupteten Vorrechte kleiner und großer Politfürsten? Vergessen, vorbei, vertan, und die Erinnerung daran verblaßt zusehends wie eine alte Schweißfährte.
Wenn unsere Vorväter und Väter so vieles Schwere überstanden haben, dann nicht zuletzt, weil in der Erinnerung das Schlechte, Bedrückende immer mehr schwand und das Gute dauerhaft wurde. Nur so konnte Zukunft gewonnen werden und wird auch uns, hoffentlich, bestehen lassen für ein neues Morgen, für neue Erfahrungen, für eine neue, wenn auch andere Jagd.
So klang als letztes Signal aufmunternd, aufrüttelnd nach vorwärts das »Auf, auf, zum fröhlichen Jagen ..., es fängt schon an zu tagen ...« Die Jagd hat immer noch Zukunft, trotz der Maßlosigkeit ehemaliger Funktionäre, trotz der Übermacht des Geldes über das jagdliche Können, trotz militanter scheingrüner Angriffe.
An uns wird es liegen!

Sachlich und ohne Emotionen führte der letzte Vorsitzende die Versammlung zum Ende. Er ließ noch einmal die Leistungen der Weidgenossen deutlich werden. Diese Jägerinnen und Jäger hatten ihr Handwerk beherrscht. Sie hatten mit teilweise ungenügenden Waffen beachtliche Strecken gebracht. Eine große Familie mit all ihrem Für und Wider, allem Streit und aller Freude, mit Hundeführern, Raubwildfängern, Bläsern und vielen aktiven Naturschützern wurde nun endgültig aufgelöst. Als sich die Hände zum Beschluß hoben, war die Einstimmigkeit ein notwendiger unabwendbarer Schlußstrich unter dreißig inhaltsreiche, inhaltsschwere, festhaftende Jahre. So saßen anschließend kleine Gruppen noch lange im Gespräch zusammen, als wollten sie die gemeinsame Zeit für einen kurzen Augenblick verlängern und redeten sich doch allmählich in die neuen Pflichten und Hoffnungen.

Ich hätte mir zur Verabschiedung den »Aufbruch zur Jagd« gewünscht: »Frischauf zur Jagd, vorbei die Nacht, laßt uns jetzt jagen.«

Das Wettrennen am Aalbach

Der Herbst war gekommen. Gänse zogen morgens und abends in langen Keilen über das Dorf und riefen Unruhe in das Jägerherz. Noch steckten die Sauen im hohen Mais. Der Plan bei Rehböcken war erfüllt. Ich wollte endlich mal den Breitschnäbeln am Aalbach nachstellen. Einerseits fragten die Kinder immer drängender, ob es denn in diesem Jahr keine Wildenten gebe, und sie malten sich gegenseitig aus, wie die knusprigen, mit Honig gebratenen Erpel im vorigen Jahr geschmeckt hatten. »Ach, Vati – und die Füllung, weißt du noch?« schwärmte meine Tochter.

Mir lief das Wasser im Munde zusammen. Andererseits war jetzt die beste Gelegenheit, den jungen Rüden Rams, der sich zu einem stattlichen Wachtel ausgewachsen hatte, mit Hilfe der sicheren Arbeiterin und verläßlichen Apporteurin Trude an die richtige Wasserarbeit heranzuführen.

Was wäre die Jagd hier bei uns im Land der tausend Seen und Teiche ohne das immer wieder packende Erlebnis der Enten- und Gänsejagd, und was wäre die Wasserwildjagd ohne den verläßlichen, bringtreuen und wasserfreudigen Jagdgebrauchshund? Nichts wäre sie dann als bessere Schießerei, schlimmstenfalls wird sie gar zur Aasjägerei, auch dann, wenn sich Fuchs und Krähen recht herzlich bedanken, weil es wenigstens »in der Familie« bleibt. Und so war es nur richtig und weidgerecht, daß nur der auf Niederwild jagen durfte, der einen dafür geeigneten und auch firmen Jagdhund bei Fuß hatte. Sei es der eigene oder ein samt Führer eingeladener. So kamen die fleißigen Hundeführer zu Einladungen in die entsprechenden Gebiete und hatten außerdem regelmäßig Arbeit für ihre treuen Gesellen.

Also zogen wir drei an einem Sonnabendfrüh los, hin zum Aalbach. Dort lagen jetzt die unverpaarten Stockentenerpel in den Buchten und Krümmungen des Bachlaufs, schnickenfett von der Eichel- und Maismast, prachtvoll in ihrem buntschillernden Federschmuck, der einer Hausfrau für die Daunenbetten auch sehr willkommen war. Die Merkel mit den langen Läufen schulterte ich, und schon sprangen beide Wachtel lauthals im Garten herum. Sie wußten: Jetzt geht's endlich los. Im Rucksack war neben jeder Menge Entenschrote noch reichlich Proviant, Tee und natürlich mancher Belohnungshappen für die Hunde verstaut. Natürlich? Ja, natürlich, denn wenn ich ihnen das willig und zügig gebrachte Wild abnahm, dann mußte ich ihnen dafür auch etwas geben. Schokoladenpfefferkuchen mochten sie am liebsten. Auch der junge Rams kannte die schon als Lohn für erfolgreiches Bringen auf der Schleppe und am offenen Wasser.

Heute sollte es schwieriger werden, aber ich hatte ja die Trude bei Fuß.

Das war die Zuverlässigkeit und Arbeitsfreude in Person, und wenn sie auch kein Spitzenhund auf Prüfungen gewesen war, hier draußen in der rauhen Jagdpraxis war sie um so erfolgreicher. Ehe diese Hündin aufgab, mußte schon etwas Besonderes passieren. Solange nicht die letzte getroffene Ente gefunden und gebracht war, gab sie keine Ruhe.

Der Morgen war dunstig. Noch zogen letzte Nebelschwaden durch die Senken und hüllten das Bachtal in milchige Schleier. Wir waren erst ein paar hundert Meter vom Dorf weggestiefelt, da brach plötzlich die Sonne durch den Nebel und ließ die Tropfen in den Spinnennetzen funkeln. Überall sah man jetzt die zauberhaften Gebilde. In den Weidenästen, im Schilf – Netz an Netz leuchteten sie im hohen Gras der Böschung und zwischen den Stengeln der Kohldisteln. Meisenrufe klangen durch den Morgen, und leise paakten ein paar Erpel im Randschilf. Längst suchte die erfahrene Hündin unter der Flinte, holte sich Wind, stöberte nie weiter als auf Schrotschußweite im Uferrand und brachte schon den ersten Erpel hoch. Auf den Schuß stiegen weitere auf, die Hündin apportierte, der junge Rüde, noch angeleint, wurde unruhig und zog. Er wollte auch arbeiten.
»Trude, bei Fuß!«
Sie kam schon mit dem zweiten Breitschnabel. Nun ließ ich den Rams vor uns suchen. Hastig stiefelte er los, schon ging die Rute lebhafter, er schien Witterung zu haben. Den Fang steckte er plötzlich ruckartig in eine Bülte, griff noch einmal nach und brachte stolz seinen ersten Erpel in freier Wildbahn.

Nur als er die Hündin bei mir sah, wollte er nicht herankommen. Ich mußte sie ablegen und ihm, ein paar Schritte seitwärts, die Sache erleichtern. Als er sich dann wie selbstverständlich setzte und ausgab, da mußte ich an die Übungsstunden mit dem Apportierbock, die anfänglichen Enttäuschungen, an das mühevolle Arbeiten denken.

Wachtel, in ihrer angewölften Bringfreude, manchmal regelrechten Bringwut, brauchen schon eine konsequente Hand, damit aus dem spielerischen Bringen eine jederzeit verläßliche Arbeit wird. Wieviel leichter ist es, einem jungen Hund, der nicht diese »Bringwut« an sich hat, geduldig, aber beharrlich Schritt für Schritt das Aufnehmen und Ausgeben beizubringen. Ein bringgieriger Hund, der all das scheinbar mühelos macht, kann, nicht sorgfältig genug eingearbeitet, im Ernstfall bitter enttäuschen. So war es mir am Anfang meiner Ausbildungsversuche mit Carla gegangen, die, noch sehr jung, alles schon zu erraten schien, was ich vorhatte, und die mich dann, kurz vor der Leistungsprüfung, mit der Ente an einem Wasserloch im Stich ließ.

Trotzdem frage ich mich, nachdem ich mittlerweile den zwölften dieser anhänglichen, kinderfreundlichen und dabei so wildscharfen Deutschen Wachtel neben mir habe, ob wir wirklich die Anhänglichkeit und fast selbstlose Treue unserer vierläufigen Gefährten immer verdienen. Sie jedenfalls verdienen unsere ganze Aufmerksamkeit und Zuneigung.

Wie selbstverständlich nahm Rams die Belohnung für das Bringen und Ausgeben und meine Freude entgegen, hatte er doch mir, dem »Leithund«, seine Beute abgegeben. Nun suchte er weiter und machte hinter der nächsten Biegung ein ganzes Schoof Enten hoch. Erpel und Enten in dichtem Durcheinander steilten über die Erlen weg. Verdutzt blickte der Hund den aufgeregt Rufenden nach, nahm dann die Nase an den Boden und revidierte interessiert und anhaltend die Uferstelle, an der dieser Pulk gesessen hatte.

Gegen Mittag waren wir am Wehr bei der verfallenen Mühle und rasteten. Die Erpel hatte ich ausgezogen, aber nicht mit dem Haken, auch wenn »alte Hasen« dabei immer wieder von Brauchtum redeten – mir war diese Spielerei zuwider, und ich mochte das Gemansche nicht. Wie sollte die Hausfrau das später appetitlich herrichten? Ich weiß, ich weiß – und höre die absonderlichen Sprüche jener, die den Fasan so lange »abhängen« lassen, bis er von selbst wieder zu laufen anfängt, und die den Hasen liegen lassen, bis er vor Ärger über solche Behandlung grün und blau auf der Bauchseite angelaufen ist. Dann, so meinen sie, würde er erst den richtigen Geschmack bekommen. Na, meinetwegen, sollen sie. In Mecklenburg heißt es mit dem sehr beliebten und endlich wieder aufgelegten plattdeutschen Dichter Rudolf Tarnow dazu spöttisch: »Sei fräten sülwst Qualduxenbein« (»Sie fressen selbst Froschschenkel«), und damit scheint alles gesagt. Meiner Hausfrau und Jägerin brauche ich mit solcherart liederlich ausgeweidetem Wildbret jedenfalls nicht zu kommen.

Meine beiden vierläufigen Jagdhelfer wurden schon wieder unruhig. Sie wollten jagen, suchen, bringen. Der junge Rüde zitterte vor Aufregung. Drüben, jenseits des Baches, schnatterten aus den Gräben der Großen Herrenwiese die Enten in scheinbar selbstzufriedener Sicherheit ungeniert und laut in den Herbstmittag. Sie kannten meine braune Wachteline noch nicht. Wenn ich die rüberschickte, der heillose Schrecken käme unter sie. Doch der Wind war so ungünstig, daß es nur zu zweifelhaften weiten Schüssen reichen würde, und wozu sie anbleien? Von wenigen Schroten getroffen, würden sie dann irgendwo entfernt niedergehen, und der Fuchs würde sich herzlich bedanken. Also ließen wir sie schnattern und bummelten langsam zum Dorf zurück. Die Enten am Rucksack wurden auch immer schwerer. An einer Bachbiegung erstreckten sich seitlich als tote Arme die Reste des einstigen unbegradigten Bachlaufs. Wenn hier keine Enten liegen?

Ich schickte die Hündin rüber. Sie durchschwamm ganz selbstverständlich den Wasserlauf, kletterte drüben raus und war auch schon im hohen Schilf verschwunden. Zwei Stockenten stiegen erschrocken lärmend auf. Dann zog plötzlich ein Erpel hoch und wollte durch die Erlen entwischen. Im Schuß klappten die Schwingen zusammen, und er fiel wie ein Stein. Im gleichen Augenblick klapperte eine Ringeltaube aus den Erlenästen und trudelte im Knall an der gleichen Stelle wie der Erpel zu Boden. Die Hündin suchte, wie am Rascheln im Schilf zu hören, an der richtigen Stelle.

Doch sie kam nicht.

Sollte die Ente, wie schon einmal, so unglücklich in einer Astgabel hängengeblieben sein, daß sie für den Hund unerreichbar war? Doch sie brachte ja keins der beiden Stücke. Ich forderte sie nachdrücklich auf: »Bring, mein Hund!« Ihr Kopf erschien zwischen den Halmen am Rand wie hilfesuchend oder fragend, dann war sie wieder weg. Aber sie kam nicht. Es raschelte drüben, knackte, jetzt gab sie sogar wütend Laut, irgend etwas stimmte nicht. Ich rief sie zurück. Sie kam, ständig mit den Behängen schüttelnd, freudig vom Kleinen begrüßt. Wir mußten gemeinsam versuchen, das Rätsel zu lösen.

An dieser Stelle kam ich aber nicht über den Bach. Weiter vorn, zum Dorf hin, da konnte es gehen. Da war aus Feldsteinen eine Art Übergang. Wenn man vorsichtig auf den teilweise überspülten Steinen balancierte, gelangte man vielleicht einigermaßen sicher auf die andere Seite. Wer abrutschte, stak an dieser Stelle bis zu den Hüften im angespülten Schlick und konnte von Glück sagen, wenn Flinte, Rucksack und Kleidung nicht ebenfalls mit dem schwarzen übelriechenden Schlamm Bekanntschaft machten. Vorsorglich legte ich den Rucksack mit den Enten am Ufer ab und tappte wie ein verhinderter Seiltänzer hinüber. Nun war ich doch gespannt.

Die aufmerksame Hündin kam uns entgegen, lebhaft von dem »Jüngling« begrüßt. Sie sprang an mir hoch, war's Freude, oder wollte sie mir etwas sagen, und lief wieder zu den Erlen. Dort, vor dem Schilf, an einer trockenen Grasfläche blieb sie stehen wie »Habacht«, ging keinen Schritt weiter, suchte mit ihrem Blick immer wieder Hilfe bei mir. Ja wieso denn? Da liegen doch Erpel und Taube dicht beieinander. Rams läuft hin, will fast aufnehmen, da jault er auf und kommt mit eingezogener Rute schutzsuchend zu mir. Zu mir? Im letzten Moment sehe ich die Wolke Erdwespen hinter und über und auf ihm und kann gerade noch erkennen, wie immer neue gelbe Biester aus dem Gras quellen. Wir rennen zu dritt, nur weg, nur rein ins Schilf, in ein bißchen Deckung, weg von den wütenden, aufgeschreckten Stachelträgern, die uns doch immer wieder erreichen und ihre Wut über die mehrfache Störung mit bösem Summen in uns stechen, wo sie gerade treffen. Da hilft kein wildes Umsichschlagen, nur Flucht. Rennen, rennen was die Füße hergeben, die beiden Braunen, immer mal wieder nach den Plagegeistern schnappend, vorneweg.

Endlich reicht die Entfernung. Zum Glück hatte ich die Flinte umgehängt. Aber sonst? Mein Jagdmesser fehlt. Die beiden Wachtel hecheln bei Fuß und lecken sich die schmerzenden Stichstellen. Jetzt merke auch ich, wo es mich überall getroffen hat. Scheußlich, dieses anhaltende Brennen im Gesicht, am Hals und den Händen. Die Hunde kühlen sich inzwischen im Bach. Ich würde am liebsten mit ins eiskalte Naß. Jetzt ist mir klar, warum Trude versagt hat. Ente und Taube waren an das Erdwespennest gefallen und hatten für Alarm gesorgt, und als die Hündin kam, da traf sie schon im Umkreis auf die wütend suchenden Wespen und hatte dann deren Alarmreaktion noch verstärkt. Daher die erfolglose Arbeit. Die Hündin sitzt voller Quaddeln.

Nochmals zieht es uns jetzt nicht dort hin. Meine Bienen zu Hause stechen zwar auch manchmal, besonders wenn ich ihnen durch meine Schuld einen Anlaß gebe, aber das hier juckt so scheußlich und anhaltend.

Daheim werden natürlich die beiden Hunde sehr bedauert, ich dagegen höre nur Vorwürfe.

Am frühen Abend gehe ich mit der Hündin wieder zum »Kampfplatz«, vielleicht hat sie jetzt ihren Erfolg. Das Nest liegt längst im Schatten. Es ist schon ziemlich frisch unter den Erlen am Bach. Die Abendkühle scheint die Wespen im Nest zu halten. Trude bringt den Erpel vorsichtig, fast wie mit »langen Zähnen«, dann kommt sie ebenso rasch mit der Taube. Doch die scheint ihr zu fusselig zu sein, und so macht die Hündin den Eindruck, als sei sie froh, das fremde, ihr noch unbekannte Ding, das soviel Ärger und Aufregung verursacht hat, loszuwerden. Endlich finde ich mit ihrer Hilfe auch mein Jagdmesser. So hat sie erfahren können, daß man nur immer wieder suchen muß, dann kann man auch das schwer auffindbare Wild bringen.

Nicht weit von dieser Bachschlaufe steht oben am Hang eine Kanzel und lädt zum Abendansitz ein. Und während ich dort über den Jagdtag nachsinne, träumt unten meine Trude nahe der Leiter und zuckt manchmal im Schlaf am ganzen Körper, so als wollte sie nachjagen. Oder schreckt sie im Traum noch vor den Stichen?

Ein paar Hasen sind schon seit einiger Zeit auf die Kleestoppel gerückt. Zwei Fischreiher ziehen träge, mit schwerem Flügelschlag und hin und wieder heiser krächzend zu ihren Nachtbäumen. Der Abendwind ist eingeschlafen. Stille, tiefe beruhigende Stille ringsum. Plötzlich tickt im Unterholz dünn, aber warnend ein Rotkehlchen. Gleich hebt die Hündin den Kopf. Hat sie etwas gehört, oder ahnt sie auch, was ich vermute? Hier schleicht einer von den besonders Vorsichtigen heran. Wie angewurzelt steht er plötzlich am Holunder. Das rote Dreieck mit den weißen Seiten sichert lange zum Feld, die Gehöre spielen leicht. Ein roter Rücken mit dunklem, fast schwarzem Aalstrich schiebt sich heraus, prachtvoll trägt er die buschige Rute mit der markanten Luntenspitze – Reineke, der Heimlichtuer, der Schlaumeier, lauert am Feldrand. Vorsichtig schnürt er ins Feld, hat scheinbar keinen Blick für Familie Lampe, die aber doch lieber erst mal alle einen Kegel machen, um sicherzugehen – weiß man's? Doch ihm ist wohl mehr nach den zappeligen Mäusen, die hier im Klee reichlich zu Hause sind und sich den Winterspeck anmästen. Er duckt sich, springt mit allen Vieren gleichzeitig, spielt dann ein bißchen mit seiner Beute. Wenn nur die verdammte Tollwut nicht wäre. Ich kann mich kaum satt sehen an soviel geschmeidiger Kraft und Schönheit und muß doch ein Ende machen. Vorsichtig die Waffe entsichert, das leiseste Klicken der Sicherung würde ihm schon zur rasantesten Flucht reichen. Ein leises Mäuseln mit gepreßten Lippen. Er steht. Irgendwie tut er mir hinterher leid, doch die verschärfte Jagd auf ihn muß ja sein. Wir haben zuviel Füchse. Es ist besser, sie werden weidgerecht erlegt, als daß sie im Bau dem scheußlichen Gas zum Opfer fallen, wenn im Frühjahr die sogenannte flächendeckende Fuchsbaubegasung angewiesen wird. Die dient auch mehr der Beruhigung der Verantwortlichen und klappt nicht so, wie man sich das bei der »Obersten Heeresleitung« im zentralen Forst- und Veterinärbereich in Berlin vorstellt, denn die meisten Jäger »ekelt« diese Art von Verfolgung des roten Überlebenskünstlers, und sie beschicken mit den zugeteilten Gaspatronen allerhand verlassene Fuchsbaue und andere ominöse Löcher in Wald und Feld, die nicht bewohnt erscheinen. Deshalb ließ man zunehmend Außenstehende diese »Arbeit« machen, doch da die Jäger dafür extra »Fuchsbaukataster« anfertigen mußten, konnte man über den Erfindungsreichtum der meisten Weidgenossen nur staunen.

Ich packe Reineke in den vorgeschriebenen Folienbeutel, und wir stiefeln durch den Abend nach Hause. Immer wieder mal versucht die Hündin sich Wind von meiner Last zu holen. Fuchs ist auch für sie einfach zu aufregend. Stimmen der Nacht begleiten uns. Noch segeln auch ein paar Fledermäuse an der Waldkante und über dem Bach.

Zu Hause wehrt meine Frau entsetzt ab, als ich ihr noch einen Erpel zum Rupfen bringe. »Jetzt reicht's. Die nächsten machst du selber fertig.«

Das hat man nun davon – Stiche, nichts als Stiche. Hund müßte man sein, dann gäbe es doch nach der Jagd wenigstens ein paar Streicheleinheiten.

Stille am langen Bruch

Ganz plötzlich war es nach einigen kühleren Tagen, in denen frühmorgens erste Reifspuren im Feld lagen und der Mais schon frosttrocken zu rascheln begann, wieder milder geworden. Es schien, als wollte Mutter Natur den Atem anhalten und sagen: »Seht wie schön jetzt das Mecklenburger Land liegt.« Der Altweibersommer war mit seinen Spinnenfäden ins Land gezogen und hatte mit unaufdringlichem Liebreiz, einer wohltuend wärmenden Sonne und den Laubfärbungen an der Waldkante einen beinahe unwirklichen Schimmer über die Felder und Wiesen gelegt, der bis in die Dörfer hinein die Landschaft verzauberte. Die leicht diesige Luft malte mattgoldene Töne in die Senken, aus denen die roten Farbkleckse der Pfaffenhütchen und die gelben Lichtspiele des Ahorns lebhafter leuchteten. Die rastlos ziehenden Keile der Graugänse erinnerten mit ihren Rufen an den Herbst und lockten mich zur Jagd. Wer vermag mitzufühlen, welch ein Reiz in diesen Rufen liegt? Was empfindet man, wenn an diesigen, fast nebligen Abenden die ersten Ketten dicht über die Schilfdächer des Dorfes hinziehen und mit ihren Rufen eine schwer zu beschreibende Sehnsucht auslösen? Nicht nach Schuß und Beute, sondern eher nach Weite, Ferne, Erleben geht der Sinn.

Trotzdem nahm ich die Büchse aus dem Schrank. Meinem Wachtel brauchte ich nicht zu pfeifen; der wußte, was die Kleidung verhieß, und wir stiefelten los. Ich wollte endlich einmal wieder nach den Rehen am langen Bruch, der »Ossenwisch«, sehen und erhoffte mir für diesen Abend zudem ein bißchen Ruhe und Entspannung von der Stille an diesem weitab gelegenen langgezogenen Erlen- und Weidenbruch, das die dahinter liegende Lieps wie ein schützender Gürtel umgibt. Diese liegt meist still und geheimnisumwittert in ihrem flachen Bett zwischen den hohen Endmoränenwällen von Usadel und Hohenzieritz im Süden und Westen, während sie nach Osten zu vom sumpfigen Bruchwald des Nonnenhofer Naturschutzgebietes gegen den Tollense-See hin abgeriegelt wird. Sagenumwoben ist das Land an ihren Ufern, und auch die häufigen Grabungen nach den alten Slawenburgen und dem geheimnisvollen Rethra haben nicht dazu beigetragen, das uralte Netz der wunderschönen Legenden und Märchen zu entwirren.

Heute, an diesem Abend, ging es lebhafter zu am Rande des Sees und auf dem Wasser zwischen seinen Inseln. Unruhe klang herüber. Gänsescharen spektakelten vor ihrem Abendflug vom Kietzwerder her. Aus dem Uferstreifen mit den hohen abgestorbenen Randbäumen nahe der »Bullenwiese« quarrten und zankten hunderte Kormorane. Nur den Seeadler vermißte ich bald. Ihn konnte man sonst zu fast jeder Tageszeit beobachten, wie er auf dem großen Weidengebüsch am Rande des Bacherswalls allein oder mit einem Jungvogel aufgeblockt, nach Beutefischen

oder Bleßhühnern spähte. Zwar versuchte besonders der junge Adler
immer wieder, auch den Gänsen ans Leben zu gehen, doch die waren zu
gewandt und täuschten ihn mit scheinbar regellosem Durcheinander-
tauchen, und so hatte er regelmäßig das Nachsehen. Jetzt war seine
Sitzwarte leer. Er hatte sich wohl in ruhigere Gefilde verzogen.
Hatten ihn die riesigen Kormoranansammlungen mit ihrer ständigen
Unruhe vergrault? Seit die fremden schwarzen Fischdiebe in immer
größeren Scharen aufgetaucht waren – zu Hunderten und an schlimmen
Tagen gar zu Tausenden lagen auf dem See, strichen hungrig umher
oder saßen unheildrohend auf den immer weißer verkalkten, absterben-
den Bäumen im Bruch und den Inseln –, schien der große Adler hier seltener nach seiner Mahlzeit zu jagen. Proteste der Fischer, die um ihre
Existenz bangten, der Angler, die mit zunehmender Besorgnis das
Ungleichgewicht sahen, wirklicher Naturfreunde, denen die zunehmenden Veränderungen auffielen, der Altertumsforscher, die um eines der
bedeutendsten Bodendenkmale im See fürchteten, sie alle brachten keinen Erfolg. Warum? Eine Gruppe selbsternannter oder im Zuge der
Wende geschickt in Ämter beförderter »Natur- und Umweltschützer«
schützte: ja, was eigentlich? Sie schützten die massive Übervölkerung
durch die Seeraben trotz aller sichtbaren Belastungen für Tier- und
Pflanzenwelt und den See. Der war aus der Vergangenheit ohnehin stark
eutrophiert und drohte sein biologisches Gleichgewicht zu verlieren.
Hatte er doch, in einer Schmelzwassersenke der letzten Eiszeit eingebettet, kaum mehr die Belastung aus den umliegenden Dörfern und großen
Stallanlagen überlebt. Jetzt koteten ihn die Kormoraninvasionen endgültig zu. Auch Höckerschwäne in großer Zahl übervölkerten die Seen und
Teiche, bestritten den anderen großen Brutvögeln die letzten verbliebenen Schilfinseln und ließen so die Gewässer an empfindlichen Arten
immer mehr verarmen. Aus den einst so stolzen Großvögeln mit ihren
singenden Schwingen waren armselige, wohlstandsverwahrloste Bettler
geworden, die dann im Winter in großen Ansammlungen auf den Raps-

feldern lungerten. Nebelkrähen, Eichelhäher und Elstern wurden ohne Grund unter Schutz gestellt, Rebhuhn und Rotkehlchen scheinheilig zu »Vögeln des Jahres« erklärt. Diese arroganten Vertreter einer neuen grünen Macht waren mitschuldig an einem Zustand, der eine ohnehin bedrohte Natur und deren Artenvielfalt durch einseitigen Schutz nichtgefährdeter Arten eher bedrohte, als daß er ihr half. Selbst den wenigen noch vorhandenen Ottern, Bildern der Schönheit und Eleganz im Wasser des Sees und der Torflöcher, drohte Gefahr fürs Überleben in solcher Umgebung.

Ganzheitliche Naturbetrachtung war den Artenaposteln ein Fremdwort. Die offenkundige Halbbildung ganzer Gruppen militanter »Grüner« stand mit ihrer Demagogie im natürlichen Gleichgewicht.

Ein besonders anschauliches Beispiel dieser verkorksten Denkweise steht mir vor Augen. Eher zufällig hatten wir eine Gesprächsrunde von Jägern und Vertretern des Nationalparks begonnen. Natürlich kam die Frage nach dem Sinn des überzogenen Elsternschutzes in der Runde auf – und schon wurden die Fronten ausgelotet. Was sollten unsere Hinweise auf die Gefährdung der Vogelwelt, auf die Widersinnigkeit des besonderen Schutzes des Rotkehlchens oder des Rebhuhns bei gleichzeitigem Dauerschutz der nie gefährdeten Elstern und Nebelkrähen? Die eben noch vehement das niedliche und auch von uns geliebte Rotkehlchen am liebsten auf die Rote Liste gesetzt hätten, klärten uns Unwissende nun darüber auf, daß die Elstern »– ja nur die Überpopulation kurz hielten, mit der die Sänger Jahr für Jahr aufwarteten«. Da hatten wir's! Doch dann kam das Beste: Einer dieser Apostel berichtete uns von »wissenschaftlichen« (das macht sich immer gut) Untersuchungen zum Elsternverhalten in Städten des Ruhrgebietes (!). Die angeführte Studie wies nach, daß die dortigen Elstern hauptsächlich von Pausenbroten auf den Schulhöfen und vom Inhalt der Mülltonnen lebten. Arme »Preußenfasanen«. Wie kam ich bloß darauf, zu fragen, wie ich in unser Dorf die Schulhöfe mit den fortgeworfenen Pausenbroten bringen soll oder in die Hecken der Landschaft Mülltonnen stellen kann? Mein Gegenüber strafte mich mit tiefster Mißachtung, und in seinem Blick lag so ein Ausdruck, wie ehemals beim LPG-Vorsitzenden, wenn er vom gefährlichen Wirken des Klassenfeindes sprach. Wir gingen auseinander wie Adler und Krebs, die den gleichen Bissen an Land ziehen wollten.

Über mir pflügten die Gänsekeile den Frühabendhimmel. Schar um Schar stieg lärmend hinter den Erlen auf, die Schwingen streiften fast die Baumwipfel. Sie zogen zur Abendmahlzeit auf die Winterweizenschläge. Mir fiel ein, wie wir versucht hatten, die Jagdzeiten für Gänse den zeitlichen und landwirtschaftlichen Besonderheiten anzupassen. Hier in Mecklenburg gab es reichlich einheimische Graugänse. Dazu kamen ab September ihre Vettern aus dem Norden in großer Zahl, und Anfang Oktober zogen die endlosen Scharen der Saat- und Bleßgänse auf die frischgedrillten Saaten. Das gab dann mitunter ärgerlichen Schaden. Warum sollten die Jäger also nicht ein paar davon ernten? Die Zahlen der erlegten Gänse fielen hier sowieso nicht ins Gewicht. So leicht ist es auch nicht, Gänse zu schießen. Das erfordert schon allerlei Können und auch einen ganzen Kerl, denn lange vorm Hellwerden muß man still wie ein Mäuschen draußen in der Kälte lauern und bibbern, bis sie endlich kommen – oder auch nicht.

Zwar lagen sie wochenlang zu Zehntausenden auf Raps- und Getreidesaat, aber sie waren unstet, fielen heute hier, morgen dort ein, und hatten sie mal Feuer gerochen, dann kamen sie da nicht so schnell wieder hin. Aber nein, wir durften sie nicht vor dem November bejagen. Ja, ja, nach schriftlichen Anträgen, mit Ausnahmegenehmigungen zum Abschuß auf Schadflächen, da durfte man – nur, die ewig unruhige Gesellschaft wartete nicht und zog zur nächsten Mahlzeit, ehe die gütige Erlaubnis allerhöchstselbst von den mehr oder weniger gnädigen Beamten der Jagdbehörde erteilt war. War das also die Lösung? Sollte Jagd nicht im Einklang mit Natur und Land- wie Forstwirtschaft stehen? Der Herr Minister berief sich auf die nun auch bei uns geltenden Gesetze aus den alten Ländern, in denen man die Jagd auf Gänse (wie klug!) erst dann erlaubte, wenn sie da waren, – im November. Wäre es denn nicht sinnvoller, sie in der Schadzeit zielgerichtet und weidgerecht zu bejagen, statt ihnen in der Notzeit Dezember noch nachzustellen? War der Weizen erst aufgelaufen und hatte er sich bestockt, mit Wurzeln in der Erde verfestigt, dann machten sie keinen Schaden mehr. Im Gegenteil. Zudem dauerten mich die im Schnee mühsam nach Grünäsung suchenden Trupps, und ich fühlte keinen Anlaß, dann noch »Dampf« auf sie zu machen.

Ein paar ganz schlaue »Grünlinge« fordern ja das Ende der Gänsejagd. Die Natur, meinen sie, muß mit sich selbst ins Gleichgewicht kommen. Und so zahlen wir dann lieber aus den sowieso knappen Steuergroschen

die Ausfälle für die Bauern, die Fischer und so weiter – wir haben's ja. Da wollen ein paar Superschlaue so ein bißchen lieber Gott spielen und können nicht begreifen, daß wir Menschen, nachdem durch unser Zutun bestimmte Kulturfolger wie Krähen, Elstern, Kormorane, Schwäne, Kolkraben u. a. massenhaft überleben, heute mit unserem Wissen und Einsehen den wirklich bedrohten Arten helfen müssen. Man gewinnt den Eindruck, wenn man sich nur gründlich in der Natur umschaut, als ob diese tatsächlich Bedrohten den selbsternannten Naturaposteln zumeist herzlich gleichgültig sind und erst wieder in deren Blickfeld geraten, wenn sie auf die Rote Liste kommen. Aber dann ist es meistens zu spät. Wir Menschen haben manchen Regulator aus der Natur entfernt, und andere Arten haben bei uns keine Feinde, weil sie zugewandert sind. An die Stelle der »Räuber«, der Beutegreife, der Regulatoren, müssen wir treten. Nicht, um »lieber Gott« zu spielen, sondern um das gestörte Gleichgewicht wiederherzustellen. Einigermaßen wenigstens. Schwer genug ist es, denn uns fehlt bei allem Wissen, bei aller modernen Technik der Jagd vor allem der Instinkt, das jeweils Richtige zu greifen. Wir haben uns bereits zu weit von der umgebenden Natur und aus ihr entfernt. Wenn aber diejenigen, die angetreten sind, der bedrohten Umwelt zu helfen, noch gegeneinander rennen, dann bleiben letztlich wohl Rotkehlchen und Rebhuhn, Rohrdommel und Kiebitz auf der Strecke, die Elstern lachen sich schackernd eins, denn sie haben ja noch die Pausenbrote, und der Kolkrabe ruft siegreich von den Müllkippen.
Sind folglich nicht doch die aufmerksamen und passionierten Jäger gefragt und gefordert? Eine maßvolle Nutzung der jagdbaren Arten, wird sie weidgerecht und sinnvoll betrieben und ist nicht vom Geldbeutel abhängig, sondern allein vom Können und der Passion, kommt der früher erfolgten natürlichen Regulierung durch Bär und Wolf, durch Uhu, Kuder und Habicht noch am nächsten. Das waren aber Heger! Doch was soll's.
Da sitze ich nun in dieser verzauberten Stille und ereifere und ärgere mich. Höre gar nicht, daß es schon geraume Zeit hinter mir in den Erlen knackt und schnaubt und das Rehwild vor mir auf dem großen Kleeschlag unruhig hin und her tritt und zu dem Bruch hin sichert. Doch den Sauen ist es noch zu hell. Ehe nicht die Gänse mit taumelndem Sturzflug auf das Wasser zurückkehren, wird sich wohl kein Wurf aus dem hohen Randschilf der Bruchwiese schieben. Plötzlich lärmt ein Eichelhäher, ein zweiter leistet ihm vorsorglich Stimmhilfe, der Fasanenhahn am Graben stellt sich aufgeregt gerade – da kommt Reineke, der rote Freibeuter und Landgraf, in den Klee. Setzt sich erst mal prüfend auf die Keulen – und verfällt dann in den bekannten, scheinbar bummeligen Trab. Ich will's doch mal versuchen: die Lippen beleckt und dann gepreßt die Luft eingezogen, so ein leises mäuselndes Ziepen – er steht. Der Knall fällt in die Stille.
Es muß ja sein. Auch da gibt es Stimmen, daß die Füchse alle leben bleiben sollten, und einige glauben, mit der Schluckimpfung könnten wir

auch im Osten rasch der Tollwut Herr werden. Ja wie denn? Und die Überzahl, wenn die Impfung Erfolg haben sollte? Schon jetzt muß der Überlebenskünstler im Wettstreit um sein tägliches Brot mit zu vielen Artgenossen und den zunehmenden verwildernden Miezepetern von der Hauptmahlzeit Mäuse auf die restlichen paar Junghasen, Rebhühner, Fasanen, Rehkitze und allerlei kleines Geflügel ausweichen. Und: Der kleine Fuchsbandwurm läßt grüßen und kriecht allmählich näher. Ohne intensive Bejagung der Füchse kommen wir keinen Schritt weiter. Reinekes Talent zur Lebenserhaltung und Nachwuchssicherung wird entweder durch die Tollwut gebremst – ein schlimmer Gedanke für die Waldarbeiter, Naturfreunde, Pilzsammler, beerensuchenden Kinder und die Jäger, oder er wird konsequent durch uns in Grenzen gehalten. Dazu reichen Appelle nicht aus. Die hört er nicht. Frau Ermelyn weiß sich schon zu wehren, wenn es ihrer Sippe zu sehr an den Kragen geht und richtet notfalls eine größere Kinderstube ein. Wie hatte Altmeister Dietzel gesagt: »Wo ein Fuchs zu sehen ist, da ist ein Fuchs zuviel.« Doch er wollte ihn nicht ausrotten, ganz gewiß nicht, sondern uns nur sagen, daß bei einem ordentlichen Bestand Reineke kaum zu sehen ist. Zwischen ihm und uns herrscht zum Glück für beide ein bis jetzt ungleicher Wettstreit: Sein Instinkt gegen unseren Verstand – und selten genug siegt der menschliche Verstand.

Der Schuß hatte die Rehe vergrämt. Das verstehe ich nicht. Früher achteten sie vor lauter Düsenjägerknallerei nicht mehr auf unsere Brenneckes – oder kennen sie inzwischen das neue, helle Zwitschern der Kugeln? Die Gänse waren zur Ruhe gekommen, und hinter mir im Bruch war auch alles still. Die Sauen sind wohl zum Nachbarn nach Zippelow gezogen. Na, Freund Erich, dann paß du auf!

Ich baumte ab, versorgte den Fuchs, für den sich mein Rüde wie immer sehr interessierte, und ging langsam und nachdenklich durch den dunklen Abend heimwärts. Das Wetter war umgeschlagen. Regennasse Nebellaken hüllten mich plötzlich ein. Ich fröstelte – und sehnte mich, noch eben verwöhnt von einer wohlmeinenden, wohltuenden Altweibersonne, nach der Wärme vergangener Tage. So floh ich mit immer eiligeren Schritten vor der tröpfelnden Nässe und dem ersten beginnenden Blätterfall hin zum Kamin und hüllte mich in die wärmende Decke der Erinnerungen des verlorenen Sommers.

Die Gänse sind da

Seit Tagen schon hatte sich in mir eine lange bekannte Unruhe verstärkt. Einheimische Graugänse flogen mit ihrem Nachwuchs in kleinen Keilen über das Dorf. Das liegt am Rande der hohen Stauchmoräne und blickt auf den langen See, der mit seinen von den Hügeln des Hinterlandes strömenden Wassern die tiefe Schmelzwasserrinne der letzten Eiszeit ausfüllt. Landzungen reichen weit in das große Gewässer, bilden weitgezogene Buchten und bergen vereinzelte magere Schilfsäume. Dunkle Buchen- und Kiefernwälder auf den steilen Hängen umgeben ihn. Wächtern gleich, ragen die Kegel der bronzezeitlichen Hügelgräber über die Höhen ringsum, und aus den Quellen der Waldschluchten wie aus den Bächen des Hinterlandes fließen die Wasser im ewigen Gleichmaß ihm zu. Geheimnisumwittert und von zahlreichen Sagen umrahmt, liegt vor ihm in der ausgedehnten Senke zwischen den Dörfern der Burgsee der Slawen, die Lieps. An ihren noch stark verschilften Ufern brüten unsere Graugänse ebenso, wie sie ihre frühen Gelege in den zahlreichen Söllen der Feldmark und den dunklen Torflöchern versteckt haben. Schon zeitig im Jahr führen sie ihre eigelben Gössel auf die Wiesen und Koppeln am Seerand. Hier hudern und mausern sie sich, und man trifft auf jedem Gang ihre Spuren. Später sind sie für eine Weile fast unsichtbar, bis der Juli endet und die großen Vögel mit ihren Sehnsucht weckenden Rufen allabendlich in immer größerer Zahl zu ihren Schlafplätzen am Wasser ziehen.

Wenn diese Rufe durch den Abend weithin locken, wenn die Keile sich durch den aufkommenden Dunst verständigen, dann hält es mich nicht mehr im Garten und am Schreibtisch, dann muß ich raus, sie hören, sehen, erleben.Was will mich dann noch der Bock reizen, dann zieht mich auch Reineke nicht, und selbst die Aussicht auf einen Abendansitz mit eventuellem Sauenanblick vermag die große Unruhe nicht zu dämpfen – die Gänse ziehen wieder. Täglich rudern mehr Keile mit dem hochkommenden Tageslicht zu den Feldern. Weizensaat, Rapsschläge, aber auch die abgeernteten Maisfelder und Rübenäcker sind ihr Ziel, und die harten schnellen Schnäbel halten rasche Ernte. Zu Tausenden, später dann zu Zehntausenden fallen sie immer wieder ein. Graugänse, denen sich immer mehr Saat- und Bleßgänse zugesellen, äsen, von ihren aufmerksamen Wächtern geschützt. Kreisen sie frühmorgens, von allen Seiten anfliegend, in unterschiedlichen Höhen über den Feldern, dann scheint sich der Himmel zu verdunkeln. Unüberhörbar sind die markanten Verständigungsrufe, die Begrüßungen beim Anflug, oder das tosende Lärmen, wenn sich die ganze Gesellschaft erhebt. Nur die einzeln abfliegenden kleinen Trupps ziehen meist still davon.

Hin und wieder, sehr selten und nur bei aufmerksamster Beobachtung

mit dem starken Glas auszumachen, verstecken sich fremde Gänse, Irr-
läufer, als Gäste in den unruhigen Scharen, Kanada- und Ringelgänse
etwa, oder manchmal eine Schneegans. Am auffälligsten sind die »Matrosen«. Dieser Name ist durch die oft illegal und mit wilder Begeisterung
jagenden russischen Offiziere aus den Garnisonen rundum verbreitet
worden. Die deutliche Querbänderung der Brust fällt schon auf, bevor
diese Gänse auf Schußweite heran sind. Anhand dieser schwarzen Zeich-
nung, die besonders ausgeprägt die Altvögel der Bleßgänse zeigen, kann
der Jäger vermeiden, der Hausfrau allzu zähe Vögel auf den Tisch zu
legen.
Auf Schußweite, sage ich. Was ist das?
Geht es nach den besonders an den Wochenenden wie Heuschrecken in
Scharen auftauchenden Russen, dann ist das eine Kugelschußentfer-
nung. Nicht umsonst behaupten die einheimischen Jäger, werden sie
zufällig Augenzeugen dieser »Freundesjagd« (übrigens keine ungefährliche Begegnung, denn die kleingehackten Bleistücke aus den selbst-
gefertigten Patronen fliegen in alle Himmelsrichtungen), daß »Iwan
Iwanowitsch«, hier schon feuert, wenn »die Gänse gerade in Moskau auf-
gestiegen sind«. Ja, mit der Jagd der »Freunde« war es ein Riesenproblem
bei uns in Mecklenburg. Kein General, kein Befehl hielt die »Leutnants«
im Zaum, die wie Horden mit ihren sogenannten Puffnowkas, alten und
neueren Tulaer ein- und mehrläufigen Flinten, oft mit Schwarzpulver die
Patronen gestopft, über die Jagdgebiete herfielen.
Da half kein Protest und keine Beschwerde – und ich erinnere mich nur
zu gut daran, daß ein Weidgenosse, dem das zu bunt wurde, einmal zwei
dieser meist in Räuberzivil auftretenden Gestalten stellte und mit vorgehaltener Jagdwaffe zum Volkspolizeirevier abführte. Die ließen sich das
scheinbar gefallen. Doch als er dabei auch noch vor sich hinschimpfte
und diese illegale Jägerei »rumbanditern« nannte, kam die Strafe post-
wendend. Natürlich hatten die beiden Wilderer alles verstanden. Es
waren hohe Offiziere, und unser Weidmann, ein Polizist, wurde auf aller-
höchsten Befehl entlassen. Seine Jagderlaubnis war er auch los.
Im Verständnis dieser »Freunde« gab es kein Wildern. Dafür hatte die
russische Sprache keinen Begriff. Nannte man sie aber direkt »Brako-
nier«, was in der Übersetzung »Ausschuß« heißt und Wilderer bedeutet,
dann konnten sie fuchsteufelswild werden. Sie wilderten nicht, sie nahmen sich das als selbstverständliches Recht heraus. So konnte es durchaus immer wieder passieren, daß sie einen Weidgenossen vom Hochsitz
runterriefen und ihm verständlich machten: »Kamerad, Du nach Hause,
heute wir jagen.« Glaubte nun etwa ein Jagdleiter, er könne dem Übel
dadurch vorbeugen, daß er ein paar Offiziere über deren Kommandantur
zur Gänse-, Enten- oder Hasenjagd einlud, so konnte er das Ergebnis
mehrfach erwarten. Sie kamen in ganzen LKW-Ladungen, brachten
Kameraden und Freunde aus anderen Regimentern mit, die Schrotgar-
ben prasselten durch die Hecken, daß einem himmelangst werden
konnte – und sie merkten sich die Revierteile, die sie bislang nicht

gekannt hatten, sehr genau. So knallte es bald darauf in den entferntesten heimlichsten Ecken, und das Rehwild kam in heilloser Flucht über die Felder geprescht.

Einmal hatten wir ein ganz besonderes Erlebnis mit diesen »Gästen«. Die Jagdgesellschaft hatte ein paar Offiziere (Soldaten kamen ja sowieso nicht aus der Kaserne und wußten wohl auch manchmal kaum, daß sie sich außerhalb der riesigen Sowjetunion befanden) eingeladen zur Drückjagd auf Sauen. Solche Drückjagden machten sie nicht besonders gern mit, ich glaube, sie hatten Angst vor »Kaban«, wie sie das Schwarzwild nannten. Jedenfalls fanden wir, während wir zum nächsten Treiben ausliefen, in einem Erlenbruch einen starken verluderten Rothirsch mit einem medaillenverdächtigen Geweih. Der dort jagende Weidgenosse wurde von einigen anderen Jägern sofort beschuldigt, geschossen und nicht nachgesucht zu haben. Doch sein Jagdleiter nahm ihn in Schutz: Er sei in letzter Zeit gar nicht draußen gewesen. Kurz und gut. Es gab Streit, und wir beschlossen, am nächsten Morgen den Hirsch aufzubrechen und die Todesursache festzustellen, möglichst auch noch das ungefähre Todesdatum zu bestimmen. Als wir uns anderntags früh trafen und vom nahegelegenen Dorf zu Fuß loszogen, da fielen uns im weichen Boden Jeepspuren auf. Niemand von uns oder den Landwirten besaß damals ein solches Fahrzeug. Am Ende der Fahrspur, dicht vor dem Fundort des Hirsches, waren die Abdrücke mehrerer Porokreppsohlen zu sehen. Solche Sohlen hatten die Offiziersstiefel der Russen. Uns schwante Unheil. Und richtig. Am »Tatort« lag zwar noch der Hirsch, doch das Geweih war mit einer Axt oder einem Beil abgeschlagen worden. Sehr schnell hatten wir auch die Todesursache gefunden: Von vorn war der Hirsch mit gehacktem Blei und dann von hinten, wohl im Davonstürmen, mit starkem Schrot beschossen worden. Er konnte nicht mehr sehr weit geflüchtet sein, denn die Verletzungen im Lungenbereich waren verheerend und die Verblutung über den ganzen Körper großflächig. Die Fundstelle wies nachhaltige Spuren des langen Todeskampfes auf.

Als wir bei späterer Gelegenheit einem General den Vorfall schilderten und das fehlende Geweih sehr genau beschrieben, dauerte es eine Zeit. Dann aber bekamen wir Bescheid, wir könnten das Geweih abholen. Es war unter dem Bett eines Oberstleutnants, der öfter bei uns zur Jagd kam, gefunden worden. Der betreffende Offizier sei degradiert und in die Heimat zurückversetzt worden. Basta. Was sollten wir noch mit diesem Geweih? Wir schenkten es zum Abschied dem General. So war das in den 70er Jahren. Nur wenn man sich zwei oder drei Generäle als Dauergäste hielt, blieb das Revier so einigermaßen sauber. Doch wie oft verweigerten die Forstarbeiterinnen im Wald den Dienst, weil wieder ein Trupp wildernder »Muschiks«, aus Maschinenpistolen schießend, hinter dem Rehwild her war, und die Geschosse gefährlich durch den Wald zwitscherten.

Gelernt haben wir dabei aber auch. Spätestens als nach überhasteten Fluchten dieser Gänsespezialisten immer wieder ihre »Jagdhilfen«, mehr oder minder kunstvolle Gänseattrappen, im Acker stehengeblieben waren, machten auch wir uns diese Lockmittel zu eigen.

Auf einem dünnen Metallstab als Fuß befand sich die beiderseits verlockend bemalte Gänsesilhouette, die sich bei leichtem Wind auch noch etwas bewegte. Ganz raffinierte Jäger hatten dazu seitlich noch Gänseflüchten angeheftet. So sah das Ganze aus einiger Entfernung den begehrten Bratenvögeln täuschend ähnlich, und man konnte erleben, wie die Gänse mitunter zwischen den Pappkameraden vertraut einfielen und dann zu äsen begannen. Einiges mußte man dabei aber schon beachten. Die Attrappen hatten so zu stehen, daß der Kopf immer gegen den Wind zeigte. Außerdem war es notwendig, daß die überwiegende Zahl zu grasen schien, also nicht zu viele Wächter aufmerksam zu blicken schienen. Sonst wurde das für die Gänse ein Alarmsignal.

Ach, es gab herrliche Erlebnisse rund um die Gänsejagd, und wenn sie sich auch wie Jägerlatein anhören, es hat sie doch gegeben, und wir haben oft und lange darüber gelacht.

Einen alten Weidmann hatten wir unter uns, einen Tierarzt, dem war die ganze Spielerei – wie er sagte – mit den Gänseattrappen zu dumm, und selber welche bauen und anmalen wollte er auch nicht. So verfiel er auf den Gedanken, bei einem Genossenschaftsbauern, der irgendwann einmal aus gefundenen oder geräuberten Eiern eines Wildgansgeleges sich mehrere Gössel ausgebrütet und großgezogen hatte, drei Wildgänse zu kaufen, und diese auf dem Acker, wo die Gänse immer einfielen, in der Nähe seines Standes zu tüdern, das heißt anzubinden. Damit, so war er sich sicher, würde er die Gänse viel eher und sicherer heranlocken als mit den »albernen Pappmodellen«. Gesagt, getan. Andere Weidgenossen saßen wie er schon zu früher Morgenstunde mit ihren Attrappen ganz in der Nähe. Es konnte losgehen. Die ersten Keile kamen durch den Morgenhimmel gepflügt, wie immer mit lauten Rufen. Aufgeregt hoben die zahmen Lockgänse ihre Köpfe, liefen dann unruhig an den kurzen Leinen hin und her – und als in unmittelbarer Nähe die ersten wilden Verwandten einfallen wollten und der Schütze losballerte, da rissen sich die drei zahmen Vögel los und flüchteten unter den Lodenmantel ihres Herrn. Aus war es mit der Jagd an diesem Morgen auf dem ganzen Acker, denn die anderen Jäger konnten vor Lachen kaum noch die Flinten halten.

Verpönt war das frühmorgendliche Anstellen der Schützen in der Nähe der Schlafgewässer der Gänse. Nicht nur, daß Schüsse sie dort zu sehr beunruhigten und dann dazu führten, daß die ganze Korona entgegengesetzt abflog. Nein, Gänse, wie jede andere Wildart auch, brauchen »Einstände«, Ruhe-und Rastplätze, an denen sie ungestört hudern, ausruhen und lagern können. Das sind vor allem die Schlafgewässer – die heimlichen oder weit offenen Seen –, zu denen sie abends zu Zigtausenden immer wieder hinziehen.

Zur erfolgreichen Gänsejagd gehört mancherlei, aber immer mehr als nur das wilde Ballern. Mit am wichtigsten ist ein guter, wildscharfer und bringtreuer Hund, denn nicht jede Gans fällt und bleibt liegen. Hin und wieder läuft eine getroffene und zu Boden gegangene Gans weite Strecken, um zu einem Gewässer oder einer bergenden Hecke zu kommen. Dann ist der spur-und fährtensichere Helfer gefragt. Und nur wenn einige Bedingungen zusammentreffen, kann sich auch ein Erfolg einstellen. Das Wetter ist solche Bedingung. Herrscht offenes Wetter mit klarem Himmel und weiter Sicht, dann wird es schwer. Die Gänse haben dann »auf jeder Feder ein Auge«. Man kann sich vor ihnen mitsamt seinem Hund noch so geschickt in Kraut, Nesseln oder Gestrüpp verbergen – eine ungeschickte, unbedachte Bewegung, und sie steilen auf und drehen ab, daß das harte Schlagen ihrer Schwingen gegen die Luft beinahe spürbar ist. Ganz schlimm wird es für den ungeduldigen, unerfahrenen Schützen, wenn er dem Kundschafter auf den Leim geht. Dieser Kundschafter, wie oft haben wir ihn, und das aus guten Gründen, mit sagenhaften Erzählungen umgeben – ist eine erfahrene Altgans, die lange vor dem Start der kleinen und großen Pulks losfliegt und in ziemlicher Höhe, unerreichbar für die längsten Feuerrohre, laut rufend und sehr schnell das vorgesehene Äsungsgebiet kontrolliert. Wehe dem, der sie beschießt. Sie kehrt zum Schlafgewässer zurück und bald darauf erheben sich die Scharen, um in jene Richtung zu ziehen, wo ein anderer Kundschafter nichts Verdächtiges bemerkte. Dann hört man bestenfalls von weitem das Brausen der Tausend und Abertausende Schwingen und hat das Nachsehen.

Geduld und Unsichtbarkeit sind Tugenden des Gänsejägers. Diesiges, nebliges Wetter macht die großen Vögel unsicher. Dann stehen sie spät von den Schlafgewässern auf, ziehen lange spektakelnd durch den Dunst und können sich kaum entschließen, irgendwo einzufallen. Sie können sich im Nebel nicht auf ihre Augen verlassen, wenngleich sie immer noch besser dran sind als der am Boden lauernde Weidmann, der allein auf sein Gehör angewiesen ist und nur manchmal, sehr sehr selten, einen mehr oder weniger glücklichen Schuß anbringen kann.

Es gibt Flächen, die scheinen eine fast magische Gewalt auf Gänse auszuüben. Dort fallen sie zu fast jeder Stunde ein, immer wieder. Und ob dort geschossen wird oder die Wildscheuchen der Landwirte stehen, sie lassen sich kaum von der Saat verjagen.

Der frühe Morgen ist die geeignetste Zeit, nach den Gänsen zu sehen. Noch im Dunkeln, lange, bevor es im Osten hell zu werden beginnt, packt man seine Siebensachen, schleicht sich leise aus dem Haus – die Pappkameraden, ohne die es kaum noch geht, so sehr hat man sich daran gewöhnt, wurden schon am Vorabend zusammengesucht – und begibt sich zu dem ausgesuchten Fleck, der den Erfolg bringen soll. Hunderte Meter stiefelt man über schweren, kleiigen Acker, ehe das kleine Restgrabenstück inmitten der großen Saatfläche erreicht ist. Der Hund tänzelt aufgeregt nebenher, die Stiefel kleben am Boden und werden immer schwerer. Endlich ist man angelangt.

Von wo kommt der Wind? Aha!

Nun werden rasch die Lockgänse aufgestellt, es eilt, denn natürlich ist man wieder mal zu spät von zu Hause weggekommen, und es wird schon gefährlich hell. Bald muß der Kundschafter auftauchen. Jetzt noch schnell eine günstige Stelle für Hund und Jägersmann gesucht, dort zwischen den trockenen Nesselstauden vielleicht – aber nein, da kann man sich nicht richtig bewegen – also dann hier an der Grabenborte zwischen den Klettensträuchern, die Flinte geladen, Munition bereitgelegt, fertig. »Schön brav, mein Hund, still am Platz«. Der kennt die Gebräuche längst und hat sich flach gemacht, aber seinen wachen Augen entgeht nichts. Ein leichter, aber kühler Wind kommt auf und weht die letzten Dunstschwaden aus der Senke. Die Morgenbrise macht sich unangenehm bemerkbar. Ein Glück, daß man die dicke Wattejacke angezogen hatte, obwohl: gut schießen kann man in dem polstrigen Ding auch nicht, der Schaft liegt immer an der verkehrten Stelle, soviel Probeanschläge man auch schnell macht.

Ruhe!

Ein Bussard besucht die Pappgänse – und streicht wieder ab. Ein Entenschoof klingelt heran, fällt zwischen den Attrappen ein und holt sich noch schnell eine Frühmahlzeit vor der täglichen Teichruhe. Dann sind auch die wieder weg. Meine Zehen werden kalt. Hätte ich doch bloß statt der Gummistiefel ..., ja, hätte ich mal. Ein Backenzahn macht sich bemerkbar. Die Kälte kriecht mit der Nässe in Jacke und Hosen. Vorsichtig wird ein Blick über den Grabenrand riskiert – außer ein paar Rehen in einiger Entfernung ist nichts zu sehen. Fast bin ich geneigt zu glauben, daß es heute nichts wird, da ist mit hellem Schrei eine einzelne Gans hoch über dem Feld. Schnell jagt sie dahin, rufend durchpflügt sie den noch diesigen Himmel – und ist ebenso rasch wieder verschwunden. Hat sie uns bemerkt? Der Hund klebt fast an der Erde, so als wüßte er, worum es geht. Spannung hat uns beide überfallen. Am Morgenhimmel ziehen ein paar Nebelkrähen, der Bussard kreist, eine Elster schakkert in der Hecke, sonst Stille. Wir warten. Plötzlich erhebt sich in etwa zwei Kilometer Entfernung ein Brausen, Tosen, wie wenn ein D-Zug durchs Land rauscht, schwillt ab und löst sich in Schwingensturm und Gänsegeschrei auf – und schon kommen die ersten Keile von den Seen her. Dreißig, hundert – in kleinen und größeren Scharen ziehen die Gänse den Feldern entgegen. Ich klebe am Boden, ins alte Gras gedrückt, halte beinahe den Atem an, wage nicht, mich zu rühren, da sind sie schon über uns. Jetzt noch nicht schießen, denke ich, sie sollen erst einfallen, näher oder weiter, sollen den anderen Sicherheit geben – ja, ja – ich weiß, das ist nicht fair, aber was soll ich machen? Ein paar Gänse möchte ich schon haben. Die ersten kommen. Mit starkem Schwingenschlag bremsen sie die Landung auf dem Acker ab. Immer neue Keile ziehen heran, rufend fliegen sie durcheinander, suchen einen Platz zur Landung, strecken die Ruder vor und schlagen mit den starken Flüchten die Luft. Andere Trupps stürzen taumelnd herab, ehe sie sich kurz vor dem Boden abfangen und dann laut rufend landen. Der Himmel über uns ist erfüllt von ihren Stimmen, vom heftigen Rudern der großen Schwingen und dem scheinbar heillosen Durcheinander der inzwischen mehreren tausend Gänse. Jetzt wird's aber Zeit. Ich nehme mir einen kleinen, direkt auf die Pappgänse anfliegenden Trupp vor, die vorderste Gans wird vom Korn erfaßt, im Schuß klappen die Schwingen zusammen, sie fällt. Schnell die nächste anvisiert, das gleiche Bild, doch schon steilen die anderen auf und nehmen hunderte Gänse mit, die der Knall beider Schüsse in die Luft wirbelt. So könnte man den ganzen Vormittag zubringen, aber was soll's? Es geht ja nicht darum, möglichst viele Gänse zu schießen, sondern ein paar für den Festtagstisch zu erbeuten. Was gibt es Schöneres als eine Wildgans aus dem Bratofen, oder Wildgansweißsauer mit Bratkartoffeln? Wer das noch nicht gegessen hat, der weiß nicht, was echtes Mecklenburger Essen ist. Mit zu vielen geschossenen Gänsen darf ich aber der Hausfrau auch nicht kommen, dann hängt der Haussegen schief.

»Soll ich die etwa alle rupfen?«

Was dann an Wildgansdaunen in die Betten und Kopfkissen gestopft wird, hat spätestens im nächsten Winter seinen Zweck erfüllt. So weich, so leicht ist nichts sonst. Wildgansdaunen übertreffen alles. Da fällt der Anlaß der Gänsejagd, nämlich Schaden an den frischgedrillten Kulturen zu verhindern oder doch wenigstens zu mindern, mit dem Nutzen in Küche und Schlafzimmer zusammen. Die Schießer, die nicht aufhören können, solange Gänse fliegen, diese Sorte kann ich auch nicht leiden. Aber noch immer fanden sich unter jenen Weidgenossen, die einen Braten oder anderes Nützliche aus der Jagd zu schätzen wußten, die weidgerechtesten Jäger. Sie haben noch etwas von dem Ursprünglichen, dem eigentlichen Wesen des Jagens, das nie Selbstzweck war und erst in jüngerer Zeit und in Abhängigkeit von Stellung oder Einkommen hier und da zu verkommen droht.

Als wir, bepackt mit Gänsen und Pappkameraden, unseren Stand verließen, da zogen aus der Richtung der Seen schon wieder in endlosen Keilen die Scharen heran, ohne sich groß um den Menschen und seinen Hund zu kümmern. Tausende, zu manchen Zeiten Zehntausende der weitgereisten Vögel lagen über Wochen auf den Gewässern und ästen sich auf den Feldern die Kraft an, weiterzuziehen und den Winter zu bestehen.

Wo immer sie fliegen und rufen, wecken sie Sehnsucht und lassen für Augenblicke verweilen. Ihr immerwährendes Kommen und Gehen birgt die Hoffnung und trägt den Abschied.

Füchse, Füchse ...

D er achte Fuchs mit der Kugel in drei Wochen.
Was soll das noch werden?
Ich wollte zum kleinen Graben, wo die Leiter an der Eiche steht, doch
noch bevor ich um die Weidengruppe an der langen Hecke kam, sah ich
ihn schon mausen. Jetzt schon, dachte ich, und schnell entschlossen
nahm ich ihn mit.
Das stille spätsommerliche Wetter wirkt beinahe einschläfernd. Lange
Schatten wirft die Sonne, so daß die Reihergrasfahnen im Gegenlicht wie
Fackeln aufleuchten. In Dunst gehüllt steht das Riedgras im dunklen
Schlagschatten der Hecke, und der Mais oben am Hang, in das rötliche
Licht der schwindenden Sonne getaucht, scheint wie eine feurige Wand
zu leben. Zwei kleine Bockkitze äsen in der Wiese am Grabenrand, wer-
fen auf und springen dann ab, während zwei andere Kitze durch das Gras
toben, in Kreisen sich jagen, rennen, ihren ganzen Übermut und ihre
junge Kraft ausspielen. Graugänse gijacken hoch am Himmel, ziehen in
Keilen zum See, die Kitze verhoffen, müßten den abendlichen Lärm der
Gänse doch wohl kennen, und ziehen dann in die große Mähwiese zur
Linken. Wo ist die Ricke? Ich muß an den schnell erlegten Fuchs denken.
Ja, die Füchse! Der erste, vor drei Wochen, kam mir in der Gerstenstop-
pel, doch nie so nah, daß ich den Schrotlauf hätte nehmen können, so
mußte ich die wieder eingeschossene Kugel probieren. Und noch am selben Abend mäuselte ich den zweiten vor die Kanzel. Beide waren Jung-
füchse. Zwei Abende später folgte dann ein Alt-Rüde und am Wochenende auf derselben Gerststoppel noch ein Jungfuchs. Meine Frau legte
von »Katers Grab« aus, das ist die hohe Kanzel an der Pappel, von wo man
Dorf und See weithin überblicken kann, zwei Jungfüchse und eine Fähe
mit dem Hagel ins Gras. War damit der Zorn des Bauern gestillt, der uns
Tag für Tag nervte, weil er auf den Stoppeln und Koppeln immer wieder
Füchse gesehen und verständlicherweise Angst um seine Kühe hatte?
Sicher übertrieb er mit seiner Furcht. Laß nach, hatte mein ehemaliger

Jagdleiter geraten. Sie bringen kein Geld mehr, und du mußt sie jetzt, bei diesem »Sommerfrost« einbuddeln, da kannst du lange graben, die Erde ist hart wie Stein. Ach ja, ich weiß, aber die verdammte Tollwut. Es ist ein Mäusejahr und auch ein Hasenjahr, und so wird's bei so vielen Füchsen im nächsten Jahr sicher auch ein Tollwutjahr. Und das langt mir schon, wenn ich nur dran denke.Bei jedem Stück, das man aufbrach, zog man Handschuhe an, und wenn man Pech hatte und die dünnen Dinger einen Riß oder ein Loch hatten, waren hinterher die Hände verschmiert. Kam dann der positive Bescheid vom Tiergesundheitsamt, und man hatte Kontakt gehabt (und welcher Praktiker hatte keine kleinen Verletzungen an den Händen?), dann marschierte man ab zur Tollwutimpfung. Diese »Sechs plus eins«-Impfung ging über vier Wochen ambulant, und spätestens am dritten Tag kam man sich hinter einem Lenkrad vor wie eine Schwangere, so geschwollen war die Bauchdecke, und man versuchte, nach hinten gelehnt zu fahren – ein dolles Gefühl. Hatte man dann besonderes Pech und mußte diese Tortur dreimal im Jahr, nämlich Januar, August und Dezember über sich ergehen lassen, spätestens dann fragte man: Warum immer ich.

Mehrmals im Jahr meldete sich aus irgendeinem Dorf der Praxis ein Bauer oder Hühnerhalter, weil ihm »der Fuchs« schon wieder die beste Legehenne geraubt hatte. Auch wenn es sich oft um die zehn Lenze alte, lahme und fast blinde Henne Auguste handelte, es war ärgerlich, diese vorwurfsvollen Klagen zu hören. Manchmal, und dann wurde es bedenklich, hatte sich der von den Menschen rachsüchtig und mit großem Hallo verfolgte Räuber in seiner Not auch in eine Hundehütte geflüchtet. Das war nicht üblich, und deshalb war der Tollwutverdacht schnell bei der Hand. Also: Meldung eines nicht zur Jagd gehörenden, unüblichen Gebrauchs der Jagdwaffe beim ABV, dem Abschnittsbevollmächtigten der Volkspolizei, dem »Freund und Helfer«, wie die Bauern spottend sagten – danach »durfte«, mußte der verängstigte Rotrock erlegt werden. Dabei passierten dann manchmal Zwischenfälle, wo man nicht wußte, sollte man lachen, weinen, den Kopf schütteln, oder, meist hinterher, tief durchatmend danken, daß alles noch einmal gut abgegangen war.

Eines Tages im Spätherbst mußte ich nach Lapitz. Das ist ein hochgelegenes Dorf abseits der großen Straßen, zwischen verlandenden Seen am Wald hingeduckt; man könnte es verträumt nennen, hätte nicht blinder Ehrgeiz einer »industrieähnlichen Produktion« das ehemalige Guts- und Bauerndorf mit einer Milchviehanlage verschandelt, deren landläufiger Name »Kuh-KZ« für sich spricht. Sonst standen Stall- und Wohngebäude in gedrängter Weise um Friedhof und Dorfteich, und nur das Gutshaus lag etwas abseits am Rande der verschlafenen Idylle. Wie so oft in Mecklenburg und Vorpommern, war dieses große Gebäude nach der Bodenreform unter die Vertriebenen und Flüchtlinge verteilt worden, die sich im Laufe der Jahrzehnte darin mehr oder weniger wohnlich eingerichtet hatten. Rund herum standen, wahllos und primitiv, zuweilen aber überraschend stabil, die Schuppen und Schüppchen der Bewohner. Hühner, Enten, Karnickel, das Schlachtschwein oder eine Ziege teilten sich den Raum mit Brennholz, Kohlen, Runkeln und Kartoffeln, und alle möglichen Gerätschaften vervollständigten das Durcheinander.

So sah es aus, als ich dort hingerufen wurde. Ein Fuchs war in den Stall eingedrungen, hatte drei Hennen und zwei Enten von Oma Saboijnik gemordet und sich dann irgendwo in dem kleinen Stall versteckt. Die Oma, ein zierliches altes Mütterchen, wieselte unter ständigem Lamentieren um mich herum, hatte die Opfer des verruchten Bösewichts längst in Eimern mit fast kochendem Wasser und war gerade zwischendurch beschäftigt, sie von den Federn zu befreien. Tollwutverdacht (!) war angesagt, und Oma rupfte. Ich befahl erst einmal alle Neugierigen aus dem Stall und der näheren Umgebung – man sollte nicht glauben, wie viele Menschen plötzlich in solch kleinem Dorf Zeit haben – und wollte nun nach dem Fuchs suchen. Vorsorglich hatte ich die 12er Bockflinte mit Schrot geladen, ein paar Patronen zwischen die Finger geklemmt und die Stalltür hinter mir geschlossen. Da stand Oma Saboijnik vor der Flinte.

»Oma, aber nun raus hier, das ist zu gefährlich.«

Widerwillig klemmte sich das Frauchen aus dem Verschlag. Ich wollte mit der Suche beginnen, da stocherte jemand hinter mir in dem reichlich dunklen Stall mit einer langen Stange im Hühnerverschlag rum.

Die Oma. »Doa sitta. Ech hebba em seia« (»Da sitzt er. Ich hab ihn gesehn«).

Es half nichts. Einer der Melker, die draußen auf den Fuchs lauerten, mußte auf die wieselflinke, kaum zu bändigende aufpassen. Vorsichtig sah ich in den dunklen Hühneralkoven. Nichts. Schon wollte ich Entwarnung geben, da stieß ich an einen Balken. Das polternde Geräusch ließ einen dunklen Schatten durch den Verschlag huschen, ich schoß, Kückendraht mit Staub von zig Jahren, Hühnerdreck und der Putz der oft gekalkten Wand vermischten sich. Für Augenblicke war nichts zu sehen. Als sich die Wolke gelegt hatte, stand Oma wieder vor mir. »Ick heff sei nich hollen künnt« (»Ich habe sie nicht halten können«), meinte mein Melkermeister, »sei wir tau fix« (»Sie war zu schnell«). Vom Fuchs war nichts zu sehen. Es blieb nichts übrig, wir mußten den dunklen Verschlag vorsichtig abreißen. In der hintersten Ecke, fast eingeklemmt, lag das Füchslein – mausetot. Ich schrieb der Bürgermeisterin eine Anweisung, daß Frau Saboijnik die vom Fuchs gerissenen Hühner und Enten unschädlich zu beseitigen habe, ließ die Oma unterschreiben, nahm den Fuchs im Folienbeutel mit zum TGA, dem Tiergesundheitsamt, und wartete die Untersuchung ab. Natürlich war der Fuchs unverdächtig. Aber »Oma« hatte, ebenso natürlich, ihre gemeuchelten Lieblinge verwertet. Was soll's.

Die längere Zeit geübte Fuchsbaubegasung war aus mehreren Gründen in unseren Augen Unfug, eine Tierquälerei sondergleichen und brachte aus verschiedenen Gründen nicht den gewünschten Erfolg. Die Jäger waren hin- und hergerissen zwischen Pflicht und Balg, denn für den gab's im Winter allerhand Geld. Und wer Altmeister Dietzels Ansicht: »Wenn man einen Fuchs sieht, ist einer zuviel«, richtig verstand, der wußte, daß eine gesunde, niederwildverträgliche Fuchspopulation weitgehend unauffällig war. Und es war ja nicht nur der Fuchs selbst, der wegen der Tollwut zu fürchten war. Auch die Katzenplage im Revier brachte Tollwutgefahr in die Siedlungen. Dazu kam die neue, noch weitgehend ungeklärte Gefahr von tollwuttragenden Fledermäusen.

Nun erhoffte man sich Erfolge durch eine Schluckimpfung. Die bisherige Kommandowirtschaft bei der versuchten Fuchsdezimierung hatte allenfalls den Charakter einer gnadenlosen Fuchsbekämpfung gehabt, mehr nicht. Da wurde per Stichtag für einen Tag im Frühjahr die Begasung in der gesamten DDR angewiesen, ohne Rücksicht darauf, welche Witterung gerade in Thüringen oder an der Küste herrschte. Und stürmte es in den Bergen und Reineke saß gemütlich, aber gefährdet im Bau, dann hatten wir vielleicht im Norden schönstes Mützenwetter und Malepartus lag verlassen weil »Herr Fuchs« seinen schönen neuen Frühjahrspelz spazierenführte. So unterschiedliche Ergebnisse gab es dann. Er ließ sich nicht in ein bürokratisches Schema pressen.

Doch der Rotrock gehörte nun mal in den Wald. Ein Revier ohne ihn war undenkbar. Der stark angestiegene Verkehr überrollte gnadenlos auch die Füchse – und trotzdem gab es immer mehr. Seine Kinderstube antwortete mit immer höheren Nachwuchszahlen, und wo sich in früheren Jahren noch drei Welpen am Bau getummelt hatten, da kugelten jetzt sechs bis acht durcheinander. Und verhinderte die Schluckimpfung die Tollwut, dann könnte die Population des heimlichen Schleichers und Waldpolizisten noch weiter aus den Fugen geraten.

Doch wie soll's weitergehen? Wird der Sommerfuchs verschont, weil kein Anreiz da ist, bekommt man ihn im Winter noch lange nicht vor die Flinte. Die Jungfüchse suchen im Herbst ein eigenes Revier, da sind dann Einstandskämpfe unausbleiblich. Schon breitet sich ohne Impfung, oder bei unordentlicher Auslage der Impfköder, wieder die Tollwut aus, denn die überall revierenden Sauen sind oft eher am Köder und lassen sich diese schmecken. Die jungen heranwachsenden Kitzböcke mit ihrer erwachenden Männlichkeit sind in ihrer Unerfahrenheit am meisten gefährdet, von einem tollwütigen Fuchs gebissen zu werden. Ranz- und Rollzeit führen nicht nur den Fuchsrüden über weite Wege zur liebeklagenden Fähe. Die Betze rennt und ruft in weißen mondhellen Nächten ihre große Liebessehnsucht über die Felder und Wiesen. Und der Rüde kläfft seine Reviergrenzen gegen die Nebenbuhler laut in die Nacht.

Begasung nochmal erleben müssen? Um Himmelswillen nein, nur das nicht mehr.

Tollwutgefahr? Bloß nicht! Also müssen wir andere Wege gehen, vielleicht sogar die altbekannten, wie den Ansitz am Bau. Wo aber ist der? Als die großen Baue begast wurden, da verzog sich Reineke in schnell-

gegrabene Notbaue, in Meliorationsdurchlässe und andere Unter-
schlupfe. Daß er in Naturschutzgebieten und Nationalparks geschützt
war und nicht behelligt werden durfte, das lernte er sehr schnell. Viel
rascher, als wir das begriffen hatten und mindestens so leicht wie die
Sauen. Die Mühsal, in der Nähe des Baues im Baum angebunden zu lauern, bis er sich zeigt, scheut mancher. Eisen legen ist oft eine Schinderei.
Fuchssprengen war lange verboten, und so müssen die rechten
Bauhunde auch erst wieder heranwachsen. Folglich bleibt nur der Schuß
bei jeder sich bietenden Gelegenheit. Da kommen wieder die altbewehr-
ten Lockmittel zur Geltung. Die Hasenklage etwa, oder falls die kleinen
grauen Flitzer irgendwo in der Nähe ihre Löcher haben, das Kaninchen-
zwitschern. Aber wehe dem, der's nicht beherrscht, ein verachtungsvol-
ler Blick aus Reinekes Sehern ist das Wenigste. Dort geht er so schnell
nicht wieder auf Mäuse. Mäuseln, so zwischen den angefeuchteten Lippen die Luft gepreßt eingezogen, das will auch gelernt sein, und es soll
sich schon manches Füchslein halbkrankgelacht haben über die Mißtöne
von der Kanzel. Wo wenig Mäuse in den Stoppeln rennen, übertölpelt
man Reineke damit nur schwer. Wenn man aber beim Frühmorgenansitz
erlebt hat, wie die Fähe mit einer ganzen Gesellschaft Mäuse im Fang
noch weiter jagte, dann spätestens hat man begriffen, daß die kleinen
Nager zu seiner Leib- und Magenfreude zählen, und man versteht, daß
die vielen wildernden und auch mausenden Katzen ihm den Speiseplan
durcheinanderbringen. Der Luderschacht in Kanzelnähe ist auch nicht
das Wahre. Reineke Rotvoss, hat er erst mal die Kugel von einer Kanzel
pfeifen hören oder das eine oder andere vorschnell hingeworfene Schrot
schmerzhaft verspürt, ist rasch gewitzt und meidet solche unfreundlichen Plätze, noch dazu, wenn er bei nächster Gelegenheit die
bekannte, aber wenig beliebte Duftspur eines Grünrockes in der Nase
hat. Der mit allen Erlebnissen eines gefahrvollen Lebens gefütterte Altfuchs geht erst einmal weite und sichere Wege bis zur vermeintlichen
Beute, und man muß schon einige Füchse in seinem Buch haben und
doppelt so viele Enttäuschungen hinter sich, ehe man ihn überlisten
kann. Scheinbar unbeteiligt zieht er, nach kurzem, kaum merklichen
Aufwerfen und Hinhören weiter, so als würde ihn der Mäusepfiff nicht

interessieren. Doch gemach, gemach. Bleib nur ganz still sitzen, aber sei schußfertig, denn irgendwann, mitunter schon bald, kommt er dir im Rücken oder von der anderen Seite, um sich diese Mäuse aus der Nähe zu behorchen. Und deshalb ist es gut, wenn man hoch oben auf der Kanzel oder Leiter sitzt, wo der Wind ihm nicht verräterisch die Witterung zuspielt. Ein kurzes Anstreichen im Laub, das warnende Tickern eines Rotkehlchens, ein erschreckter Ruf des Eichelhähers, und er steht plötzlich, wie aus der Erde gewachsen, da, still sichernd, aufmerksam und absprungbereit. Wie hingegossen verhält er, jetzt nur keine hastige Bewegung, kein knackendes Vorschieben der Sicherung, du mußt längst fertig sein. Dann, dann vielleicht, wenn es ein guter Schuß ist, dann liegt der Lohn. Hast du dir aber zu ebener Erde, vielleicht hinter der Hecke, in einem Strauch, an einer kleinen Fichte den Ansitz gesucht, ist mit dem sichernden Altfuchs kaum zu rechnen. Dann muß man mit den zwar aufmerksamen, aber doch noch unerfahrenen Jungfüchsen vorliebnehmen. Der Altfuchs hat dich längst erkannt und verschwindet so heimlich und leise, wie er gekommen ist, nach Malepartus oder in jenen Teil des Reviers, wo du nicht sein kannst.

Ach, Reineke Rotvoss, Waldfürst und Freibeuter, wer möchte dich nicht in Wald oder Feld erleben, wenn du mit der buschigen Standarte an deinem prachtvollen roten Rock schnürst oder lauerst und deine Sprünge vorführst? Zwei Seelen schlagen wohl in der Brust der meisten Jäger. Sie mögen dich – im doppelten Sinne. Doch seit du nun auch noch in immer größeren Kreisen den kleinen Fuchsbandwurm spazierenführst, sind dir immer mehr Leute gram, nicht nur die Viehbauern, sondern auch die Pilz- und Beerensucher, und mancher traut sich nicht mehr, der Liebsten beim Waldspaziergang ein Sträußchen zu pflücken. Das alles deinetwegen.

Da sitze ich nun und träume und überlege, wie ich die Anordnungen eines Herrn Minister, den Fuchs mit allen verfügbaren Mitteln zu dezimieren, meine Jagdleidenschaft und die Liebe zu diesem roten Baron unter einen Jägerhut bringe.

Darüber ist es fast dunkel geworden. Die Ricke ist zu ihren Kitzen ins Feld gezogen, irgendwo im Busch schrecken anhaltend die Rehe, vielleicht wechseln die Sauen schon aus der Fichtendickung. Meinem Wachtel und mir steht noch ein langer Weg nach Hause bevor. Der ausgekühlte Fuchs hängt in einer Astgabel. Morgen früh muß ich ihn eingraben. Das ist die Strafarbeit, von der ein Minister nichts weiß. Früher kamen die nicht verwertbaren erlegten Füchse im Folienbeutel zur Abdeckerei. Das ist heute verboten. Andere Länder, andere Sitten. Es hat sich eben manches in der Jagd geändert, nicht nur beim Fuchs. Und nicht alles zum Besseren.

Advent an uralter Sitzwarte

Das Land wartete auf den Winter, die Saaten träumten vom Schnee. Wochenlang hatte das naßkalte Novemberwetter auf der Landschaft und den Menschen gelastet, dann war es langsam und niederdrückend in den Dezember hineingenieselt. Man mußte sich tief in das Regenzeug oder in die warme Stube verkriechen, um diese Witterung ertragen zu können. Selbst das Rehwild schien lustlos im Busch an den letzten Brombeerblättern zu äsen und ließ sich kaum auf der Saat blicken. Dort spürten sich nun Nacht für Nacht die Sauen. In ihrer dicken Jacke gegen solche Unbill geschützt, nutzten sie die naßkalte, dunkle Zeit, um sich genügend Weiß für den Winter anzumästen. Jetzt waren sie vor den Jägern sicher, die lieber bei der Hausfrau am Ofen saßen und den winterlichen Drückjagden entgegenfieberten. Die Adventszeit war grau, wolkenverhangen und von häufigen Nebeln verschleiert, dahingetrieft. Wir hatten noch keinen Weihnachtsbraten erjagen können. Da schlug plötzlich vor dem vierten Advent der Wind nach Osten um, der Himmel wurde für wenige Tage blau und klar und frostig. Morgens lag Reif auf den Gärten und Wiesen. Die Luft nahm den untrüglichen, seit Kindertagen bekannten und ersehnten Schneegeruch an. Alles wartete.
Dann kam er. Mitten in der Nacht hatte es zu heulen begonnen. Plötzlich klapperten die Schieber im Schornstein, die Fenster stöhnten unter dem jäh einsetzenden Winddruck, der alte Nußbaum klopfte heftig mit seinen Ästen ans Dach. Jaulend pfiff der Schneesturm um die Hausecken, drückte gegen die großen Scheunentore, kräuselte in den Schornstein hinein, stiebte ins Eulenloch am Giebel und schnaubte, heulte und prasselte durch den Garten, daß sich die beiden Wachtelhunde in ihren Winterhütten enger einrollten und den Fang tiefer unter die buschige Rute steckten. Allerlei Spiele trieb der Sturm in dieser Nacht mit dem immer dichter wirbelnden Schnee. Hier schob er am Zaun eine Wehe hoch, dort fegte er das dünne Eis des Dorfteiches blank, so daß es rasch tiefer fror. Hohe Wälle türmte er hinter der Schlehdornhecke und verlegte die Straße, und in den Gärten waren bald Rosen- und Grünkohl so eingeschneit, daß nur noch vereinzelte grüne Spitzen aus der weißen Pracht ragten. Die Schilfdächer hatten im Nu weiße Hauben, wirbelnd fegten feine Schneewolken von den Dachkanten um Fenster und Türen. Hier und da leuchtete für kurze Zeit Licht hinter einem der Fenster auf, wenn ein aus dem Schlaf aufgeschreckter Bewohner, verwundert oder auch nachdenklich den erwarteten, ersehnten oder auch befürchteten Wintereinbruch bemerkte. Als dann gegen Morgen der Sturm abflaute, und bald darauf auch der Wind einschlief, da standen im frostklaren heraufdämmernden Morgen erste frühe Rauchfahnen über den Schornsteinen der Häuser wie weiße Signalzeichen. Bitterkalt war es geworden.

Der alte Moskwitsch in der unbeheizten Garage war nur deshalb zu starten, weil die ganze Nacht hindurch der eingebaute Tauchsieder im Kühlerkreislauf Motor, Kühler und Batterie unter der dick eingedeckten Haube erträglich warm gehalten hatte. So sprang er, nach unwilligem, zögerlichem Gequietsche und Gekreisch, doch an. Ich wollte, nein, mußte zur Jagd. Zuvor war jedoch mit Hilfe der Söhne, die wenig erfreut über die frühe Störung an diesem eisigen Morgen unlustig aus den Federn krochen, noch die Garagenausfahrt vom hohen Schnee zu befreien. Uns wurde zum ersten Male warm.

Das konnte ja lustig werden. Heute mußte das ganze Arsenal wärmender Jagdutensilien herhalten, als da sind: dicke angerauhte Unterhosen, schafwollene Strümpfe, die hirschledernen Hosen, Filzstiefel, Rollkragenpullover, der dick wattierte Tarnanzug und natürlich die gefütterten Handschuhe sowie die unvermeidliche russische Pelzmütze mit den Ohrenklappen. Immerhin sollte es zur Drückjagd auf Sauen gehen. Was aber hieß das?

Nur wer diese Drückjagden mehrmals bei eisigem Wetter mitgemacht hat und so richtig durchgefroren war, weiß, wie wichtig die wärmende Hülle ist und schätzt außerdem eine große Thermosflasche mit Tee oder Kaffee, zweckmäßigerweise noch mit Rum oder Weinbrand angedickt. Nicht zu vergessen ein paar handliche Butterbrote, zwischen denen der Schinkenspeck nicht nur zur Zierde liegt. Von dem neumodischen Schnickschnack der Überjäger wie - Taschenöfchen, Strumpfbatterien, Heizkissen und was sonst an ausgekochter Technik phantasievollen Gehirnen entsprungen war und ganze Seiten in den einschlägigen Jagdkatalogen füllte, davon wollten wir auf dem Lande gar nichts wissen, kamen an diese sonderbaren Erzeugnisse auch nicht ran. Es sei denn, ein älterer, westreisebefugter Verwandter brachte in seinen Wunderlandtüten etwas Derartiges mit. Aber dann mußte man sich den Spott der anderen gefallen lassen. Schon deshalb verzichteten wir auf diese sauren Trauben anderseitiger Erkenntnisse wie der Fuchs auf die zu hoch hängenden Beeren und nannten solcherlei Entsagung und Abstinenz innere Einkehr. Manche behaupteten sogar, es sei Überzeugung. Soviel zum Wärmebedürfnis eines Mecklenburger Weidmannes. Notfalls tat es bei uns zum Nachtansitz auch ein Fußsack mit Häcksel. Als endlich die »Kanone« samt Munition, Messer und Fernglas verstaut war und die Hunde ihre morgendliche warme Milch mit Haferflocken ausgelöffelt hatten, konnte es losgehen.

Noch war die Sonne hinter den Wäldern am See verborgen. Der Schnee knirschte und quietschte unter den Reifen und die Scheiben wurden nur mühsam eisfrei. Wustrow, das kleine, verschlafene, fast vergessene Dorf am Ende des großen Sees – es ahnte ja noch nichts davon, bald der Freizeittummelplatz einiger datschenbauwütiger Großstädter zu werden –, Wustrow lag an diesem Morgen noch fast im Schlummer. Am großen alten Kuhstall qualmte der Dunst aus Fenstern und Türen. Melker schleppten Tränkwasser von der Pumpe, Milchkannen klapperten, Kühe brüllten dumpf nach Futter. Auf dem Platz vor dem niedrigen, in Fachwerk gebauten Gutshaus wollten wir uns heute versammeln. Die Melker, sonst immer zu Späßen und Spott aufgelegt, wenn sie uns Jäger sahen – wir kannten uns ja alle –, hatten bei dieser barbarischen Kälte auch keine Lust, lange hier draußen zu klönen. Beinahe froren ihnen die Hände an Pumpenschwengel und Kannengriffen fest. Allmählich trudelten die Weidgenossen ein. Begrüßung und Hallo und: »Laßdiehandschuhean« – »Wasfüreinschnee« – »Naheutemußesjaklappen«. Und die Hunde hatten bei der Kälte auch keine Lust zu den sonst üblichen kraftmeierischen Begrüßungen. Sie schienen sich sogar das rituelle Beinheben zu versagen. Zügig füllte sich jetzt der geräumige Platz zwischen Stall und Gutshaus mit Autos der bekannten älteren Baujahre: Trabis, Wartburgs, Saporoschez (genannt: T 34 de Luxe), uralte und neuere Moskwitsch. Selbst Mopeds, vom Typ »Hackenwärmer« bis zu den neueren Erzeugnissen sozialistischer Fahrzeugtechnik mit naturgerechten Namen wie Sperber, Star, Spatz oder Schwalbe, waren bei dieser Kälte häufige Gefährte, denn längst nicht alle, ja eher wenige hatten einen Wagen oder etwas, das zumindest danach aussah. Die Wagenbesitzer pflegten und polierten ihre zehn Jahre und älteren fahrbaren Untersätze und besaßen einen unendlichen Scharfsinn und eine kaum zu überbietende Geschicklichkeit, wenn es darum ging, die alten Mühlen in Gang zu halten.

Jäger, Treiber und Hunde gruppierten sich zu einem Stilleben, von dem nun auch die Dorfhunde lautstark Notiz nahmen. Die traditionelle Begrüßung durch die Bläser fiel fast dem Frost zum Opfer, denn die Hörner wollten die Töne nicht hergeben. Umsonst spitzten sich die Lippen an den in den Hosentaschen vorgewärmten Mundstücken – ich mußte an Münchhausen denken und mir ein Lächeln verkneifen. Doch heute lachte niemand über die verqueren Töne. Rasch ging das sonst so langatmige Sprücheklopfen, die Einweisung , Erklärung der Wildfolge und das unvermeidliche Salbadern über die Sicherheit in die Ohren, genauer gesagt durch die Ohrenklappen der vierzig Weidmänner. Die Treiber hörten scheinbar ergeben den bekannten Sermon: kein Alkohol, keine Knaller und Raketen, Saufedern nur im äußersten Notfall gebrauchen, leise und langsam treiben, nicht alle Hunde gleichzeitig loslassen! Aber ach, herrjeh, kaum hatte dann das Treiben begonnen, zischten die Schwärmer und ballerten die Kanonenschläge, so nach dem Motto: Was ihr könnt, können wir schon lange. Und mal ehrlich: Wir mußten ja froh sein, wenn wir immer genügend Treiber hatten. Manche Jackentaschen unserer Jagdhelfer waren zu Beginn auch reichlich ausgebeult, so daß man dahinter den einen oder anderen »Blauen Würger«, »Spezi«, »Torwächter« oder wie die Tröster und »Bretterknaller« sonst noch hießen, vermuten konnte.

Rasch fuhren die ersten Schützen zu den entfernten Außenständen los. Inzwischen sind wir schlauer als damals, heute fahren sie schon lange vor der Eröffnung zu ihren Plätzen, denn wir haben die Erfahrung gemacht, daß das Rotwild sich bei der lauten Eröffnung aus dem Staube macht und manchmal sogar die Sauen mit anstiftet, die noch im Unterholz brechen.

Na, in der Haut der Schützen auf den Fernwechseln mochte ich heute nicht stecken. Vier Stunden auf dem Hochsitz, weitab vom lärmenden Getümmel des Treibens, irgendwo draußen an einer Hecke oder in der ungeschützten Feldmark an einem Soll oder einem alten Eichenüberhälter ausharren! Andererseits genossen sie den unglaublichen Blick über die Weite der dick eingeschneiten, stillen Landschaft und hatten die Erlaubnis, Dam – oder Rotwild zu erlegen, das ja auf diesen Ständen, fernab vom Treiben, vertrauter kommt und besser anzusprechen ist. Aber die Kälte in der Einsamkeit, besonders jetzt, wo die Sonne sich rot über den Waldsaum schiebt und Milliarden Funken im frostigen Schnee aufglitzern läßt und die Luft noch um einige Grade eisiger macht. Nein danke! Da gehe ich lieber mit meiner 12er Bleischleuder los und neide ihnen heute ihre langen Rohre mit den Kiekern nicht. Auch wenn mir sonst beim Anblick der Kugelwaffen der zitronengelbe Neid unverhohlen aus den Augen springt.

Ich stiefele endlich auch mit dem Rest los. Einen meiner Wachtel, den robusten Sauhund Mac, nehmen die Treiber mit. Die Hündin bleibt bei mir. Mein Platz wird mir zugewiesen. Es ist, vom Blick her, fast ein Fernwechselstand, aber was für einer. Neider nennen ihn einen Kaiserstand. Hoch über dem Dorf, am »spitzen Hügel«, dem sogenannten Wendenkönig, einem der schönsten Hügelgräber im Land, soll ich »Sauenwache« halten. Bei Schluß der Jagd will man mich abrufen. Links wie rechts laufen die Fernwechsel der Sauen hin zu den »Rehser Birken« und den großen Schilfdickungen bei der sagenumwobenen Fischerinsel, vorbei am »Öschenbarg« (»Buschwindröschenberg«), dessen Buchen wie stumme Wächter in der weißen Weite hoch aufragen. Aber wo soll ich vor dem Hügelgrab Deckung finden?

Inzwischen ist die Sonne über der Lieps und gleißt im Schnee des zugefrorenen Sees wie in einem Spiegel. Eine Schneemauer werde ich mir bauen. Das schafft Deckung und schützt gegen den zwar schwachen, aber hier oben auf Dauer fast tödlichen Wind. Selbst der Hund ist dankbar für den Schutz und hat es sich auf dem Rucksack bequem gemacht. Ringsum ist alles still. Der Schnee scheint die Geräusche dieses Morgens wie Watte zu schlucken. Saatkrähen ziehen hoch nach Norden. Plötzlich sind auch zwei Kolkraben über dem vor mir liegenden Wald. Sie ahnen etwas. Wissen aus langer Erfahrung, wenn Jäger und Hunde im Revier sind, fällt für sie immer etwas ab. Und sie bedanken sich mit ihren weithin hallenden glockenähnlichen Verständigungsrufen bei den Jägern, wenn eine liederliche oder erfolglose Nachsuche für ihren Mittagstisch gesorgt hat.

Ein erster Schuß hallt. Hunde läuten plötzlich durch das Holz, noch ein Schuß – und noch einer, schon näher – ich werde munter, da kommt in

Riesensätzen Reineke durch den Schnee gestiebt, aber viel zu weit für die Schrote. Na, wenigstens ein Anblick. Aber jetzt geht's los, dumpf hallen die 12er und 16er Flinten mit den Brenneke-Geschossen und dann, weiter weg, knallen hell und peitschend die Kugelläufe an den Außenständen. Dachte ich es mir doch. Die Sauen wollen mit halbem Wind aus dem Treiben ausbrechen, rüber nach Prillwitz und Zippelow, hin zum Rosenholz. Als ob da nicht schon genug Wild wäre. Und ich sitze hier. Plötzlich nahebei der Jagdlaut eines Terriers – und schon bricht eine Rotte aus dem Dornendickicht am Waldrand, links hin zu den Wiesen, wo die rettenden Schilfwälder und undurchdringlichen Salweidengebüsche liegen. Da steht keiner, verflixt, die kommen weg, und ich sitze hier oben und kann nur sehnsüchtige, neidische Blicke hinterherschicken. Gleich ist mir warm geworden. Hin und wieder hallt fern im Wald noch ein Schuß, dann Stille.

Ich blicke erst einmal lieber tiefsinnig in den Kaffee mit Rum. Richtig heiß ist der auch nicht mehr. Meine Carla freut sich über die dicke Stulle, ich auch. Und so frühstücken wir beide hier oben im Angesicht dieses schönen Adventssonntages. Jetzt läßt sich sogar der Seeadler blicken. Mächtig klaftern die breiten Schwingen, weiß leuchtet der keilförmige Stoß. Ein Altvogel. Der ganze majestätische Recke scheint nur brettbreite Schwingenpracht zu sein, so segelt er langsam über Wiesen und Dorf. Hoffentlich denken die Weidgenossen nachher an ihn und legen den Aufbruch für ihn zurecht, denn jetzt beginnt eine schwere Zeit für den großen Greif.

Langsam wandert die winterlich tiefstehende Sonne weiter. Einzelne Tannenmeisen besuchen mich hier oben, ein Flug Wacholderdrosseln hängt sich hungrig in den Schlehdorn an der Waldkante. Hin und wieder, in langen Abständen, fällt näher oder weiter ein Schuß. Gilt er einer Sau oder einem Fuchs, oder hat man das Damwild doch im Treiben? Manchmal ist aus der Ferne der helle Jagdlaut eines Terriers zu hören. Er wird wohl an Rehwild jagen. Mac's dunkler Laut meldet sich nicht. Hat er noch keine Sauen gefunden? An der Meutenjagd beteiligt er sich nicht. Als waschechter Deutscher Wachtelhund jagt er für sich allein. Ist aber sein Jagdlaut zu hören, dann zieht er die anderen hin, denn das wissen sie aus gemeinsamer Erfahrung: wenn der »Dicke« sich lauthals bemerkbar macht, dann geht es rund. Hinter mir in den Linden des Hügelgrabes ruft ein Tannenhäher. Ein ungewöhnlicher Besucher ist das. Seltener Wintergast aus sibirischen Wäldern, ist er hier kaum zu sehen. Und das Ungewöhnliche seiner Erscheinung in harter Zeit ruft sofort den Argwohn der Menschen hervor. Unglückshäher, Mordvogel, Seuchenbringer schimpfen ihn die Landbewohner. Als ob er etwas für kalte, opferreiche, langanhaltende Winter mit all ihren schlimmen Folgen könnte. Hat ihn die Not in seiner Heimat bis hierher getrieben? Schwach leuchtet sein tropfenförmig gefärbtes Gefieder in der Sonne. Wieviel unscheinbarer und stiller ist er als »Markwart«, unser bunter Eichelhäher und Waldpolizist. Der macht sich jetzt auch bemerkbar. Zwei dieser vielfarbigen Schreihälse kommen, empört rufend, von der Waldkante herüber und fliehen gleich zu den Buchen weiter. Und schon ist die Ursache ihrer Aufregung zu sehen. Die Treiber sammeln sich unten zum nächsten Treiben. Meine kleine Hündin zittert vor Aufregung. Am liebsten würde sie wohl mit ins Treiben ziehen. Schon knallen ein paar Feuerwerkskörper. »Hussa, Hoho« ,geht das neue Treiben in die Eichendickungen. Plötzlich höre ich meinen Rüden. Die Stimme ist unverkennbar. Haßerfüllt, denn er ist wiederholt bei den Jagden von Sauen geschlagen worden, und trotzdem freudevoll über die Sauenhatz, die sein ganzes Element, seine große Leidenschaft ist, hat er wohl eine Rotte losgestoßen. Es knallt hier und dort, Dubletten krachen, die Terrier jiffen durchs Holz, immer entfernter hallen Schüsse, dann zieht wieder Stille ins weite Rund.

Der Häher ist verschwunden. Langsam kriecht die Kälte in mir hoch. Wenn jetzt etwas käme, ich würde wohl mit klammen Fingern und steifen Schultern glatt vorbeiräuchern.

Doch es kommt nichts.

Die Sonne liegt jetzt am frühen Nachmittag schon tief im Westen. Ist die Jagd schon vorbei? Nichts ist zu sehen oder zu hören, außer den Kolkraben, die sich über dem Wald zusammenrufen. Sollte man mich etwa vergessen haben, hier oben, »weit vom Schuß«? Ich warte und friere. Jetzt bloß keinen Fehler machen, nicht vorzeitig abbaumen. Wie hatte der gestrenge Herr Jagdleiter ermahnt: »daß mir keiner den Stand verläßt, wir rufen zum Schluß ab.« Na also. Meine Hündin hat sich fest auf dem Rucksack eingerollt und schläft. Brav so.

Es geht auf die Vesperzeit zu. Mir wird's zunehmend ungemütlicher. Der Magen knurrt in allen Tönen der Empörung. Selbst das hastige unaufhörliche Zehenbewegen bringt kaum noch Leben in die Füße. Die dicken Filzstiefel helfen jetzt auch nicht mehr. Über fünf Stunden hocke ich nun schon hier oben. Es wird immer kälter. Mir reicht's. Ich packe meine Sachen zusammen, gleich ist meine Begleiterin auf den Läufen. Nein, nein, Carla, nicht was du denkst, Schluß ist für mich, aus, Feierabend. Ich hab's satt. Wir ziehen jetzt ab, nach Hause. Das hält ja kein Mensch aus. Mich lockt jetzt auch mit Macht das Mittagessen und ein ordentlicher Schluck Glühwein zum Auftauen für die kältesteifen Glieder.

Im Dorf angekommen, laufe ich meinem Vetter Päuler über den Weg und sehe seine verwunderten fragenden Augen. »Wat mokst Du denn noch hier? Büst Du denn noch alleen up Jacht west? Hest Du bi de Küll nich naugch kregen? De annern sünd jo all lang na Huus!« (»Was machst Du denn noch hier? Hast Du bei der Kälte nicht genug? Die anderen sind ja längst nach Hause!«).

Na, das reicht mir. Da haben die schon zwei Stunden nach Mittag Schluß gemacht und mich da oben sitzen lassen. »Hebben de denn wat schoten?« (»Haben die denn was geschossen?«) frage ich Päuler. »Na un ob. Föfteihn Schwien un fiv Vöß hebben sei tauhopen führt un morrn wulln sei noch twei nachseuken.« Fünfzehn Sauen und fünf Füchse geschossen und morgen noch zwei Nachsuchen! Donnerlüchting, das hat ja ordentlich gerummelt. »Nu kumm man ierst rin in de gaude Stuw un warm di 'n beten up. 'N Lütten hew ick ok vör di.« (»Nun komm mal erst in die gute Stube und wärm Dich auf. Einen Schluck habe ich auch für Dich.«), tröstet mich mein Vetter. Was soll's! Ich bleibe gern in der gemütlichen Kaffeerunde dieses waschechten mecklenburger Adventsnachmittags bei Punsch und braunen Kuchen, auch wenn ich so manchen Spaß über mich ergehen lassen muß, und taue dabei langsam auf. Wenn man am vierten Advent jagen geht, dann muß man eben mit allem rechnen. Besonders bei einer Drückjagd. Auch damit, daß ich hinterher für meine Ausdauer am hohen Ansitz lauthals ausgelacht werde.

Fährten und Spuren der Erinnerung

Die ganze Nacht hindurch hatte der kleine See am Rande des einsamen hinterpommerschen Dorfes gestöhnt und geklagt. Die Kälte der letzten Nächte zerrte und dehnte seinen Eismantel und trieb tiefe Spalten in die eisige Decke. Selbst jetzt, in der frühen Morgenstunde, wo hinter den alten Eichen des Gutsparkes die aufgehende Sonne ihre ersten Strahlen durch das grobe Geäst schickte, so daß die Erlen und Fichten am gegenüberliegenden Seerand sich röteten und das Schilf in seiner Reiflast zu glitzern begann, selbst jetzt fuhren ab und zu Bewegungen wie Wehen durch den dicken Eispanzer und drückten ihn hoch, bis er kreischend riß. In diesen Morgenstunden war es empfindlich kalt, scheinbar kälter als in der Nacht; oder schien es nur so im Wechselspiel des steigenden Lichts mit der fliehenden Dämmerung? Doch nein, mir fiel ein: auch im Hochsommer hatte ich auf dem Ansitz die Erfahrung gemacht, daß frühmorgens, kurz vor Sonnenaufgang, die frische Luft selbst in der Jacke frösteln machte. Der kleine, gerade mal siebzig Morgen umfassende See war uns früher bei Tage immer vertraut geblieben, obwohl seine sieben Meter Tiefe, stark verkrautet, manches Opfer geholt hatte. Nachts aber, da war er uns Kindern – und wohl auch den meisten »Großen« – unheimlich gewesen. Dann gehörte er den Wildenten oder hin und wieder mal einem rastenden Schwan; die Sumpfohreule gaukelte lautlos an seinem Rand hin, und selbst die Bleßhühner (wir sagten »Lietzen«), immer aufgeregt und geschäftig, stellten bis zur Morgendämmerung ihr Gezänk ein. Im Winter gingen sogar bei dem starken Eis nur die wenigsten nach dem Dunkelwerden an seinem Ufer entlang und schauderten (wir sagten »schudderten«), wenn wieder ein unheimliches Dröhnen über die erstarrte Fläche kam und oft unter den Füßen verklang. Zwar versicherte einer dem anderen, daß man, wenn der See so dröhnte, mit Pferd und Wagen rüberfahren könnte, aber gewagt hat es meines Wissens keiner.

So gehörte er dann, wie man am anderen Morgen an den Spuren und Fährten sehen konnte, dem Nachtleben. Im Uferbereich den Füchsen, die eine ferne Erinnerung an Fische und unvorsichtige Jungenten hierherzog, die sich aber auch nicht allzuweit aufs Eis wagten und den Weg zu den Abfällen des Dorfes lieber am schützenden Schilfrand suchten. Weiter draußen waren frisch zugefrorene Löcher zu sehen – ein Beweis, daß auch nächtliche Besucher aus dem Dorf auf Fische gelauert hatten. Aber allen schien die Klage des Sees unheimlich, und die Bewegungen der Eisdecke trieben sie bald auf sicheren Waldboden zurück. Am nordwestlichen Rand des Sees lag auf einem Steilhang, von riesigen Pappeln beschirmt und dicht mit Efeu überwuchert, der alte Dorffriedhof. Da gingen wir abends ungern entlang, machten eher einen großen Bogen, obwohl das Glaseis – jenes schön glatte und durchsichtige Eis, wo man bis auf den Seegrund schauen konnte und manchmal die trägen Fische stehen sah – gerade unterhalb des Friedhofes in der windgeschützten Bucht, wo der See in ein kurzes Bruch und Weidendickicht auslief, am reizvollsten war. Dort standen auch besonders gern die Hechte und schienen sich »sonnen« zu wollen. So war der Reiz groß, Hechte zu dröhnen, eine Lieblingsbeschäftigung hinterpommerscher Jungs im Winter, und wir unterhielten uns lange vorher, noch während der Heimfahrt von der Schule darüber und hatten meist schon einen Plan gemacht und die Aufgaben verteilt, wenn der Zug bei Ludwigsthal an der Wolfsschlucht vorbeidonnerte und sein Heulen die Ankunft auf dem heimatlichen Harmelsdorfer Bahnhof zu melden schien. Wieviel kürzer war dann der Weg vom Bahnhof nach Hause als morgens zur Schule!

Mittagessen? Ach was. Wir hatten keinen Hunger. Es sei denn, zu Hause wurden Gänse oder Enten geschlachtet und es roch nach Schwarzsauer, jener verlockenden zusammengekochten Köstlichkeit aus Gänse- oder Entenblut mit Backobst, Flüchten, Hals und manchmal auch Wickelpoten und dazu Klieben eingerührt, süßsauer versteht sich. Dafür ließ man beinahe alles andere stehen, und so zwei bis drei Teller voll drückte ein hinterpommerscher Junge schon weg.

Sonst aber: Ranzen unters Bett, andere »Plünnen« an und ab gings – zum See. Erst einmal hieß es die Lage auskundschaften. Unterhalb des Friedhofes konnte man zu leicht vom Fischer mit seinem großen Hund Harras überrascht werden. Da half dann auch kein Verstecken im Schilf. Also versuchten wir unser Glück lieber am anderen Ende bei der Badestelle oder noch weiter in der Waldbucht, wenn dort auch seltener durchsichtiges Eis zu finden war. Dann schon eher auf den Torflöchern, doch die waren unsicher und hatten wegen ihrer warmen Quellen zu viele brüchige Stellen. Einer von uns hatte den Dröhnknüppel, einen aus einem starken, leicht gebogenen oder gekrümmt gewachsenen Weidenast geschnittenen Prügel, die beiden anderen brachten zwei von zu Hause entliehene Beile mit, und mindestens einer, besser zwei standen Schmiere. Zu viele durften es aber auch nicht sein, denn soviel Lebensweisheit aus den Dorfküchen hatten wir schon mitbekommen: »Viele Kinder machen dünnen Drank.« Mancher von uns hatte vier, fünf oder sechs Geschwister, und in der Kastanienallee, gleich unten am Weg nach Emilienthal, in einem der »Leutehäuser« die zum Gut gehörten, wohnte gar eine Familie mit neunzehn Kindern.

Leise ging der mit dem Dröhnknüppel am Schilfrand über das Eis, immer so, daß möglichst kein Schatten vor ihm auf die weiße Fläche fiel, verhielt hier und da aufmerksam einige Zeit, bis er mit einem Mal weit ausholte und mit gekonntem Schwung das Holz auf das Eis sausen ließ, daß es ordentlich dröhnte. Man durfte ja nicht zu schwach hauen, sonst war der Hecht weg, aber auch nicht zu stark. Er sollte ja nur beduselt sein. Gleich darauf hackten wir zwei anderen wie die Wilden auf das Eis los, um an die Beute heranzukommen, ehe der Fisch aus seinem »Dröhndusel« erwachte und verschwand. Natürlich ging das nicht bei dickem Eis, sondern gelang nur, wenn es uns mal gerade so trug. Das war immer eine Sache zwischen Erfolg und nassen Hosen und Strümpfen, wobei wir ja noch keine langen Hosen hatten, sondern die scheußlichen »Dreiviertelschwenker«, bei denen die Strümpfe entweder mit Knöpfen an den Hosenbeinen oder an einem Leibchen befestigt waren. (Wie wir diese Dinger haßten und uns nach der Zeit des Erwachsenseins sehnten!) Lange Hosen gab es erst mit der Konfirmation oder als Knickerbocker zum Skianzug bei den älteren Pimpfen. Wie oft waren wir eingebrochen, weil in unserer jagenden Hast das unruhige Gewicht der drei Jungen vom dünnen Eis nicht mehr getragen wurde. Mancher bekam dann zu Hause die nassen Sachen auf dem Hintern trockengekloppt. Die Älteren, denen es vor allem auf den Hecht ankam, gingen allein. Sie konnten keine Mitwisser gebrauchen. Hatten wir wirklich mal Erfolg, und ein ein- oder zweipfündiger Hecht lag auf dem Eis, dann gab's großes Hallo, und es wurde Kriegsrat gehalten. Doch am Ende bekam meist derjenige den »Braten«, bei dem es zu Hause am ärmsten zuging. Denn was Kameradschaft und Gemeinschaftsgeist war, glaubten wir zu wissen. In der Schule und beim Jungvolk hatten wir das gelernt – »Ehrensache«.

Heute, wo ich nach fünfzig Jahren zum ersten Male wieder auf »meinem« See stehe, die warnenden Rohrfahnen der Eisangler in den Löchern sehe, vermisse ich die neue Dorfjugend beim Hechtedröhnen. Sie kennt es nicht, ebensowenig wie sie die Peikschlitten und das Eiskarussel kennt, Spiele im langen Winter, mit denen wir uns früher den ganzen Nachmittag bis zum Abend die Zeit vertreiben konnten und darüber oft das rechtzeitige Nachhausekommen und die Schularbeiten vergaßen. Wir hatten ja längst nicht alle Schlittschuhe. Nur einige »Große«, Söhne der Bauern etwa oder anderer Bessergestellten, Begüterten liefen, von uns bewundert und beneidet, auf sogenannten Hackenreißern oder Holländern, deren Kufen so schön nach oben gebogen ausliefen und vorne Zacken trugen. An Schuhe mit angenieteten Kufen wagte niemand zu denken; ich glaube, wir kannten sie nicht einmal. Unser Schliddern begann auf Eisbahnen, die wir uns, sehr zum Ärger der Erwachsenen, auf den Wegen oder am Abhang hinter den Häusern der Kastanienallee abends mit Wasser von der Pumpe selber heimlich herrichteten. Und dann ging es anderntags auf dem Schlitten oder in der Hocke, immer mit Holzpantinen, denen der Stellmacher des Gutes dicken Koppeldraht unter die Sohlen genagelt hatte, abwärts, was das Zeug hielt. Wer mit diesem freundlichen älteren Mann in seiner Werkstatt hinter den Pferdeställen auf dem großen Gutshof besonders gut stand (»Paßt mir aber auf, daß uns nicht Inspektor Bunge überrascht«), dem baute er, aber man mußte schon mit zupacken, einen kleinen Peikschlitten. Das war unsere Seligkeit, unser Stolz. Zwei Kufenbretter, vorn abgeschrägt, hinten oben eingeschnitten, damit die hölzernen »Tüffeln« Halt fanden, miteinander durch Querbretter als Auflagefläche verbunden und mit Koppeldraht unter den Kufen, daß es besser gleiten konnte, so wurden sie möglichst stabil gewerkelt. Dazu zwei kurze Weiden- oder Eschenknüppel, die unten angespitzte mehrzöllige Nägel trugen – und ab gings. Raufgekniet, die Peiken ins Eis gestemmt, und los sauste die Fuhre.

Doch wir blieben, wenn wir nur durften und die Luft rein war, auch gern in der alten Stellmacherei. Schon der Geruch der verschiedenen Holzarten, die in den Ecken und Winkeln gestapelten Bretter, Kanthölzer, Stangen und Abschnitte, die unterschiedlichsten Schablonen an den Wänden und das mannigfache Werkzeug, alles in einem geheimnisvollen Halbdunkel, dazu wintertags das Bullern des alten Ofens, der mit den Resten gefüttert nicht nur den Arbeitsplatz erwärmen sollte – das alles zog uns wie in eine geheimnisvolle Welt.

Auf dem Ofen wurde Leim gekocht, Wasser zum Hölzerbiegen zum Sieden gebracht, und wir wärmten uns schnell zwischendurch die klammen Finger, wenn die »Handschen«, die Fäustlinge, vom Spielen in Eis und Schnee wiedermal quitschnaß waren. Dicht beim Ofen stand die große Hobelbank, und wenn der Meister besonders »gut an der Mütze« war, dann ließ er uns auch schon mal einen alten Hobel probieren. Die Radmacherbank hatte es uns ebenso angetan wie die Drechselbank und die Bandsäge – und ich erinnere mich noch gut, daß ich einmal vor der Adventszeit an mehreren Tagen meinen ersten Adventskranzständer mit der Hilfe des gutmütigen Mannes zurechtgewerkelt hatte.

In der Stellmacherei stand man auch nicht so im Wege wie in der am anderen Ende des Hofes liegenden Gutsschmiede, wo immer ein lebhafteres Treiben zwischen Esse, Amboß und den draußen unter dem Vordach angebundenen Pferden herrschte. Wohl zog uns auch das weithin hallende Pink-Pank der Hämmer immer wieder dorthin, doch standen wir mehr im Freien, durften nicht so nahe an die wärmende Glut der Esse mit ihrem fauchenden Funkensprühen und hatten vor dem glühenden Eisen und den herumfliegenden »Schmiedeflöhen« ebenso Respekt wie vor dem plötzlich zu Fuß oder auf dem starkknochigen Wallach Hans, hin und wieder auch mal mit dem Einspänner auftauchenden Gutsverwalter.

Doch zurück zum Eis und unseren Vergnügungen. Die »Großen«, auf ihren Schlittschuhen, bewegten einen langen Stock, an dessen Ende ein stark angespitzter Nagel für Halt auf dem Eis sorgte, mit Schwung so geschickt, daß sie dadurch eine dolle Geschwindigkeit erreichten. Aber auch wir Kleinen und die »Mieken«, die Mädchen, hatten ihr lautstarkes Vergnügen, denn ein im Eis des Dorfteiches eingefrorener Pfahl, oben von einer Drahtschlaufe locker umringt, an der mehrere Drahtschlingen hingen, sorgte für großes Hallo und Gekreisch und manchen blauen Fleck, wenn man beim Kreisen um den Pfahl so richtig in Schwung kam und teils aus Angst, teils aus Spaß die Drahtenden losließ.

Heute kennt der See diese und andere Kinderspiele nicht mehr. Selbst bei starkem Eis haben die Jugendlichen Angst, mir über die weite Fläche zu folgen.

Und ist es bei uns viel besser? Zu Weihnachten bekommt »Hänschen Nasehoch«, das liebe Kindergartenkleinchen, eine komplette Eishockey-Ausrüstung auf den Gabentisch. Er wollte sie haben, denn die verlockende, zielsichere Reklame hat sein Kinderherz begeistert. Und nun steht er da, nicht etwa auf dem Dorfteich oder See, sondern auf der schönen modernen Kunsteisbahn in der beheizten Halle, rausgeputzt wie »Alex im Wunderland«: eine Miniaturausgabe des bekannten Eishockeystars, teure Kufenschuhe, Eishockeykleidung mit allen Polstern, den Sturzhelm samt Visier auf dem Kopf, einen viel zu großen Schläger in den dickbehandschuhten Fingerchen; Vati hat die Videokamera eingerichtet, die stolzen Eltern strahlen. Doch mit den ersten zögernden Schrittchen bumst er aufs Eis – und aus seinen empört-weinerlichen Augen kommt unübersehbar die vorwurfsvolle Frage, warum das Laufenkönnen nicht vom Weihnachtsmann mitgeliefert worden ist.

So ändern die Zeiten Eltern und Kinder. Wir kannten kein Fernsehen, machten noch vieles, sogar manches Spielzeug selbst oder guckten es uns von den älteren ab und waren froh, wenn wir raus konnten, bloß raus. Denn da waren wir erst einmal sicher vor den zusätzlichen Aufgaben, die zu Hause immer lauerten und selten lockten. Holzreinbringen, Kienäppelsammeln, Wasser holen , sommers Pilze und Beeren suchen oder Gänse und Kühe hüten, das hatten wir sowieso und ganz selbstverständlich zu tun – und besonders das letzte, das Kühehüten mit Graumann dem alten Schäferhund, machten wir gern und brauchten dazu keinen Nachdruck. Wir waren keine Stubenhocker.

Unsere Enkel kriegen von der Mattscheibenglotzerei und den Computerspielen schon viereckige Augen, sie brauchen ja das von der Flimmerscheibe Aufgedrängte kaum noch zu kauen, müssen nur noch schlucken, immer runter mit dem ganzen Bilder- und Action-Kram, bis ihnen von dem mehrfach unverdaulichen Brei nur noch schlecht ist. Denken, nachdenken, selber etwas erfinden, aktiv ohne böse sein, wer hat es ihnen beigebracht?

Vielleicht sollten wir sie doch lieber mal öfter bei der Hand nehmen und mit ihnen durch Wald und Feld ströpen, einfach nur streunen und so ganz nebenbei erzählen, was wir trotz allem für tolle Kindertage hatten und womit wir uns die Zeit vertrieben haben. Langeweile kannten wir nicht. Uns brauchte keiner zu beschäftigen.

Inzwischen steht die Sonne über dem Park, hell strahlt die leicht bereifte Eisdecke des heimatlichen Sees, der nun mit dem heraufziehenden Licht ruhig geworden ist und an seinem Rande die Fährten und Spuren der Nacht erkennen läßt. Hier zog eine starke Sau über die Schilfecke hin zu den verlorenen Gründen, groß steht der Schalenabdruck im Reifschnee. Ein Fuchs spürt sich, noch einer kreuzt die erste Spur und folgt ihr – ja, die Rollzeit kündigt sich an. Zwei Hasen haben Haken um die große tote Fichte geschlagen, die wie eine Sperre im Eis eingefroren liegt, und hinten, beim kleinen Bruch, steht die Fährte eines Hirsches. Donnerwetter, denke ich, den möchte ich mal bei gutem Licht sehen. Ein Flug Bergfinken fällt lärmend in die Birken am Bruch ein. Schwanzmeisen turnen, Wattebällchen gleich, in den Randfichten. Zwei hungrige Krähen rufen sich ihre Frühstückswünsche zu.

Stille sonst im Zauber des Sees, der nichts weiß von der Lust und Last der Erinnerungen.

Lektüre für Mußestunden

Jörg Mangold
Jagdimpressionen
Bilder und Skizzen des Jagdmalers
Jörg Mangold
Motive aus der heimischen Wildbahn:
Aquarelle, Ölgemälde, Skizzen und Zeich-
nungen des international anerkannten
Jagdmalers, die seine enge Beziehung zu
Jagd und Natur widerspiegeln.

Manfred Schatz
Augenblicke der Bewegung
Die neue Epoche der Wildtiermalerei
Meisterwerke eines der größten Wildtier-
maler unserer Zeit: großformatiger Bild-
band mit über 200 faszinierend leben-
digen Gemälden und Zeichnungen.

Jagdtage- und Gästebuch
Tage- und Gästebuch mit ansprechend
gestalteten Seiten des Jagdmalers Jörg
Mangold – Motive, die dem Lauf des Jagd-
jahres folgen, und viel Platz für eigene
kreative Ideen bieten.

Gert G. von Harling
Zauber der Wildbahn
Ein Streifzug durch heimische Reviere im
Wechsel der Jahreszeiten mit eindrucksvollen Fotos der Wildtiere und ihrer Lebens-
räume – einfühlsame Texte, die das Waid-
werk Monat für Monat schildern, Denk-
anstöße geben und Verständnis wecken
für die komplexen Zusammenhänge in
der Natur.